Mieze Medusa

Was über Frauen geredet wird

Der Blick nach unten ist überschätzt

Es ist wie Achterbahn fahren. Vor deinen Augen stürzt eine schroffe Landschaft glitzernd in die Tiefe. Ob Schnee liegt? Ja. Aber aus dem Tal leuchtet es grün. Schneesicherheit kauft man auf der Tourismusmesse. Die Hütte wird seit der Erfindung der Zentralheizung als idyllisch bezeichnet. Sie duckt sich unter dem Wind weg. Die zerzausten Bäume in der Nähe wissen warum. Das Dach ist aus Eternit, das ist zu bedauern. Aber siehst du den Glockenturm mit Wetterhahn? Der hat, wie es sich gehört, ein Schindeldach, denn das war immer schon so, und Tradition ist nichts, was hier unbeachtet ins Eck gestellt wird. Die Fenster sind klein.

Geheizt wird mit Holz, das an der Außenwand gestapelt ist. Man sagt, es wurde mit Pferdefuhrwerken aus dem Wald geholt. Andere behaupten, im Lagerhaus gab's eine Aktion und der Besitzer der Hütte hat einen SUV. Auf beide Versionen der Geschichte ist man gleichermaßen stolz.

Griaß di!

Kim eina!

Mogsch a Schnapsal?

Idylle, von wegen. Heimat, das heißt: Bilder basteln, bis sich die Balken biegen.

Selbst schuld, wenn man der großen Schwester alles glaubt. Silvester mit der Familie, hat Isabella gesagt. Das wird wirklich schön, hat Isabella gesagt. Dass Laura darauf reingefallen ist! Mama hat wie jedes Jahr Nachtschicht und gerade noch rechtzeitig hat Laura erfahren, wer auf der

Gästeliste steht. Eh klar, der Schlüssel zur Hütte gehört ja ihm. Laura kann sich das richtig gut vorstellen. Silvester feiern und dabei dem Konrad ausweichen wie den Stangen beim Slalom. Bloß nicht einfädeln. Laura ist nicht dafür bekannt, dass sie die Ideallinie findet. Jetzt schmollen alle außer Mama, aber die hat ja ohnehin Nachtdienst.

Laura schenkt sich Prosecco nach und stößt mit sich selbst an. Ist doch egal. Nicht für jeden Panoramablick braucht man Steigeisen. Der Balkon im Schöpfgeierhorst hat auch einen schönen Ausblick! Schöpfgeierhorst, so nennt der Teil der Familie Schöpf, den Laura zu ihrer Familie zählt, die Wohnung im 6. Stock eines Hochhauses im Innsbrucker O-Dorf. Wo der Name herkommt? Wahrscheinlich hat die Mama ihnen als Kind von der Geierwally erzählt, der mutigen Anna Stainer-Knittel, die … ach, googelt das doch selbst.

Die Nachbarn haben den Fernseher laut gestellt. Wie lang noch, bis »Dinner for one« läuft? Immerhin ist Laura nicht die Einzige, die keine großen Pläne hat.

»Dass du immer so stur sein musst«, hat Isabella geschimpft.

Wenn Laura von Familie redet, meint sie Mama und Isabella und sonst niemanden. Isabella legt Wert auf einen erweiterten Familienbegriff. Egal. Also haben sie es gemacht wie jedes Jahr: Familienfeier zu Mittag und dann sind alle ihrer Wege gegangen: die Mama in den Nachtdienst. Isabella mit ihrem Hubert auf die Hütte zu den anderen. Laura hat sich in voller Wintermontur mit einer Flasche Prosecco auf den Balkon verzogen und wartet darauf, dass ihre Freundin Kuni vorbeikommt. Gewaltige Aussichten.

Lauras Handy vibriert. Kuni kündigt ihr Kommen mit gut gelaunten SMS an. *Die Stadt ist voll. Bin im Bus, der ist volle leer, weil ALLE sind in der Innenstadt.* Laura schaut auf die neue Brücke. Nicht mehr lange, dann fährt niemand mehr mit dem Bus ins O-Dorf. Ende des Monats wird die Straßenbahn eingeweiht. Der Baulärm hat genervt, aber auf die Straßenbahn freut sie sich. Es ist keine U-Bahn, aber fast! Noch eine SMS. *Was is'n das für ein Scheiß? Euer Lift ist kaputt?* Kuni schnauft, als sie vor der Tür steht. 6 Stockwerke, das ist zwar kein Gipfelsieg, aber es ist nicht nichts.

Laura schickt Kuni gleich auf den Balkon. Sie holt ein zweites Glas aus der Küche und aus dem Wohnzimmer alle Decken, die sie findet. Sie decken sich zu, bis nur noch die Nasenspitzen in direktem Kontakt mit der kalten Luft sind, und passen beim Anstoßen auf, dass ihnen die Gläser nicht aus den Handschuhhänden rutschen. Noch eine SMS, diesmal von der Mama, die wissen will, ob Laura schon Pläne gemacht hat. Mama mag es nicht, wenn Laura zu wichtigen Anlässen alleine ist, aber die Feiertagszuschläge sind fix ins Familienbudget eingeplant. *Kuni ist da, wir machen Grande Silvester Party,* schreibt Laura und grinst ihre Freundin an.

»Freut mich volle, dass du da bist.«

»Sowieso. Melanie und Matti machen heute nichts, die wollen morgen die Ersten auf der Seegrube sein. Hab kurz überlegt, ob ich zum Waltherpark gehe, aber da hättest du schon am Vormittag einen Platz reservieren müssen. Das glaubst gar nicht, wie voll die Stadt ist.«

»Ruhe hast heute nur in der Sillschlucht.«

»Wenn das langt!«

»Aber dort sieht man nichts vom Feuerwerk.«

»Stimmt.«

Lauras Nase ist kalt, das verstärkt das Prickeln des Proseccos. Sie hört Kuni zu, die vom Studium erzählt. Sprint bis zu den Semesterferien! Abgabetermine, Prüfungen und überhaupt, Kuni muss sich bald für das Thema ihrer Bachelorarbeit entscheiden. Deshalb wollte sie ja zum Waltherpark. Wenn man dort mit dem Rücken zur Nordkette steht, hat man einen wunderbaren Blick auf die Dächer der Altstadt, den Dom und, weiter hinten, den Patscherkofel. 1499 hat Albrecht Dürer da seine Staffelei aufgestellt und seine berühmte Stadtansicht gemalt.

»Ist dir das noch nie aufgefallen, das metallene Dings in dem Betonpavillon?«

Eine Künstlerin, von der Kunis Professorin schwärmt, hat die alte Stadtansicht nachgeschmiedet und in den Betonpavillon, der schon dort gestanden ist, integriert. Während Kuni redet, schaut Laura Richtung Patscherkofel. Sie liebt es, Kuni zuzuhören, ihre Freundin ist kompetent und begeisterungsfähig, das ist ansteckend. Aber das alles kann nicht verhindern, dass Laura sich abgehängt fühlt. Kuni weiß genau, was sie will. Sie muss nur noch ein paar Details klären und ein paar Deadlines einhalten, dann gehört ihr die Welt. Laura dagegen hat nicht die geringste Ahnung, was sie machen könnte. Das Einzige, das sie sicher weiß, ist, dass sie keinen Glühwein und keine Kiachln mehr sehen kann. Kiachln, das sind, sie hat es im letzten Monat oft genug irgendwelchen Touris erklärt, in heißem Öl rausgebackene und mit Staubzucker, Preiselbeeren oder Sauerkraut garnierte Krapfen.

Geil, hat sie vor dem Christkindlmarkt gedacht.

Grauslich, denkt sie jetzt.

Ein Monat Weihnachtsmarkt hinterlässt seine Spuren. Na ja, immerhin auch Geld auf dem Konto.

Was sie sich fürs neue Jahr wünscht? Einen Masterplan.

Nach der Matura, hat die Mama immer gesagt, kannst du machen, was du willst. Aber die Matura muss sein. Also hat Laura Matura gemacht. Klar.

(Nichts war klar. Alles eine einzige Katastrophe! Kurz nicht aufgepasst und schon hinkst du hinterher. Durchfallen würde heißen, die Freundinnen sind nicht mehr in der gleichen Klasse und der Konrad schweigt noch lauter, weil er länger Unterhalt zahlen muss. Nachhilfe riecht nach verschissenem Wochenende. Bis Laura der Geduldsfaden gerissen ist und sie nur noch Party und gar nichts für die Schule gemacht hat. Kuni hat ohnehin zu den Ursulinen gewechselt. Der Rest der Klasse ist ihr egal, tröstet sich Laura. Sie ist nicht absichtlich schlecht in der Schule. Aber es ist wie verhext. Dort, wo Laura Wissen ablegen will, liegt immer schon was. Wie ihre Notizbücher: nie ein leeres Blatt, immer hat sie schon etwas reingekritzelt. Zeichnen hilft, aber Laura ist sich nicht sicher, ob sie die Ergebnisse mag. Die Mädels, natürlich, die sind voll begeistert. Volle cool, volle geil, volle gewaltig! Es tut gut, dass ihre Freundinnen so sehr an sie glauben. Aber es verunsichert Laura auch. Was, wenn abgesehen von den Freundinnen niemand mag, was sie macht? Wenn sie draufkommt, dass sie kein Talent hat? Sie hat einen Traum, das schon, aber was, wenn er so stabil ist wie eine Seifenblase?)

Matura also, dann kannst du machen, was du willst? Auf die Uni? Die anderen wissen irgendwie immer ganz genau, wie ihr Leben verlaufen wird. Alles durchgeplant. No shit, Lehrerin ist ein toller Job und super vereinbar, wenn du später dann Familie hast. Den Baugrund im Zillertal gibt's gratis dazu, zum Bachelor? Nein? Aber zur Hochzeit? Wenn der Mann der Oma in den Kram passt? Dann ist's ja gut.

Laura will jetzt einfach mal ein paar Jahre eigenes Geld verdienen. Genug für ein WG-Zimmer, endlich von zu Hause ausziehen, auch wenn's Verschwendung ist, genau genommen, und bei den Wohnungspreisen in Innsbruck eigentlich keine Option.

Mitten in dieses Weiß-nicht-Weiter war Isabella mit einer Frage geplatzt: Ob Laura sich vorstellen könnte, jeden Tag ein paar Stunden bei Hubert im Büro zu hocken? Bezahlt, natürlich. Die große Schwester hat das Gefühl, jemand sollte ein Auge auf den Hubert haben. Auch wenn sie dieses Jahr heiraten werden, ist sie selbst noch nicht bereit dafür, ihm in seiner Kanzlei den Rücken zu stärken und den Kaffee zu kochen. Isabella ist ebenfalls Juristin, sie hat sich etwas zu beweisen vor einer zweiten Karriere als Tiroler Trophy Wife in der Hubert-eigenen Kanzlei, die, das kommt ja noch dazu, offiziell nach wie vor seinem Vater gehört. Den Schwiegervater als Chef? Sicher nicht.

Zwischenbilanz: Kuni liebt ihr Studium und hat bald ihren Bachelor in der Tasche. Laura lässt sich treiben, seit sie die Matura hat, und jobbt in der Kanzlei vom zukünftigen Mann der großen Schwester. Vor Weihnachten hat sie Schichten am Christkindlmarkt geschoben. Gap Year ist auch nur ein anderes Wort für »Was weiß denn ich?«.

Die W-Fragen des Lebens:

Was? Keine Ahnung.

Wie? Keine Ahnung.

Wann? Jetzt. Immer jetzt. Das Leben ist diesbezüglich erbarmungslos.

Wo? Im alpin-urbanen Zentrum von »gsund, lustig & draußen«.

Was man über Innsbruck wissen muss? Gut ein Drittel der Menschen, die hier leben, studieren. Das ist gut für die Stadt und schlecht für Menschen, die eine Wohnung suchen. Dabei sein zählt, aber wenn Laura ehrlich ist, zählt sie die Stunden, bis sie sich davonmachen kann. Aber wohin? Das ist auch nur eine andere Wo-Frage. Bis sie die Antwort weiß, bleibt sie besser, wo sie ist. Im Schöpfgeierhorst, im 6. Stock eines Hochhauses im Olympischen Dorf.

In Innsbruck gibt es genau genommen zwei Olympische Dörfer. Der Volksmund und der Innsbrucker Verkehrsverbund haben sie zusammengelegt und nennen sie O-Dorf. Mit dem Rad am Inn entlang erreicht man das O-Dorf in sweeten 15 Minuten. Das macht aber niemand, weil in der Ebene bewegen sich die Tiroler nicht so gern. Zu voller Form laufen sie erst auf, wenn sich ein Gipfel in den Weg stellt.

Wenn die Luft röhrt und ein heißer Wind über die Stadt fegt, dann ist das entweder der Föhn oder ein Flugzeug im Landeanflug. Wer noch nicht lange in der Stadt ist, zieht mehrmals am Tag den Kopf ein, aber was ist so ein bisschen Lärm im Vergleich zu den Segnungen des Tourismus? Willst du wohl still sein, hier fließen Milch und Honig aus den Taschen der Touristen direkt in unsere Bank-Accounts. Manche sagen Gäste zu den Touristen, andere nennen sie Fremde. Aus allen Himmelsrichtungen kommen sie zu uns, den Kopf schon beim Aussteigen in den Nacken gelegt: Ja, wo sind sie denn, die Berge?

Dann hustet die Nordkette kurz, setzt sich in Szene und die Angereisten lächeln selig.

Es gibt auch Menschen, die stößt das ab. Sie fühlen sich eingekesselt. Üblicherweise bleiben die nicht lang. Die Berge überragen die Stadt wie schlecht gelaunte Türsteher.

Innsbruck erhebt keinen Anspruch darauf, die Perle Tirols zu sein. Perlen sind etwas für ältere Damen, die Tee trinken und sich dabei ihr aufgefädeltes Vermögen durch die Finger gleiten lassen. Innsbruck ist reich, setzt aber auf ein cooles Image. Mehr SUV als Mercedes SL. Mehr Matcha als Tee. Wenn schon Tee, dann mit Schnaps.

Es ist nicht schwer, sich in Innsbruck zurechtzufinden. Wenn du dich verirrst, schau einfach nach, wo die Bergkette ist, dort ist Norden. Man grüßt mit »Grüß Gott« und ist per

Du. Wer mit »Guten Tag« grüßt, wird gesiezt und schlechter behandelt. Das ist nicht bös gemeint, das ist einfach so.

Wenn in Tirol jemand eine Idee hat, wird meistens der Betonmischer angeworfen: eine Autobahn, eine Lawinenverbauung, eine Seilbahn, ein Wasserkraftwerk mitten in ein unberührtes Flußbett, um damit eine einzelne Schneekanone zu betreiben, ein Hotel, such's dir aus. Alles, was wild ist, muss gezähmt werden. Alles, was nicht gezähmt werden kann, muss weg. Danach im Gleichschritt zum Après-Ski und mal wieder so richtig die Sau rauslassen. Exportschlager Hüttengaudi! Natürlich ist das keine Natur mehr, wo wir Tourismus betreiben, sagt, nicht weit von Innsbruck, ein Bergbauernbub mit Las-Vegas-Erfahrung.

Wenn man bedenkt, wie rasant sich die Tourismusindustrie hier in den letzten Jahrzehnten entwickelt hat, ist es eigentlich erstaunlich, dass Tirol den Ruf hat, konservativ zu sein. Aber es stimmt schon. Alles muss wachsen und gleichzeitig bleiben, wie es immer schon war. Als das Snowboarden nach Tirol kam, waren die alteingesessenen Skifahrer kein bisschen amüsiert. Liftverbote für Snowboards, wütende Schlagzeilen in den Zeitungen. Mit dem Skaten ist es ähnlich. Zu laut, zu schnell, zu jung, zu bunt und außerdem hinterlässt es Striche auf dem Asphalt und wo kommen wir denn hin, wenn der Asphalt dreckig wird?

»Gleich geht's los!«

Kuni wickelt die Decke um sich und stellt sich zu Laura ans Geländer. Sie haben einen perfekten Blick auf die Stadt samt Nordkette. Sie drehen das Radio laut auf und warten auf die Walzerklänge. Isabella schickt ein Foto von Hubert und sich und wünscht ihrer »kleinen Schwester einen guten Rutsch ins neue Jahr! Prosecco, Prosecco, Herzchen, Herzchen, Herzchen, Feuerwerk und Grüße von der ganzen Familie«! Dazu ein angehängtes Gruppenselfie, das Laura sofort wegklickt. Mama schickt ein Prosit mit Feuerwerk.

Laura und Kuni lassen die Finger über die Tasten fliegen und senden ebenfalls ihre Prosits in die Welt. Das Feuerwerk erleuchtet die Altstadt. Sogar auf der Seegrube werden Raketen gezündet, einen Augenblick lang ist das schneebedeckte Hafelekar hell erleuchtet. Dunkel und mächtig fließt der Inn Richtung Donau, von der das Orchester im Radio behauptet, sie sei so blau, so blau, so blau.

Schnee, Steine, Scherben

Die Stadt ist heute noch staubiger als sonst. Überall liegt Müll. Sektkorken, abgebrannte Feuerwerkskörper und was sonst übrig bleibt, wenn die ganze Stadt feiert, über allem liegt eine zuckrige Schicht Feinstaub. Fred hasst Schnee in der Stadt. Warum sich von der guten Laune des frisch gefallenen Schnees anstecken lassen, wenn der ohnehin sofort zu grauem Gatsch zerfällt? Aber mit dem Müll von Silvesterpartys ist es noch schlimmer.

Fred heißt eigentlich Frederike Bodenwieser. Wie ihre Haare ist ihr auch ihr Name in Kurz lieber. Sie hasst den Schnee in der Stadt, aber jetzt wünscht sie sich, dass die verkaterte Stadt von einer flauschigen Decke Neuschnee zugedeckt wird.

Legen wir einen Mantel des Vergessens über den Lärm von gestern Nacht. Alles sauber, still und weich! Eine Einladung, alles zu machen wie früher. Einfach fallen lassen, nach hinten, sanft landen und mit Händen und Füßen um sich schlagen. Schneeengel sind die einzigen Engel, die wenigstens ein bisschen interessant sind. Ansonsten war Fred schon als Kind mit jeder Faser des Körpers ein Bengel: Muskelkater, Sonnenbrand, aufgeschlagene Knie… Rennen, springen, raufen… Schreien, bis die Stimme bricht, aber unbekümmert, Schreien aus Lebenslust, nicht aus Wut. Wie lang das her ist! In ihren Erinnerungen könnte man archäologische Grabungen durchführen.

Fred macht eine schnelle Bestandsaufnahme:

Wut? Ist da.

Lebenslust? Ist da.

Knie? Sind da und heil und das ist viel.

Der Rücken quietscht, aber bei wem nicht?

Fred genießt die Ruhe nach dem Sturm. Alles, was stressen könnte, liegt mit Aspirin und Verdauungstropfen im Bett. Es gibt keine stillere Zeit als den ersten Jänner, bevor das Neujahrskonzert beginnt.

Fred räumt leere Flaschen und Gläser mit Lippenstifträndern in die Küche und schaut unter der Wolldecke auf dem Sofa nach, wer den Heimweg nicht geschafft hat. Sie lässt die Wolldecke wieder fallen. Sie mag Rosa. Aber sie will den Morgen mit niemandem teilen.

Rosa ist leider keine enge Freundin von Marlis. Sie ist für Marlis eine Nummer zu cool, deshalb war Marlis ziemlich aus dem Häuschen, als Rosa bei ihrer Party aufgetaucht ist. Fred kennt Rosa aus dem Joplin. Dort ist die Musik gut, und die Menschen sind größtenteils auszuhalten. Rosa ist dort Kellnerin und zwar nicht irgendeine. Sie schupft den Laden. Außerdem betreibt sie einen Podcast, in dem sie von Großstadt, Musik, Leben und von allem, was sonst noch so auf der Straße zu finden ist, erzählt.

Zu verstehen ist das nicht. Plötzlich wollen alle berühmt sein. Fred ist Teil der Generation, die lieber das Fluchtauto fahren will, als im Scheinwerferlicht zu stehen.

Marlis schläft. Rosa schläft. Die anderen Gäste schlafen auch, aber in ihren eigenen Wohnungen oder jedenfalls nicht hier. Die Party war ein voller Erfolg, was Fred freut, weil sie weiß, wie wichtig Marlis das ist. Sie selbst ist rumgestanden wie eine Stehlampe.

Fred sieht sich um. Marlis ist zum Studieren bei ihrer Großtante eingezogen und hat nach deren Tod nicht viel verändert. Die Häkeldeckchen hat sie verräumt und eigene

Bücher in die dunklen Vollholzregale gestellt, das war's. Daran hat sich auch nichts geändert, als Fred eingezogen ist. Alles, woran Fred hängt, hat in ihrem Auto Platz, einem alten, liebevoll gepflegten Fiat Panda, dem gemütlichsten Fluchtwagen der Welt. Als sie bei Marlis eingezogen ist – warum nochmal? Sicher um Geld zu sparen, aber der einzige Grund war das nicht. Sie hat ihre Schlafcouch und ihren Schreibtisch ins leere Gästezimmer gestellt, ein paar Erinnerungen im Kellerabteil verstaut und den Rest verkauft. Seit sie in Wien lebt (und Fred lebt in Wien, seit sie selbst entscheiden darf, wo sie lebt), ist sie ausgesprochen oft umgezogen. Freds Motto: Beweglich bleiben, Chancen nützen.

Marlis war auch so eine Chance: Vor Fred hatte sie die Wohnung mit einer Person geteilt, die ihr unfassbar viel bedeutet hat. Bitte nicht nach Details fragen, das war kein Streit, das war ein Kahlschlag. Marlis hat sich verraten gefühlt, sich heulend ins Bett gelegt und eine Ersatzmama gebraucht, die ihr gelegentlich eine Suppe kocht, ihr zuhört und sie wieder aufpäppelt.

Fred war auf Zimmersuche. Die Freundin, deren Wohnung sie zwischennutzen wollte, hatte unvermittelt Heimweh bekommen, ihr Auslandsjahr abgebrochen und um Verständnis gebeten: Bitte zieh aus, so sofort wie möglich.

Als Marlis emotional wieder ausreichend gefestigt war, um neben feinen Süppchen gelegentlich auch wieder feste Nahrung zu sich zu nehmen, hatten sie sich bereits aneinander gewöhnt. Fred ist also geblieben. Du verstehst mich so gut, das bedeutet mir die Welt, sagt Marlis gar nicht so selten. Fred hört es gern, auch wenn es sie manchmal nervt, dass das Lob meist nur der Auftakt für eine bis ins Detail bekannte Litanei ist: Nie zuvor … so verraten … niemand hat sie so verletzt wie XYZ. Manchmal wechselt der Name, meist nicht.

Die Party jedenfalls war ein voller Erfolg. Die Großtante hat Marlis nicht nur eine vollmöblierte Wohnung hinterlassen, sondern auch den Zugang zu einer Dachterrasse. Am 31. Dezember führt das verlässlich dazu, dass alle Menschen, mit denen du jemals Kontakt gehabt hast, mit dir feiern wollen. Blei gießen, Zeit zerreden, Brettspiele, Alkohol, Countdown, Feuerwerk, Walzer tanzen und so tun, als könnte man die Pummerin trotz krachender Böller nicht nur im Radio hören. Den Nachbarn, die auch Zugang zur Dachterrasse haben, zuprosten.

Rosa hat ihren Sekt runtergestürzt, sich ans Geländer gelehnt und laut in die Nacht geschrien: »Endlich! Ehe für alle, ihr Arschlöcher!«

Die Nachbarn haben peinlich berührt gelächelt, dann aber doch ihre Sektgläser zum Prosit erhoben. Sie haben nichts gegen die Ehe für alle, aber sie wären gut damit zurechtgekommen, die nächsten paar Jahrzehnte nicht daran zu denken.

Alle umarmen sich. Es wird geküsst und gejohlt. Fred küsst und johlt mit. Danach steht sie wieder rum wie eine Stehlampe.

Sie schaut in die Nacht. Wie viel Geld sich die Leute ihre Feuerwerke kosten lassen. Sie schaut in den Himmel und sieht den einen oder anderen Kleinwagen oder Luxusurlaub in der Luft verpuffen. Marlis tanzt. Rosa tanzt. Alle tanzen. Alle stehen. Alle trinken.

»Na, altes Haus«, Rosas Hand landet schwer auf Freds Schulter, »lass hören, was sind deine Neujahrsvorsätze?«

Fred hat keine Neujahrsvorsätze.

»Kennst mich doch«, sagt sie zu Rosa, »ich hab keine Vorsätze.«

»Na eh«, sagt Rosa, »aber was wünschst du dir fürs neue Jahr?«

Sie schaut Fred streng an und ergänzt: »Sag jetzt nicht, Gesundheit, weil: eh klar.«

»Das Übliche: Reisen, so viel es geht. Erleben, so viel es geht. Menschen treffen, aber auch zu allen sagen können, dass sie mich gernhaben können, wenn ihnen was nicht passt.«

Rosa schaut nicht sehr beeindruckt drein. Stimmt ja, Reisen ist genauso wenig originell wie Gesundheit. Die neue Generation will jeden Gedanken gleich zu einer besonderen Erfahrung aufblasen. Aber Fred findet, das ist viel zu viel Aufwand. Warum die Bilder schon ausformulieren, bevor man auf Reisen war? Das macht doch gar keinen Sinn!

Im Nachhinein die Bilder abrufen ist viel besser.

In Warschau an der Hotelbar sitzen und ins elektrische Effektfeuer starren, das so tut, als wär's ein Kamin. Still werden nach einem *busy day.* Wie sich Kommunismus und Turbokapitalismus ähnlichschauen, wie verschmolzen sie sind in dieser Stadt.

In Brüssel spätabends ankommen und mit den Öffis zu ihrer Freundin fahren und mit großem Unbehagen feststellen, dass sie die einzige unbegleitete Frau in der Straßenbahn ist. Angestarrt werden, mit Blicken, die sie nicht zu deuten weiß. Nach dem Aussteigen einfach losmarschieren, egal, in welche Richtung, sich nur nicht anmerken lassen, wie fremd sie hier ist.

Fred hat aus Prinzip keine Angst, die Welt gehört ihr genauso sehr wie den anderen, aber naiv ist sie nicht.

In Sofia eine halbe Stunde unter einer Straßenlaterne stehen bleiben, bis sie endlich die kyrillischen Schriftzeichen enträtselt hat und auf dem Stadtplan nachschauen kann, wo sie ist.

In Istanbul extra nach Kadiköy fahren, damit sie sagen kann: »Ja, ich war auch in Asien.« Es später sogar bis nach

Shanghai schaffen und bewaffnet mit dem Sprachteil des Reiseführers auch in *no-english*-Straßenlokale gehen, auf das Schriftzeichen für Huhn deuten und das Beste hoffen.

Nochmal später den Kopf schütteln über die privilegierten Jungspunde, die Sätze sagen wie »Shanghai, das interessiert mich überhaupt nicht, das ist mir viel zu westlich.«

Jedes Mal wenn Fred ihre Freundin Ulrike in London besucht, eilt sie ohne Umwege zur Tower Bridge und dort zum nördlichen Ufer der Themse. Sie muss sich vergewissern, dass die Statue noch steht. Ein Kind, das unbekümmert mit einem Delfin tanzt. Ein Mädchen und ein Delfin. Macht doch nichts, wenn das kitschig klingt, aber Kunst darf das: Schwerelosigkeit vortäuschen, Trost spenden, eine Oase der Ruhe sein und dahinter fließt dreckiges Wasser ins Meer.

Oder Barbara. Mit Barbara in Barcelona am Strand liegen und einen Lachkrampf bekommen, weil ein Mann mit schönem Körper und schlechten Zähnen sie hartnäckig anquatscht.

»Wir wollen nichts von dir, schon gar nicht für Sex zahlen«, sagt Barbara, bevor Fred die ganze Situation überhaupt eingeordnet hat. Der Mann versteht kein Deutsch, was man ihm in Barcelona nicht vorwerfen kann, aber er braucht auch sehr lange, bis er ihr fast schon gebrülltes »No, no, no, nada, niente« versteht, was man ihm sehr wohl vorwerfen kann.

»Echt jetzt«, sagt Fred, als er endlich weg ist, »unser Leben ist doch kein Ulrich-Seidl-Film.«

Überhaupt, Barbara!

Fred hat Barbara besucht, als diese damals in Berkeley lebte, weil sie ein Forschungsstipendium an dieser Uni hatte, die überall Parkplätze für Nobelpreisträger bereitstellt. Mit dem Mietauto sind sie gemeinsam Richtung Big Sur gefahren. Lange Sandstrände mit rollenden Wellen. Ein Nachmittag sticht heraus. Im legendären Ensalen Institute spielt Joan Baez live. Stellt sich raus: Die Königin der fragilen Folksongs ist in den Zwischenansagen eine ziemliche Wuchteldruckerin.

»My motto these days…«, so Joan Baez in einer Zwischenansage, in der es um alles geht, den Zustand von Amerika, was in Amerika immer mit dem Zustand der Welt gleichgesetzt wird, »… these days my motto is: small victories and big defeats. Do what you have to do, do what you know is right.«

Das Publikum legte die iPads aus der Hand, applaudierte frenetisch und erhob sich geschmeidig aus den Liegestühlen, um ein bisschen Tai Chi zu machen. Weitere Attraktion: Schwefelbäder mit Blick auf den Pazifik.

Jetzt lebt Barbara wieder in Wien. Mit der großen Unikarriere hat es nicht geklappt. Fehlendes Netzwerk, das ist auch nur ein anderer Ausdruck für: Dieses Land ist korrupt und Barbara ist eine Frau. Sie schlägt sich durch, das schon.

Was in der Zwischenzeit passiert ist? Donald Trump ist immer noch Präsident und in Österreich, na ja. Autsch. Auch so ein Totalschaden.

Immerhin sind wir ein kleines Land, immerhin sind wir nicht wichtig. Aber einen Vormittag gibt es, da darf man sich auch in Österreich so fühlen, als wären wir der Nabel der Welt.

Fred setzt sich zu Rosa, die mittlerweile aufgewacht ist, auf die Fernsehcouch. Als Friedensangebot bringt sie ihr Kaffee und ein Glas Wasser. Wo ist die Fernbedienung? Die Türen zum Musikverein haben sich kaum geöffnet, da hat Fred schon wieder die Schnauze voll: Es dauert keine 30 Sekunden, bis die Buben in hohen Ämtern zu sehen sind. Wie sie mit den höchsten Ämtern im Land spielen, als ginge es um nichts. Verlieren werden viele, Frauen und Kinder zuerst.

Sekunden später hat sich Fred wieder beruhigt: Als der Dirigent den Konzertmeister begrüßt, darf Albena Danailova zwischen den Schultern der Kollegen durchlugen und lächeln. Was es dafür alles gebraucht hat: Internationale Kritik, Boykottaufrufe und massiver politischer Druck waren nötig, damit Ende der 90er Jahre des letzten Jahrtausends Anna Lelkes, die seit über 20 Jahren für das Orchester gespielt hat, sich endlich auch offiziell Philharmonikerin nennen durfte.

Jahrzehnte später liegt die Frauenquote bei unter 10 Prozent, Dirigentin gab's noch keine.

Rosa gibt extra Zucker in ihren Kaffee. »Warum genau schauen wir das?«

Rosa ist mit ihrem Podcast die Stimme einer sehr spezifischen Gruppe junger Frauen, die die Schnauze voll haben.

»Wegen dem Blumenschmuck!«

Marlis schaut verschlafen aus. Ihre Stimme klingt nach Kater, die Jogginghosen hängen tief. Fred springt auf, agil wie die Alt-Hippies im Ensalen Institute damals, und holt für Marlis Kaffee aus der Küche.

»Ja, ja«, mault Rosa mit Blick auf den Fernseher, »die coolen Jobs sind für die Jungs und wir sollen uns mit dem Blumenschmuck zufriedengeben.«

Marlis setzt sich neben Rosa. Dann zeigt sie auf den Fernseher und schaut zu Fred.

»Wegen ihr, stimmt's? Wir schauen das Neujahrskonzert wegen ihr.«

Es stimmt. Fred wird jedes Mal vergnügt, wenn Sophie Dervaux ins Bild kommt. Wie viel Witz und Gelassenheit man ausstrahlen kann, wenn man auf höchstem Niveau Fagott spielt!

Schon wieder ein Schwenk auf die Politbuben. Die waren gestern immer wieder Thema in den Gesprächen der Partygäste: weniger Geld für Gewaltschutz, aktiver Abbau von Kinderbetreuungsplätzen, Kürzungen für so gut wie alle feministischen Initiativen in Österreich. *The times, they are a-changing*. Eng ist es geworden im Land.

Dass es ausgerechnet diese Koalition ist, die von der EU dazu gezwungen wird, die Ehe für alle umzusetzen, ist ein Witz ohne Pointe. *Small victories* und *big defeats*. Joan Baez kennt sich aus.

Marlis grinst Fred immer noch an und sagt: »Wir sitzen ganz schön in der Scheiße, echt wahr. Aber die Musik hat Schwung!«

Dann prostet sie den Würdenträgern im Fernsehen mit ihrem Kaffee zu.

»Arschlöcher!«

Sie holt eine Tafel Schokolade aus der Küche.

»Okay, Spielidee. Immer, wenn eine Musikerin länger als 10 Sekunden im Bild ist, dürfen wir ein Stück essen.«

Fred bricht sich eine Rippe ab und sagt: »Vergiss es. Warum sollte ich warten, bis mir das Patriarchat erlaubt, Schokolade zu essen!«

Gönn dir!

Von der Lasagne ist nicht mehr viel übrig. Von der Spielfreude der anderen auch nicht. Matti hat sich neben Melanie gesetzt und macht seine Schultern extra breit in der Hoffnung, dass seine Arme zufällig die von Melanie berühren. Die Lasagne hat Lauras Mama vorbereitet. Sie hat schon wieder Nachtdienst und will mit der Lasagne für den Spieleabend beweisen, dass sie trotz Überarbeitung eine gute Mutter ist. Laura wollte helfen, aber sie ist zu spät gekommen. Sie ist nach der Arbeit wirklich nur ganz kurz auf einen Tee ins Treibhaus gegangen und hat ein bisschen in ihrem Skizzenblock gezeichnet. Als sie endlich heimgekommen ist, war die Lasagne schon im Ofen und die Mama mit einem Fuß aus der Tür.

Laura zählt im Kopf Rohstoffe und Siegpunkte durch. Reicht fast! Ein bisschen Würfelglück und das Spiel ist zu Ende.

Kuni geht in die Küche und holt Chips aus dem Schrank. Sie stellt die Schüsseln auf den Tisch, füllt die Wasserkaraffe nach. Das wäre alles Lauras Aufgabe, aber die ist damit beschäftigt, dem Würfel gut zuzureden. Seit Kunis Familie vor Jahren nach Telfs gezogen ist, hat Kuni einen inoffiziellen Zweitwohnsitz im Schöpfgeierhorst.

»Tu weiter, Laura. Ich muss endlich heim. Morgen muss ich dringend was arbeiten. Weißt eh, die Uni!«

Kuni ist nicht mehr die Einzige, die an die Uni denkt. Auch Melanie ist gestresst. Alle sind spät dran, na ja, alle.

Matti denkt eigentlich nur an Powder, Freeriden, Karrinne und wahrscheinlich auch an Melanie. Aber Kuni hat den größten Ehrgeiz.

Ist Laura wirklich so leicht zu durchschauen? Wissen alle am Tisch, dass sie nur noch zwei Erz braucht und dann fertig ist? Sie nimmt die beiden Würfel, wirft und ärgert sich. Sie kaut auf ihren Lippen, während sie im Kopf die Rohstoffe hin und her tauscht.

»Melanie, gibst mir bitte zwei Erz, kannst haben, was du willst.«

Laura ist überrascht, als Matti sich vehement auf ihre Seite schlägt: »Ja, gib ihr die zwei Erz! Ich will morgen auch früh raus, die Seegrube wartet. Du kommst doch mit, oder?«

Melanie schaut nicht mal in Lauras Richtung, als sie ihr das Erz rüberschiebt.

»Am Vormittag bin ich im Shop, leider. Aber am Nachmittag komm ich fix nach.«

Laura zählt die Rohstoffe runter, baut die Stadt, die ihr die fehlenden Siegpunkte bringt, springt auf und tanzt durchs Zimmer. Ist doch egal, dass die anderen sie gewinnen haben lassen, in der nächsten Runde wäre es sich locker ausgegangen.

Außerdem: Sieg! Ist! Sieg!!!

»Was? Ist es schon vorbei?«, fragt Melanie und schaut immer noch in Mattis Richtung.

»Stark, Laura!« Kuni nickt anerkennend.

»Was ist mit dir, Laura, kommst mit auf die Seegrube?«

Alle schauen sie auffordernd an. Laura nickt resigniert.

»Gewaltig«, sagt Melanie, »holst mich im Shop ab?«

Das Wiltener Platzl ist ein Geheimtipp. Auf halbem Weg zwischen Zentrum und Berg Isel gibt's einen kleinen Platz mit gutem Kaffee und kaum Touris. Dort jobbt Melanie in einem Laden, der unentschlossen zwischen Erdgeschoß und Keller hängt.

Als Laura den Laden betritt, grüßt Melanie nur kurz. Sie ist beschäftigt. Im Hintergrund läuft Sublime. Laura beobachtet zwei Touristinnen, die sich Kleider an den Körper halten und die Pläne für den nächsten Tag diskutieren. Ihre Augen glänzen, als sie Beanies in der Hand hin und her drehen und von der Fahrt auf den Patscherkofel reden. Snowboarden, wie schwer kann's sein? Laura ist schon froh, dass es der Patscherkofel ist, über den sie reden. So steil wie auf der Seegrube ist es dort nicht. Andererseits: Die echten Herausforderungen beim Snowboarden sind nicht die Steilhänge, sondern die flachen Familienpisten. Einen Steilhang kann man runterrutschen, aber diese flachen Pisten, bei denen man Ski einfach laufen lassen kann, die sind auf dem Snowboard ein Drahtseilakt. Einmal verkantet und schon landest du auf dem Rücken und schnappst nach Luft, wie ein Fisch, der versucht hat, die Fluchtszene in »Finding Nemo« nachzustellen, und sich hart verschätzt hat, was den Abstand zwischen Aquarium und Klo betrifft.

Lovin' is what I got, erinnern *Sublime* die Welt, *I said, remember that, lovin' is what I got.*

Laura dreht die Musik lauter. *With your feet in the air and your head on the ground.* Die Pixies. Melanie steht bei den Touristinnen und lässt im Beratungsgespräch das K extra hart knacken. Bringt Umsätze.

»Is euch die Musik eh nicht zu laut? Ich find, der Song ist total stark!«

Mit einer Hand hält Laura das Snowboard, mit der anderen führt sie ihr Speck-Vinschgerl zum Mund. Die Hungerburgbahn ist voller Fahrgäste in bunter Wintersportmontur. Mützen mit Fell, Mützen mit Hörnern, Mützen, die ihren Bommel mit Stolz tragen. Melanie grinst. Sie kaut. Ganz gegen ihre Gewohnheiten hat sie sich für einen Kornspitz mit Käse und ein bisschen Grünzeug entschieden. Speck schmeckt gut, aber man riecht ihn so lang. Laura kommt das komisch vor. Warum schaut sie so anders aus? Warum hat sie heute keine Lust auf Speck? Sie sind doch eh den ganzen Tag draußen? Schließlich treffen sie Matti auf der Seegrube und der setzt sich fix nicht in die Hütte. Ab jetzt heißt's, durchfahren bis zur letzten Gondel. Dafür braucht man in erster Linie Energie, der frische Atem kommt dann ganz von selbst. Matti! Natürlich!

»Nein!«

Melanie grinst noch breiter. Fast kann Laura das zerkaute Käseweckerl sehen.

»Nein!«

Melanie strahlt.

»Erzähl!«

Kauen, runterschlucken, Board nehmen, aussteigen. Erste Station: Hungerburg, jetzt weiter zur Gondel, die sie hoch zur Seegrube bringt.

»Wir sind gemeinsam zur Straßenbahn, oder? Bei der Haltestelle haben wir rumgeblödelt. Matti steigt eigentlich früher aus als ich, aber er ist einfach sitzen geblieben, hat g'sagt, er bringt mich heim.«

Melanie schaut cute aus. Die Dreads hochgebunden, die Mütze drüber, aber ein paar Strähnen hängen runter. Sie bekommt natürlich Rabatt in Bernis Shop, aber trotzdem, man sieht, dass ihr Mode was wert ist. Das dunkle Rosa ihrer Burton-Jacke passt perfekt zu ihrem braungebrannten Gesicht mit den braunen Augen, die von der Sonnenbrille geschützt werden. Im Gegensatz zu Laura hat sie eine Saisonkarte.

»Und dann?«

»Was dann?«

»Er hat dich heimbringen wollen, oder? Was war dann?«

»Was dann war?!«

Melanie zappelt so sehr, dass es sich auf die Gondel überträgt. Laura stabilisiert sich, schaut sich suchend nach einer Wand oder einem Griff um, aber da hat sich die Gondel schon wieder beruhigt. Melanie nicht. Ihre Augen leuchten, sie lehnt sich zu Laura rüber, flüstert ihr ins Ohr. Er hat. Und sie hat. Dann hat er …

Während Laura Melanie zuhört, wird es in ihr still. Nach der Stütze sackt die Gondel ein bisschen ab. Die verschneiten Baumwipfel sind nah. Wie oft sieht man einen Wald von oben?

Melanie holt das Handy raus.

»Der Matti wartet schon!«

Die ersten Schritte nach der Gondel sind ein bisschen wackelig. Die Knie haben sich noch nicht an den festen Boden gewöhnt. Die Stufen hoch und raus auf die Steinterrasse vom Restaurant. Strahlend blauer Himmel, die Luft ist kalt. Durch die Nase atmen. Tut weh, aber die Luft ist wärmer, wenn sie die Lunge erreicht. Melanie beschleunigt, stimmt, dort, am Ende der Terrasse, steht Matti im Schnee und winkt. Die beiden strahlen sich an, als wären sie zwei Heizpilze. Kommt, entscheidet euch einfach, umarmt euch, küsst euch, was auch immer! Aber steht bitte nicht rum, als wäre gestern nichts gewesen.

Laura kriegt gleich einen Ausschlag vor lauter Peinlichkeit. Also schaut sie an den beiden vorbei. Das Panorama ist atemberaubend. Ganz egal, wie oft du auf der Seegrube bist, das haut dich um. Überall glitzert es. Nichts kann besser stillstehen als Berge. Manchmal wirbelt Schnee Richtung Tal. Sogar die Lawinenverbauungen sehen irgendwie verträumt aus. Wenn man atmet, hat man das Gefühl, endlich den Knopf gefunden zu haben, der den Zeitraffer abstellt.

Laura packt ihr Board und läuft Melanie und Matti hinterher, die die Schuhe in die Bindung stellen, festzurren und los geht's. Der Schnee unter den Boots macht knirschend klar, dass es heute keine gute Idee ist, auf Risiko zu fahren. Heute fällt man nicht weich. Zum Aufwärmen nehmen sie beide Sessellifte je einmal, dann fahren sie zur Talstation ab. Als sie wieder zur Seegrube hochgegondelt sind, zieht Matti Melanie weiter: auf zum Hafelekar.

Laura winkt ab. Sie ist müde und außerdem überflüssig: Wenn sie fällt, hilft ihr Melanie zwar hoch, aber sie verliert Matti nicht aus den Augen.

Der Germknödel fühlt sich in seinem Bad aus Butter und Mohn pudelwohl. Der Himmel strahlt. Laura hat den Anorak aufgemacht und hält das Gesicht in die Sonne. Schutzfaktor Gletschersonne hat ganz schön zu tun. Sie nimmt einen großen Schluck Skiwasser. Am Nebentisch schweigt sich eine Horde Tiroler an. Was ihr Schweigen erzählt? Der Tag ist gewaltig, der Schnee bärig, die Welt gehört dir, wenn du im Skyline Park abhebst, beim Springen einen Blick ins Tal riskierst und den Jump dann auch sicher auf den Boden bringst.

Auf der anderen Seite hockt ein Mann im neongelben Anorak und sagt zu seinem Freund: »Guck dir das an, Wolfgang, was für ein Blick. Das Panaroma ist der reinste Wahnsinn! Ich krieg mich gar nicht mehr ein!«

»Ja, Mensch, wenn wir auch so ein Skigebiet vor der Haustür hätten, dann wären wir bestimmt so fit wie Hermann Maier!«

Nicht, dass es so wahnsinnig wichtig wäre, aber Hermann Maier ist nicht aus Tirol.

Wenn sie Leute trifft, die nicht aus Tirol sind, wird Laura immer zuerst gefragt, ob sie Ski oder Snowboard fahren kann. Selbstverständlich!

Aber macht sie es? Selten. Skifahren geht gar nicht. Snowboarden ist ihr lieber, aber das Unbehagen bleibt. Die Liebe zum Schnee ist verloren gegangen. In Innsbruck ist das keine populäre Meinung, sogar die Mama ist deshalb enttäuscht.

Zur Tarnung lässt sich Laura immer wieder auf der Seegrube sehen. Ein paar Mal alibimäßig die Hänge runterrutschen und danach beginnt der wirkliche Spaß. Spätestens nach dem vierten Mal Sessellift gibt Laura der Stimme nach, die sagt: Alles viel zu zach. Habe ich meine Leasinggebühr für die Berge endlich bezahlt? Kann ich mich jetzt vor der Hütte in den Liegestuhl fläzen, ins Tal schauen und an Germknödel denken?

Die Freundinnen finden das zum Schreien komisch.

Laura atmet ein. Alles glitzert. Die Luft riecht im Winter nach nichts, das macht sie extra samtig. Na ja, samtig. Kann Samt klirren? Winterluft ist messerscharf und hat einen eigenen Körper.

Aber die Freundinnen, denkt Laura, müssen sie nehmen, wie sie ist. Das ist doch das Gute an Freundinnen. Abgesehen davon: Tirol ist nicht so intolerant, wie alle immer tun. Wenn du ausreichend belegst, dass du gerne in den Bergen bist, dann darfst du durchaus mit Skipiste und Funpark fremdeln, solang du es schweigend tust. Der Jänner ist so gut wie vorbei, den Februar und den März schaffen wir auch. Ein paar *Die Hards* figeln dann noch ein paar Wochen. Dann machen die Skigebiete sommerdicht und den paar Gletschern, die es noch gibt, kann man gut aus dem Weg gehen.

Laura nimmt ihren Skizzenblock aus dem Rucksack und greift nach dem Stift. Ein Mund, weit geöffnet, Zunge weit rausgestreckt. Über der Zunge tanzen Schneeflocken in der Luft, ihre Zacken sind wie Messerklingen geformt. Beim Zeichnen hat sie Ausdauer, beim Snowboarden nicht.

Nicht alles gelingt und schon gar nicht auf Anhieb

Mit Händen und Füßen hat Fred sich gewehrt, als ihre Beraterin beim letzten Termin versucht hat, sie für einen Pflegeberuf zu begeistern. Aufopferung ist eine schöne Sache, aber Fred hat keine Lust, sich die Bandscheiben zu ruinieren. Überhaupt, ob die ganzen alten Männer, denen sie nie Frau genug war, endlich bereit wären, ihr Aussehen zu akzeptieren, wenn sie ihnen den Arsch auswischen würde? Wohl kaum.

Sie hat Freundinnen, die damit umgehen können, dass ihnen bei der Arbeit auf Hintern oder Busen gefasst wird, weil, so ein alter Mann, der so schlecht beisammen ist, was hat er denn noch vom Leben? Stimmt, ist nur ein Arsch, sowohl ihr Hinterteil als auch der Mann, der einfach zugreift.

An guten Tagen hält sich Fred für eine Allrounderin. Sie kann sich ausdrücken. Ihr Händedruck ist vertrauenseinflößend. Ihr Lebenslauf hat viele Zeilen, zu viele, wie ihre Beraterin findet. Fred hat ein paar Umwege gemacht. Aber sie hat keine Angst vor Arbeit. Sie hat keine Angst vor Menschen. Sie kann ein sehr solides Bier vom Fass zapfen. Sie kann gut zuhören. Sie hat einen Führerschein (A, B und C1). Fred war selten beim AMS gemeldet und wenn, dann immer nur kurz. Doch mit den Jahren ist ihr Job-Hopping schwerfällig geworden und deshalb hört sie sich jetzt um. Völlig falsches Jahr für einen Jobwechsel! Fast alle ihre Freundinnen haben ähnliche Probleme. Was vor der rechts-konservativen Koalition Selbstausbeutung war, ist heute Ehrenamt. Was tun? Das Gleiche wie immer: vernetzt bleiben. Zusammenhalten und auf sich selbst schauen. So tun, als gäbe es da keine Widersprüche.

Nützlich wäre es, wenn sie keine Angst vor Excel-Sheets hätte. Buchhaltungsgrundkenntnisse wären hilfreich.

Nützlich wäre es, wenn sie einen Flyer gestalten könnte oder eine kleine Webseite. Die Beraterin ist nicht überzeugt. Graphic Design ist soooo 90er Jahre!

Die Beraterin rät zu einem WIFI-Kurs, alles andere ist handgestrickt, das sieht man dann sofort.

»WIFI-Kurse sind natürlich teuer. Es gibt da einen Graphic-Design-Lehrgang, über 200 Lehreinheiten, Kostenpunkt weniger als 5000 Euro. Man kann sich das bis zu einem gewissen Grad fördern lassen und ein bisschen was werden Sie doch auch auf der hohen Kante haben?«, schlägt die Beraterin vor.

Fred macht ein Pokerface, das die Frau sofort durchschaut.

»Okay, ein Excel-Kurs wär billiger und ist sicherlich besser als nichts.«

Sie runzelt sorgenvoll die Stirn und mustert Fred von oben bis unten.

»Wo auch immer Sie so einen Kurs machen … Ich kann Ihnen wirklich nicht versprechen, dass das Ihre Probleme am Arbeitsplatz nachhaltig löst. Ich sag's Ihnen. Die Zukunft liegt in den Pflegeberufen. Und in Ihrem Alter ist es etwas spät für Experimente.«

Da ist es wieder, ihr Alter. Ein Erfahrungsschatz, den man nicht mal mehr vergraben muss, damit ihn niemand stehlen will. Kopf hoch. Durchbeißen. Was ihre Pläne fürs Leben betrifft, ist Fred Widerstand gewöhnt.

»Damit ich schlecht bezahlt die Arbeit mache, von der die Gesellschaft denkt, dass ich sie ohnehin gratis machen soll?«

Die Beraterin seufzt, aber sie hat selbst einen sehr praktischen Kurzhaarschnitt und vom Status quo die Nase voll.

Weil Fred nichts davon hält, die unangenehmen Dinge rauszuschieben, bis sie sehr unangenehm sind, hat sie nach der Karriereberatung noch einen weiteren Termin. Sie liegt am Rücken und alles in ihrem Blickfeld ist rund: die grelle Dentalleuchte, das Muster in der tiefergehängten Decke, Lydias Gesicht und ihre Nasenlöcher. Als Lydia Freds Zähne zum ersten Mal professionell gereinigt hat, war sie eine Berufseinsteigerin mit Engelsgeduld und glatter Haut. Heute ist sie dreifache Mutter, und wenn sich Fred nicht täuscht, müssen ihre Kinder auch schon diverse Entscheidungen fürs Leben treffen. Fred fragt nach Lydias Familie, weil es ein spannenderes Thema als das Wetter ist und weil sie sich ablenken muss. Wer geht schon gern zum Zahnarzt? Aber ein Zahn pocht. Die Erfahrung sagt: Das wird nur schlimmer, wenn man das ignoriert.

»Alles in Ordnung?«

Lydia berührt Freds Wange und streicht die Haare nach hinten. Vorhin, als Lydias Chefin Frau Dr. Walding trotz sorgfältiger Zahnpflege eine Plombe aufbohren und neu machen musste, hat Lydia ihre Hand auf Freds Oberschenkel gelegt. Wir sind Herdentiere. Körperkontakt beruhigt uns. Jetzt ist Lydia mit dem Finish der neuen Plombe beschäftigt.

»Stört noch etwas?«

Willst du die Langversion oder reicht eine kurze Zusammenfassung? Fred beißt auf das Blaupapier. Lydia schleift. Nach der Behandlung vereinbart sie einen Termin für die

Mundhygiene, wickelt sich in Schal und Wintermantel, grüßt knapp und geht, mit dem Schlimmsten rechnend, vor die Tür.

Wien begrüßt sie mit eisigem Wind, der ihr frontal ins Gesicht bläst. Schnell weiter zum Job (25 Wochenstunden, nicht weiter der Rede wert). Das Leben geht am Abend weiter.

Marlis lehnt an einem Stehtisch aus Marmor im Vorraum des Admiralkinos. Sie trägt ein hochgeschlossenes Kleid mit Puffärmeln und eine lange Kette mit bunten Perlen. Très chic und perfekt auf das Ambiente abgestimmt. Fred interessiert sich nicht für Mode, aber sie interessiert sich für Marlis. Wenn man ignoriert, was Marlis trägt, übersieht man, was Marlis der Welt sagen will. Aktuell sagt ihre Kleidung: Ich bin wie das Kino eine Diva und da ist nichts schlecht daran.

Sie winkt ungeduldig mit den Karten. Fred ist spät dran und Marlis liebt alles am Kino: die Werbung, die Trailer, das Zeug zum Knabbern, das sie in Blockbuster-Kinos in der Handtasche in den Saal schmuggelt, in Programmkinos wie hier aber immer am Schalter kauft. Sie hat den Film ausgesucht, Fred steht eher auf Blockbuster, ein *Guilty Pleasure*, aber immerhin: *Pleasure*.

Fred umarmt Marlis zur Begrüßung. Die hat mit ihrem Bruder telefoniert. Das riecht man. Mundgeruch ist ein zu starkes Wort, aber sie riecht anders.

»Good Kenyan girls become good Kenyan wives«, doch Kena und Ziki wollen mehr, so steht's in der Aussendung. Der Film heißt »Rafiki«. Das Screening ist eine Kooperation mit der Bildungswerkstatt einer Bezirkspartei, deshalb zahlt man keinen Eintritt. Natürlich könnten sich Marlis und Fred leisten, ins Kino zu gehen. Aber gibt es besseres Feedback als einen vollen Saal?

Als die Schauspielerin den Satz aus dem Trailer sagt: »Let's make a pact, that we will never be like any of them down there«, nimmt Marlis Freds Hand und drückt sie.

Am Ende des Films ist Fred frustriert. Vielleicht ist es der Wiener Winter, vielleicht ist sie einfach nur alt. Immer die gleichen Geschichten: Widerstand und Gewalt, wenn Frauen es wagen, aus der Norm auszubrechen. Was alle immer für ein Problem damit haben! Als müsste man sich entscheiden, aus welcher Schublade man den Menschen nimmt, den man liebt.

Freds erotische Vergangenheit ist vielfältig: Wenn sie »Sechs Tage, sieben Nächte« schaut, pendelt ihr Kopf verlässlich zwischen Harrison Ford und Anne Heche hin und her. Oder: »Gefährliche Brandung«. Keanu Reeves oder Lori Petty? Apropos: Du willst wissen, wie sich die Welt in den letzten 20 Jahren verändert hat? Schau dir die Filme an! Im Original versucht ein FBI-Agent ein paar surfende Punks zu schnappen, die Banken ausrauben, und wird selbst zum Surfer. Im Remake versucht ein Profisportler eine kriminelle Gang zu schnappen, damit er danach würdig ist für eine Fixanstellung beim FBI.

Das eigentlich Schlimme am Remake ist aber, dass lauter Babes durch den Film tanzen. Lori Petty hat eine selbstbewusste Sportlerin gespielt. Breitbeinig, bereit zum Surfen der Big Waves! Bei dem Gedanken, dass jemand ein Remake von »Thelma & Louise« dreht, wird Fred flau im Magen.

Aber es ist ja keine Forderung des Feminismus, dass Frauen bessere Filme als Männer machen müssen. Gleich mittelmäßig sein zu dürfen, das ist das Ziel. Nicht perfekt sein müssen, um ein kleines bisschen mehr Spielraum zu haben.

Hollywood und alle Lebensratgeber sind sich einig: Du musst dich selbst empowern. Hör auf dich! Trau dich! Lebe deinen Traum!

Und dann?

Was, wenn du endlich aus der Deckung kommst?

Nicht immer geht es dabei um Sex, um Geld geht es auch oft. Was man für andere macht, was man investiert und was man einfordert.

Jedenfalls. Du traust dich aus der Deckung und dann fällst du auf die Schnauze. Natürlich, was denn sonst. So ist das Leben! Nicht alles gelingt und schon gar nicht auf Anhieb. Da stehst du dann, stinkst nach Angstschweiß und kein Deo der Welt kann helfen! Erzähl mal, wie stellst du dir das vor? Du liegst am Boden und es kommt Zuspruch von völlig unerwarteter Seite? Ein Mensch, dem du nie genügt hast, beugt sich über dich und sagt: »You do not get to give up this easily.«

Oder: »Passt schon.«

Oder: »Komm, ich mach dir einen Kamillentee.«

Ach, Hollywood. Ja, sicher! Genau so läuft es. Marlis hat schon recht, dass sie Nischen durchkämmt auf der Suche nach Filmen, die keine Beleidigung für ihre Intelligenz sind, auch wenn in diesen Filmen eher selten etwas in Super Slow Motion explodiert, was vom Bild her einfach geil ist.

Außerhalb der Norm zu leben ist in Wirklichkeit anstrengend. Nichts ist selbstverständlich. Überall Ecken. Bis du ein Netzwerk gebaut hast, das dir die Unterstützung liefern kann, die du für ein gelingendes Leben brauchst, hast du das dritte Burn-out.

Dass Fred sich nicht festlegen will, macht es nicht besser. Beziehungsstatus: Single for life. Und schon lang aus dem Alter raus, als das sexy war.

»Gehen wir noch was trinken?«, fragt Marlis.

Fred schlägt das Ungargrill vor. Hippe, junge Menschen, die unbekümmert trinken und rauchen und zelebrieren, dass sie noch nicht ausgebrannt am Boden liegen.

Marlis will lieber ins Café Oben am Dach der Hauptbücherei. Dort hat man bei Nacht einen atemberaubenden Blick über Wien. Das Licht ist gedimmt und die Musik leise. Auch gut. Das sind nur ein paar Schritte. Zwar pfeift ein kalter Wind über den Gürtel, trotzdem entscheiden sich Fred und Marlis für den Aufstieg über die breite Freitreppe, die zuerst zum Eingang der Bibliothek, dann weiter zum Rooftop führt. Fred legt eine Extraportion Schwung in ihre Schritte. Sie ist alt, das muss man ja nicht gleich sehen. Jetzt, wo die Torte deutlich über 40 Kerzen zählt, nimmt sie Stufen und Hindernisse in Angriff, als nähme sie Anlauf für die Hebefigur am Ende von »Dirty Dancing«. Dabei hat sie sich früher nie in der Rolle gesehen, die schwebt. Sie wollte Patrick Swayze sein und standfest darauf warten, dass ihr Jennifer Grey in die Arme fliegt.

Worauf Marlis wartet? Niemand weiß es, am allerwenigsten sie selbst. Man darf sich von ihrer Filmauswahl nicht auf falsche Fährten locken lassen. Marlis lacht am lautesten, wenn Ellen DeGeneres Witze über ihr Coming-out macht, aber sie steht auf Männer. Plural. Freds Oma hätte das als ein Leben in »schlampigen Verhältnissen« bezeichnet. Aber Freds Oma war ihrer Zeit weit voraus. Omas Freundinnen hätten dafür ganz andere Bezeichnungen gewusst. Ein »leichtes« Mädchen oder ein »gefallenes« oder eine »Hexe« oder das andere Wort mit H.

Na ja, die Zeiten haben sich geändert und das ist gut so. Fred bekommt Marlis' wechselnde Männer selten zu Gesicht. Die wenigsten schaffen es über die Schwelle der Wohnung. Nicht aus Rücksicht auf Fred, der wäre das ohnehin ziemlich egal. Vielleicht ist Marlis der Gedanke unheimlich, dass der Geist ihrer Großtante zuschaut, wenn sie Sex hat.

Marlis bestellt einen Marillensaft mit Soda. Sie haben sich an einen der hohen Tische mit Barhocker gesetzt und genießen den Blick durch die großflächigen Fenster auf die Stadt: In der Nacht wird der ewige Stau am Gürtel zu einer Lichterkette, in der Ferne leuchten die Hochhäuser vom Wienerberg. Marlis trinkt einen Schluck, dann verzieht sie das Gesicht, geht zur Bar und lässt Soda nachfüllen.

Fred nimmt einen Schluck von ihrem Hefeweizen.

Als sie jung war und noch nicht in der Großstadt gelebt hat, war es ein Zeichen von Rebellion, wenn eine Frau ein großes Bier bestellt hat. Ein Hefeweizen in Frauenhand, das kam der Gründung einer Motorradgang gleich.

Wieder lässt sie den Blick durchs Lokal streifen und bleibt an der Aussicht hängen. Als sie Marlis ansieht, geht ihr das Herz auf. Ihr Leben lang hat Fred Schwierigkeiten gehabt, zwischen Sympathie und sexueller Anziehung zu unterscheiden. Dafür hält sie ganz schön viel Zurückweisung aus. Wir sind nicht dazu verurteilt, immer wieder die gleichen Fehler zu machen. Nach dem x-ten Bauchfleck hat sich Fred eine Nachdenkzeit verordnet, bevor es zur Sache geht. Viele Menschen sind faszinierend, aber es gibt mehr als eine Art von Anziehungskraft. Seit sie in diesem Punkt streng mit sich selbst ist, ist ihr Leben in Summe reicher geworden. Ihr Sexualleben allerdings ist eine One-Woman-Show.

Wann hat sie eigentlich das letzte Mal Sex mit einem anderen Menschen gehabt? Dafür sind meine Freundschaften stabil, tröstet sie sich. Es gibt mehr als eine Form von Liebe.

Marlis zupft die Ärmel ihrer Bluse in Form. Ihre Fingernägel sind farblich passend lackiert. Am Mittelfinger ihrer rechten Hand steckt ein neuer Ring, bunt und auffällig. Fred fragt nicht absichtlich nicht nach. Sie sieht doch, wie Marlis ihn präsentiert. Aber Marlis erzählt eine Geschichte aus ihrer Arbeit, da will Fred nicht unterbrechen. Marlis hat Probleme mit einer Kollegin, mit dem Chef sowieso. Das geht nicht mehr lange gut. Fred kennt das inzwischen. Wenn sich Marlis nicht genug gelobt fühlt, wenn sie sich unsichtbar fühlt, dann startet sie eine Mängelliste, die schnell eskaliert.

Er hat schon wieder …

Die macht immer …

Immer arbeitet jemand ganz klar gegen sie.

Ein alter Song von Michelle Shocked fällt Fred ein: *She never found a job, where she wasn't fired, but she never found a town, where she wasn't hired.*

Das ist ein bisschen ungerecht. Es beschreibt Fred fast besser als Marlis. Ich bin ja auch älter, denkt sich Fred trotzig. Aber es lässt sich nicht wegreden: Marlis ist derzeit neben der Spur.

Freds Erfahrung sagt, dass eine direkte Frage nur dazu führt, dass Marlis mauert: Natürlich, alles okay, was hast du denn?

Besser das Gespräch verebben lassen. Schauen, was kommt. Ja. Bitte! Noch ein Hefeweizen. Marlis bestellt Kuchen. Dann Schweigen. Dann kommt der Kuchen. Dann Schweigen. Fred leckt grad Bierschaum von ihrer Oberlippe, als es endlich zur Sprache kommt:

»Hubert hat angerufen!«

Bingo! Fred versucht sich nicht anmerken zu lassen, wie stolz sie darauf ist, recht gehabt zu haben. Hat sie doch sofort gemerkt, dass Marlis mit ihrem Bruder telefoniert hat.

»Was wollte er?«

»Das Übliche!«

»Okay, aber konkret?«

»Dampf ablassen. Er hat einen schlechten Tag im Büro gehabt, aber wer hat das nicht? Was ist einfacher, als die Schwester anrufen und Stress machen.«

Fred macht mitfühlende Geräusche, dann fragt sie nochmals nach dem Anlass für den Anruf.

»Eh immer das Gleiche: Ich soll mich nicht so anstellen, ich muss auch die andere Seite sehen, das geht so nicht.«

»War er sauer wegen Weihnachten?«

»Auch.«

»Wegen was noch?«

Marlis schweigt. Sie kletzelt an einem Bierdeckel rum, von ihrem Nagel splittert ein bisschen Lack ab. Dann greift sie in ihre Tasche und holt ein Kuvert raus.

»Da. Schau's dir selbst an.«

Muss Fred gar nicht. Manche Nachrichten sieht man schon dem Kuvert an. Aber gut. Sie greift danach. Auf braunem Karton steht in weißer Kalligrafie geschrieben: *Wir sagen Ja*. Der Strich zieht sich weiter und bildet ein Herz.

Sie klappt die Karte auf.

Wir heiraten. Dieser besondere Moment blabla laden euch herzlich blabla bitten um Antwort bis blabla Mag. Hubert Abzweiger und Dr. Isabella Schöpf.

Fred hält es für klug zu schweigen. Marlis kletzelt am Bierdeckel rum.

»Mich kotzt das alles so an! Wozu muss er auch heiraten!«

Schon als Fred sie kennengelernt hat, herrschte zwischen Marlis und ihrer Familie Funkstille. Wenn ihre Eltern Urlaub machen, kommt eine Postkarte, auf der nicht viel steht. Zu Weihnachten und zum Geburtstag kommt eine Grußkarte oder ein kurzes Telefonat. So ganz verstanden hat Fred nicht, was der Kern des Streits ist. Geheimnis ist es aber auch keins. Marlis erzählt gelegentlich davon, wie sie zu ihrer Großtante gezogen ist. Aber es wäre gelogen, zu sagen, Fred hat den Überblick. Ein Missverständnis, wahrscheinlich. Um Geld ging's und um Vertrauen. So oder so ist Fred solidarisch. Wer ist sie denn, dass sie ihrer Freundin nicht glaubt, wenn sie sagt: Daheim wäre sie fast erstickt.

»Überhaupt, wer schreibt denn seinen akademischen Titel auf die Einladungskarte zur Hochzeit.«

In Österreich?, denkt Fred: alle. Aber was weiß sie schon. Nicht alles, was man sich denkt, muss man laut sagen.

»Wie kann ich dir helfen? Soll ich mitkommen?«

»Du? Zur Hochzeit?« Marlis zuckt mit den Schultern. Dann lächelt sie. Manchmal denkt Fred, Marlis' Lächeln ist das Geheimnis ihrer Freundschaft. Es ist meistens zeitverzögert, als käme es von weit her. Als hätte Fred Marlis aus der Finsternis gezogen und das ist ihre Belohnung.

»Wenn ich dich mitnehme, ziehst du dann ein Kleid an?«

»Komm schon. Ein Hosenanzug ist ein absolut akzeptables Kleidungsstück.«

Marlis schaut nicht überzeugt. Sie neigt den Kopf nach links und legt ihre Lippen an den Strohhalm, ohne Fred aus den Augen zu verlieren. Nach dem Trinken bläst sie in ihren Marillensaft, lässt ihn blubbern. Ihre Hände lassen das Glas los, die Finger trommeln leise auf die Tischplatte. Sie strahlt, als sie antwortet.

»Echt? Du kommst mit? Das bedeutet mir die Welt, dass ich da nicht alleine hinmuss.«

Ich und Echo

Manchmal ist Hubert lästig wie eine Blasenentzündung. Du sitzt auf dem Thron und willst dich entspannen, aber im Hinterkopf droht eine Stimme: Das wird jetzt unangenehm. In der Kanzlei vom Hubert gibt es keinen Thron, aber einen Prinzen gibt es.

Die Büromöbel gehören dringend aktualisiert, findet Hubert. Sein Vater, der echte Chef, findet das nicht. Es muss also ein Kompromiss gefunden werden. Laura bestellt Büromöbelkataloge und versucht Antworten auf Huberts Fragen zu verschiedenen Möbelstücken zu finden, von denen sie weiß, dass sie nicht gekauft werden können. Die Berater am Telefon wissen das inzwischen auch.

Im Rücken spürt sie Hildes strengen Blick. Hilde ist Huberts Kanzleisekretärin und aus Gründen mit Laura unzufrieden. Büromöbel sind ihr egal, ihren Chef toleriert sie.

Was man über Hubert wissen muss?

Er redet sehr langsam. Bedächtig, sagt Isabella.

Hubert redet auch wenig. Ein Zeichen für sein reiches inneres Erleben, sagt Isabella.

Lauras Job besteht darin, seine Wünsche zu erraten. Zum Glück ist Hubert ein offenes Buch ohne Überraschungen. Den Kaffee mag er ohne Milch, dafür mit viel Zucker. Wenn sein Vater anruft, ist er erreichbar. Immer. Ohne jede Ausnahme. Da kann Hubert in einer Besprechung mit dem

Landeshauptmann sein, der Vater wird durchgestellt. Das passiert natürlich nicht, denn wenn Hubert eine Besprechung mit dem Landeshauptmann hat, sitzt sein Vater daneben. Hilde meistens auch.

Hildes negative Energie kommt in Wellen. Laura rollt die Schultern und versucht den bösen Blick abzuschütteln. Es würde sie nicht wundern, wenn Hilde in der untersten Schublade ihres Bürotischs ein kleines Püppchen versteckt hätte, das wie Laura aussieht und in das sie, bei Bedarf, Nadeln stecken kann. Heute hat sie Bedarf.

Dabei hat Laura einfach nur verschlafen. Außerdem hat sie Geburtstag und eigentlich sollte die Welt heute Torte für sie bereitstellen. Stimmt schon: Sie hatte Hilde versprochen, das Aufsperren zu übernehmen, und dann einfach vergessen. Also war Hubert als Erster im Büro. Niemand hat auf ihn gewartet. Wie schlecht er es erträgt, einen leeren Raum zu betreten. Mag. jur. Hubert Abzweiger braucht Publikum, um zu mittelgroßer Form aufzulaufen. Noch dazu musste er Frau Ladurner ohne Hilfe empfangen. Sie ist eine schwierige Klientin, die eigentlich immer in einer schwierigen Lebensphase festhängt. Gut für die Kanzlei, aber Hubert ist nicht gern mit ihr allein. Sie hat so etwas Hartes, meint Hubert, das ist so gar nicht typisch für eine Frau. Sie lächelt zu wenig. Sie schüchtert ihn ein. Aktuelles Problem: Ihr Exmann hat einen Wald geerbt. Frau Ladurner findet, dass sie auf einen Teil des Waldes Anspruch hat. Der Exmann findet das nicht. Sein Anwalt hat neulich lapidar gesagt: »Wir haben die Ausführungen der Klägerin gehört«, und mit den Schultern gezuckt.

Es ist nicht so, dass Hubert darauf keine Antwort finden könnte, wenn er gründlich nachdenkt, aber wenn Frau Ladurner mit der Tür ins Haus fällt, ohne dass Hilde oder Laura im Vorzimmer sitzen, um sie abzufangen, dann hinterlässt das Spuren. Als Hilde pünktlich und entspannt nach ihrem Kosmetiktermin ins Büro kommt, bekommt sie eine Breitseite empörten Chef in das porentief gereinigte Gesicht.

Auftritt: Laura. Zu spät, zu gut gelaunt und außerdem außer Atem.

Statt der erwarteten Gratulation zu ihrem Ehrentag hatte Hilde Feedback.

»Laura, kommst du kurz?«

Huberts Stimme kommt aus dem Intercom. Hildes Blick wird noch missmutiger.

Huberts Büro ist mit dunklem Holz verkleidet. An der Wand hängen Kunstdrucke. Ein Leuchtturm steht an einer Fantasieküste und behauptet sich trotz heftiger Gischt. Daneben ein neonfarbener Hirsch, der zum Sprung ansetzt.

Huberts Lächeln ist schmerzverzerrt, seine Stimme so samtweich, als könnte er sich an seinen eigenen Basstönen verletzen.

»Hat Hilde dir gesagt, welche Termine heute besonders wichtig sind?«

Das ist witzig, weil Laura zwar den Anrufbeantworter abhört, aber über die Gewichtung der Termine nicht informiert wird. Hubert weiß das. Laura weiß das. Hilde weiß das und sonst auch alles. Sie sitzt im Vorzimmer. Frag sie doch selbst.

»Soll ich dir was gegen die Migräne bringen?«

»Hab schon …«

»Keine Wirkung?«

Hubert schüttelt den Kopf. Laura will nichts verharmlosen. Migräne ist eine Krankheit, die man ernst nehmen muss. Aber schüttelt man freiwillig den Kopf, wenn dieser

Kopf sich anfühlt, als wäre er fest im Griff von zwei Schraubzwingen?

»Hubert, wenn du willst, rede ich mit Hilde über den Terminplan. Ich bin sicher, wir können dich für heute freischaufeln, wenn es nötig ist.«

Hubert schüttelt wieder den Kopf. Dabei schaut er Laura von unten an. Seine Augen sind etwas glasig, seine Backen hängen. Laura weiß, was zu tun ist.

»Lass mich machen«, sagt sie zu Hubert, während sie sich hinter ihn stellt, »du weißt, meine Hände haben Zauberkräfte.«

Sie greift in sein Haar, an manchen Stellen ist es füllig, an anderen Stellen wird es schütter. Hubert hat Gebrauchsspuren. Mit kreisenden Bewegungen massiert Laura seine Kopfhaut. Seine Haare sind frisch gewaschen, seine Kopfhaut ist trocken. Hubert seufzt erleichtert. Manchmal denkt Laura: Genau das ist mein Job.

Vor ein paar Monaten hat Isabella Hubert mit der Kanzleisekretärin überrascht. Also, ganz unschuldig, Hilde hatte ihre Hände in Huberts Haupthaar versenkt. Aber das geht nicht. Weiß doch jeder, dass ein Schritt zum nächsten führt. Isabella braucht jemanden im Büro, der den Nacken ihres Hubert bearbeitet, ohne dass sie sich Sorgen machen muss. Auftritt: Laura.

»Worauf darf ich mich heute freuen?«

»Ich habe dir die Liste auf den Schreibtisch gelegt.«

Es gehört zu Lauras Job, dass sie sich Gedanken darüber macht, was Hubert zu Mittag isst. Sie verbringt einen Teil jeden Vormittags damit, bei diversen Restaurants anzurufen und nach den Mittagsmenüs zu fragen. Dienstags gilt: Je internationaler, desto besser – nepalesisch, russisch, afrikanisch, aus Gründen der Weltoffenheit darf auch mal koscher gekocht werden. Warum ausgerechnet der Dienstag ein guter Tag für internationale Kulinarik ist, hinterfragt Laura nicht. Sie surft zu den Webseiten der Lokale in Gehweite, die Mittagsmenüs anbieten. Heute hat Laura ein Südtiroler Knödeltris auf die Liste gesetzt. Jeden Tag ein kleiner, subversiver Akt. Dass Südtirol unter international fällt, ist in Tirol nicht unumstritten.

»Sei so lieb und fass es mir schnell zusammen.«

Während sie die Speisefolgen aufzählt, lässt Laura ihre Finger Richtung Huberts Nacken gleiten. Sein Seufzen ist laut, langgezogen und ekstatisch. Manchmal wundert es Laura nicht, dass Hilde säuerlich schaut, wenn ihre junge Kollegin zurück aus dem Chefzimmer kommt. Ob sie es vermisst? Den Chef in der Hand zu haben?

»Ah. Gut. Wie du mich verwöhnst. Wie du mir guttust.«

Hubert lässt seinen Kopf auf die Unterarme fallen. Mit den Fingern seiner Hand winkt er Laura weg. Seine Stimme ist schwer verständlich, als er murmelt: »Danke, Laura. Ich weiß gar nicht, was ich ohne dich tun würde. Sag der Hilde, ich bin in zehn Minuten für alles bereit.«

Laura holt sich eine Tasse Kaffee aus der Küche und nickt Hilde zu. Weil's eh schon wurscht ist, zwinkert sie verschmitzt. Hildes Lippen werden strichgerade. Dann schüttelt sie den Kopf und entschließt sich zu einem Lächeln.

»Der Chef muss sich noch kurz erholen. Er hat Migräne.«

Beim Wort Migräne verdreht Laura die Augen.

Endlich Feierabend. Sie ist länger als sonst geblieben, um Hilde zu versöhnen. In letzter Sekunde hat der Hubert noch allerhand von ihr wissen wollen. Deshalb läuft sie Gefahr, die nächste Hungerburgbahn zu verpassen, was wiederum bedeuten würde, dass sie sich ein zweites Mal an diesem Tag verspätet. Sie muss es in die Höhe schaffen, bevor die

Sonne untergeht. In der Ferne leuchtet die Haltestelle wie ein Eisblock, der ins Tal gerutscht ist. Laura beschleunigt, kauft sich das Ticket und schafft es in letzter Sekunde in den silber-blauen Waggon und los. Feier-Abend!!!

Seit sie sich erinnern kann, fährt Laura an ihrem Geburtstag auf die Hungerburg und zwar nicht mit dem Bus. Früher mit der Mama, seit ein paar Jahren alleine.

Tunnel, ans Licht und über den Inn, wieder Tunnel, danach wird die Bahn zur Raupe und klettert am Alpenzoo vorbei den Berg hoch. Die Kabinen verschieben sich, mit jedem Höhenmeter wird der Blick ins Tal besser. Bei der Hungerburg steigt sie aus, holt die mitgebrachte Flasche Sekt aus dem Rucksack und stellt sich an die Mauer der Aussichtsterrasse. Keine Sekunde zu früh. Sie hat sich grad ein Glas eingeschenkt, da ruft die Mama schon an.

»Alles Gute, Mauserl.«

Laura setzt sich auf die Mauer und schaut ins Tal, während ihr die Mama erzählt, wie das war, damals.

»Deine Geburt, Mauserl, was für eine Katastrophe! Stundenlange Wehen, Dammriss, das volle Programm. Ich habe eigentlich einen Tag früher mit dir gerechnet. Dass es so etwas gibt, hab ich mir damals gedacht. Über 20 Stunden Wehen. Wie du dir Zeit gelassen hast. Fast wär's ein Notkaiserschnitt geworden. Aber dann …«

Laura ist auf die Welt gekommen wie eine Explosion in Super Slow Motion, erzählt Mama. Eine Endlosschleife aus Atmen, Pressen und Schreien. Als wäre eine schwere Geburt nicht schon genug Drama, war Lauras Vater nicht nur nicht im Kreißsaal, er war auch in der Wohnung kaum mehr anzutreffen und wenig später dann gar nicht mehr. An Konrad mag Laura grad nicht denken.

Lieber genießt sie den Ausblick. Der Patscherkofel, wie harmlos er ausschaut. Die übermütige Serles. Nichts als

Felsen, imposant aufgetürmt. Das Inntal, ausgewalkt wie ein Strudelteig. Wenn Laura den Kopf dreht, kann sie fast ihre Wohnung im O-Dorf sehen. Dort drüben, in der anderen Blickrichtung, in der Anichstraße, ein paar Schritte vom Landesgericht entfernt, liegt die Kanzlei vom Hubert.

Mama erzählt von Isis Trotzphase, damals, als ihr Einzelkindstatus durch Lauras Geburt ins Wanken geraten ist. Eine freiwillige Babysitterin war sie nicht. Und später erst! Heute versteht Laura das. Es muss langweilig sein, wenn du 14 bist und deine siebenjährige Schwester dackelt immer hinter dir her.

Isi ist übrigens nicht Lauras einzige Schwester. Aber sie ist die Einzige, die zählt. Klar, Anna hat eine andere Mutter. Aber das Problem mit Anna ist nicht ihre Mutter. Das Problem mit Anna ist ihr Vater. Und ihr Alter. Sie ist kaum jünger als Laura. Den Zeitpunkt ihrer Zeugung kann man sich recht genau ausrechnen, wenn man Lust dazu hat.

»Du warst der Versuch, unsere Ehe zu retten. Aber ich konnte ja nicht wissen, dass Konrad zur gleichen Zeit mit einer anderen Frau … na ja, nicht versucht hat, unsere Ehe zu retten. Na, immerhin hab ich jetzt dich.«

Klingt harsch, was die Mama so erzählt? Weiß nicht, denkt Laura, sie kennt die Geschichte. Es ist ja schließlich ihre eigene.

Auf der Talfahrt häufen sich die SMS.

Wo gehst du denn um?

*Happy B*Day!*

Wir warten!!!

Vorbei am Hofgarten und dem majestätisch verzweigten Baum vorm Landestheater. Vorbei an Stiftkeller und Eisgrotte. Laura vermeidet mit Absicht die Maria-Theresien-Straße, trotzdem muss sie ziemlich oft grüßen, bis sie am Landhausplatz ankommt. Die Umgestaltung des ehemaligen Aufmarschplatzes ist fast so alt wie Laura selbst. Alle paar Jahre versucht jemand zu verhindern, dass sich dort die Skater treffen. Du kannst einen Betonplatz voller Hügel und Kanten bauen und dich darüber aufregen, dass geskatet wird. Ist nicht falsch. Aber weltfremd!

Die Mädels warten schon, Matti auch. Wenn man motiviert ist, die Winterjacke anlässt und sich in Decken wickelt, ist es warm genug für den Gastgarten vorm Breakfast Club. Kuni grinst und winkt mit beiden Händen, als sie Laura sieht. Melanie hat ihre Dreadlocks hochgebunden und bemalt Mattis Fingernägel mit glitzerndem Nagellack. Alle haben Weiß-sauer bestellt. Nach dem ersten Glas füllen sie mit Prosecco aus dem Supermarkt nach. Die Flasche verstecken sie halbherzig unter dem Tisch. Die Kellnerin ist eine Kollegin, die sagt nichts.

Später laufen sie die Bögen entlang, bis sie einen Club finden, in dem ihnen die Musik gefällt. Wenn Matti tanzt, schaut er aus wie eine Windmühle: Immer am gleichen Fleck und die Arme rudern wild. Der Club ist eine Höhle aus Dunkelheit. Alle halten ihre besten Seiten ins Licht. Die Zigarette neben Laura riecht süßlich. Der Typ, der sie raucht, sieht aus wie ein Sportstudent. Er lächelt. Laura dreht sich weg. Mit einem Studenten flirten heißt: Sobald die Skisaison vorbei ist, verbringst du das Wochenende wieder alleine, weil alle zurück in ihr anderes, ihr echtes Leben fahren. Am schlimmsten sind die Mo-Dos, die Studis, die am Montag so spät wie möglich kommen und schon am Donnerstag wieder die Stadt verlassen.

Kuni und Melanie improvisieren eine Choreographie auf der Tanzfläche. Sie sind das Zentrum, angestrahlt von einer Discokugel. Außerdem sind sie magnetisch: Nicht nur Matti kann seine Augen nicht von Melanie lassen. Neben Laura ragt ein dunkler Schatten in die Höhe. Andi steht in Innsbruck rum, eigentlich schon immer. Er ist wortkarg und baumlang. Um mit ihm ins Gespräch zu kommen, muss man Schweigen interpretieren können. Laura grinst ihn an: »Ich hab heute Geburtstag, ladest mich auf einen Drink ein?«

Er schaut fragend.

»Hast einen Gin Tonic für mich?«

Er nickt und dreht sich zur Bar. Der Vorteil von Bäumen ist, dass sie Wurzeln haben und stehen bleiben, wo sie sind. Die Beats wummern in weiter Ferne, es ist ein Club, wer verstanden werden will, verwendet Zeichensprache oder schreit.

Neben Laura brüllt einer: »Boah, hast den Drop gehört im Beat, Wahnsinn!«

Die Typen im Club waren heute alle am Berg, ihre Gesichter leuchten radioaktiv. Lauter Lockenköpfe mit strahlendem Lächeln und dem religiösen Eifer im Blick, den du nur von Nahtoderfahrungen am Steilhang bekommst, gegerbte Seelen, und wenn dem Herzen schwindelig wird, hilft es, immer im Takt zu schunkeln.

»Weißt, was mir meine Mädels geschenkt haben?«

Andi dreht sich zu Laura um und stellt ihren Gin Tonic auf die Bar. Mit dem Drink in der Hand zeigt Laura vage Richtung Kuni und Melanie. Andi schweigt. Laura interpretiert das als Interesse. Sie greift in die Tasche und holt das Geschenk raus, knallt es neben Andi auf die Theke. Andi schaut nicht aus, als würde er sich auskennen.

»Das sind die besten Stifte, die es gibt.«

Andi schweigt wieder.

Auch Laura sagt erstmal nichts.

»Die spinnen ja! Voll großzügig. Die Stifte kann man wieder befüllen und die Farben selber zusammenmixen, aber die Box kostet über 200 Euro!«

Laura lehnt sich näher an Andis Ohr und schreit ein bisschen lauter.

»Weißt, ich zeichne gern.«

Andi nickt bedächtig.

»So kleine Bilder … Wenn mir eine Geschichte einfällt, die ich erzählen will, dann auch ein paar Bilder hintereinander. Comics halt.«

Laura nimmt einen Schluck von ihrem Gin Tonic. Wenn man versucht, lange Sätze gegen die Musik anzuschreien, vor allem bei Sätzen, wo man selbst nicht recht weiß, wo die hinwollen, da hilft es, wenn man was trinkt.

»Aber die Stifte … und einen Gutschein für das Geschäft beim Triumphbogen, wenn ich nachfüllen will!«

Andi nickt.

Auf der Tanzfläche wickelt sich Melanie mit hohem Aufwand um Matti. Kuni tanzt selbstvergessen, in der Hoffnung, dass niemand sie sieht, wenn sie selbst niemanden anschaut. Chancenlos. Kuni ist groß. Am Rand der Tanzfläche bewegen sich die Schatten und beobachten jede ihrer Bewegungen. Kuni tanzt, wie sie immer tanzt: voll bei der Sache. Wenn man Kuni zuschaut, sieht alles so einfach aus. Als wäre nichts dabei.

»Aber«, sagt sie zu Andi, »wenn ich die Stifte verwende, kostet jeder Strich ein Vermögen!«

Laura stellt den Gin Tonic neben Andi auf die Bar.

»Und was, wenn alles, was ich mal, ein Scheiß ist?«

Sie starrt Andi an. Aber der zuckt nur mit den Achseln, und er hat ja recht, er kann da wirklich nichts dafür.

Laura steckt die Stifte zurück, weil, das wär's jetzt, wenn sie das Geschenk heute einfach im Club verlieren würde!

»Kann ich meinen Drink bei dir stehen lassen?«

Andi nickt. »Okay«, sagt er und im Steilhang zwischen O und AY schaltet er zweimal, bis das Getriebe knackt, »O-K-K-AY!«

Was noch? Laura will nicht kleinlich sein, aber ihr Vater hat sich heute noch nicht gemeldet. Kein Anruf, keine Karte. Sie hätte auch einen Glückwunsch via Kontoauszug akzeptiert. Stimmt schon, vor Jahren hat sie sich lautstark (und in seiner Gegenwart) gewünscht, dass er sie an ihrem Geburtstag in Ruhe lässt. Aber, ganz ehrlich, Schnee von gestern.

Werd erwachsen, Papa! Ich bin es doch auch.

Als Laura sich endlich erlöst fühlt, vom Tanzen durchgeschwitzt und im Gesicht wahrscheinlich so rot wie alle die, die heute auf dem Gletscher waren, als Laura endlich beschließt, es gut sein zu lassen und heimzugehen, fährt ihr der Nachtbus vor der Nase davon. Nochmal zurück in die Bögen? Nein. Irgendwann kommt wieder ein Nachtbus und wenn nicht, dann hat sie wenigstens Sport gemacht. Sie geht einfach los. Ein Gewaltmarsch ins O-Dorf, dabei sein ist alles. Außerdem ist sie hellwach, ein Gemisch aus Tanzen und Gin Tonic und überhaupt: Die Welt dreht sich ein bisschen schneller als sonst.

Leben heißt Glück haben. Mitten im Nichts hat sich ein wenig Materie zusammengetan: Schwerkraft, Lava, Wasser, Sauerstoff, die Ursuppe köcheln lassen … und jetzt, ein paar Erdzeitalter später, stehst du da und atmest. Was für eine steile Karriere vom Schachtelhalm bis zu Laura Schöpf!

Klein wie Mikroben hocken wir auf einem Ball, der selbst um einen riesigen Feuerball saust und sich dabei um die eigene Achse dreht. Eine Lichtquelle ist kein behaglicher Ort. Ein Inferno mit 1,4 Millionen Kilometern Durchmesser.

Freaky-fucking-volle-gewaltig. Sie schaut an der Nordkette vorbei in den sternenklaren Nachthimmel. In der Nacht werfen Berge keinen Schatten. Sie sind der Schatten. Kleiner Wagen, großer Wagen, Polarstern, die Leier … Alle hellen Punkte zwischen der Leier und den beiden Wägen rechnet Laura dem Drachen zu. Das stimmt zwar nicht, aber es vereinfacht die Sache. Neben den Sternen gibt es zwei menschengemachte Lichtpunkte im Nachthimmel: die Seegrube und das Hafelekar.

Schon seit Tagen sucht Laura eine neue Idee für ein Comic. Sie braucht eine gute Idee, eine richtig große. Vielleicht so: Erstes Bild, ein Quadrat: Eine Frau schlapft mit Pyjama und Schlafmütze durch die Stadt. Zweites Bild, ebenfalls ein Quadrat: Von oben ihr Gesicht mit riesengroßen Leuchtaugen. Darunter das Hauptbild: Neben der Nordkette ist der Sternenhimmel als Zahlenbild dargestellt: Wenn du die 1, 2, 3, 4, 5 korrekt verbindest, siehst du die Kassiopeia. (Oder ein erfundenes Sternbild? Ein Cocktail-Glas mit Schirmchen? Einen Rettungshubschrauber? Einen Joint? Eine Surferin mit Superheldinnen-Cape? Einen Teebeutel? Ein Tampon?)

Okay. Cool. Das probiert sie, wenn sie heimkommt. Aber es reicht noch nicht. Laura malt meistens einzelne Bilder und jetzt will sie mehr. Eine Geschichte erzählen. Ihre eigene Geschichte, aber so, dass man sich in ihr wiederfinden kann. Im Hinterkopf hört sie Kunis Stimme. *Laura, nicht cool tun, lass die Hosen runter. Sonst wird das nichts.*

Kuni ist immer auf ihrer Seite. Aber seit dem Studium nimmt sie Kunst manchmal ernster als Freundschaft. Also, sie lobt schon noch, aber der Maßstab hat sich verändert.

Kunst.

Großes Wort.

Ich zeichne halt gern, denkt sich Laura. Aber wahrscheinlich hat Kuni recht, wie so oft.

Also gut. Hosen runterlassen. Alles klar.

Das Adrenalin der Partynacht pumpt durch Lauras Adern, sie marschiert so schnell sie kann. Über ihrem Kopf dreht sich der Nachthimmel wie eine Diskokugel.

Stell dir vor, es ist Winter und niemand geht hin

Das Schlimmste an Wien ist der Februar.

Es ist dunkel, sagt die Vernunft.

Es ist, was es ist, sagt der Winter.

Es ist Unglück, sagt die Berechnung.

Es ist nichts bis März, sagt die Angst.

Es ist aussichtslos, sagt der Nebel.

Es ist, was es ist, sagt der Winter.

Reiß dich zusammen, sagt Fred zu sich selbst und stellt den Wecker so, dass sie vor der Arbeit (schlecht bezahlt, 25 Wochenstunden, nicht der Rede wert) ihr Gesicht in die Infrarotlampe halten kann. Marlis schlurft grüßend an ihr vorbei. Marlis ist kein Morgenmensch. Trotzdem ist sie schon perfekt gekleidet. Sie trägt eine schwarze Hose und einen grauen Kaschmirpullover. Für ihren Schmuck bräuchte sie einen Waffenschein. Die Tür fällt hinter ihr zu, Fred ist allein in der Wohnung.

Sabrina hat schon wieder angerufen. Zum dritten Mal. Blick auf die Uhr, wenn Sabrina sich kurz hält, geht sich der Rückruf aus.

Sabrina will Möbel in ihre Wohnung in Venedig überstellen. Hast du Lust, Fred? Auf dem Rückweg könntest du ja bitte auch ein paar Bilder bei dieser nicht ganz einfachen Künstlerin im steirischen Hügelland abholen, kennst sie eh! Kannst gern ein paar Tage in Venedig bleiben, ich sag dir, wo du die Schlüssel und den Lieferwagen abholen kannst!

Sabrina könnte natürlich auch eine Spedition beauftragen … Das Geld dafür hat sie, aber sie hat nicht vergessen, was Fred früher für sie getan hat. Mit Freds Fiat Panda sind sie in alle Himmelsrichtungen gefahren, Bilder abholen, Bilder bringen, als Bezahlung für Fred gab's Kunst, die wegzugeben Sabrina nicht wehtat. Das war in der Zeit, als Sabrina die Künstlerinnen noch direkt vermarktete: Einkauf – Verkauf. Heute hat sie eine eigene Galerie und arbeitet auf Kommissionsbasis, wie alle anderen Big Player auch. Die Bilder von damals stehen bei Fred im Keller, das ist kein Werturteil, aber als sie bei Marlis eingezogen ist, waren die Wände größtenteils schon voll.

Heute bezahlt Sabrina mit: Geld, das wegzugeben ihr nicht wehtut und das Fred dringender braucht, als sie es sich eingestehen will. Für ein paar zusätzliche Urlaubstage in Venedig hat sie keine Zeit, aber sie packt gemeinsam mit Sabrinas gutem Geist die Möbel in den Lieferwagen, den Sabrina bereitgestellt hat. Los geht's. Gas geben, schalten, überholen. Fred legt ihr Handy und den Bluetooth-Lautsprecher auf den Beifahrersitz und hört Melissa Etheridge und k.d. lang. Ab Wiener Neustadt hat sie sich an den klapprigen Wagen gewöhnt. Zuerst verändert sich die Landschaft, dann das Licht, dann ihre Laune, dann ist sie am Ziel.

Venedig. Die Sonne taucht die Stadt in ein Licht, als stünde ein Fotoshooting für eine Tourismuswerbung an.

Noch am Festland übergibt Fred die Möbel an den Trupp Leute, den Sabrina organisiert hat. Sie schreibt ihr eine SMS, alles erledigt, parkt den Lieferwagen und steigt ins Vaporetto. Die Biennale startet erst im Mai, aber einen Spaziergang durch Arsenal und Giardini lässt sie sich nicht nehmen. Die eine Trattoria in der Via Guiseppe Garibaldi ist so toll, wie sie sie in Erinnerung hat. Sie isst, was sie hier immer bestellt: Pasta al nero. Der Karneval ist vorbei, in Venedig ist so etwas wie Ruhe eingekehrt. Die Stadt riecht gleichzeitig nach Süß- und Salzwasser und – sogar im Winter – ein bisschen nach Verwesung.

Als sie wieder in den Lieferwagen steigt, hört sie Madame Baheux, bis die Lautsprecher-Akkus schwach werden. Marlis scheint sie nicht zu vermissen, auch Sabrina meldet sich nicht. Plötzlich hat sie es nicht mehr so eilig mit der Rückkehr, deshalb beschließt Fred, bei ihrer Freundin Silvia in Kärnten vorbeizuschauen.

Silvia schaut alt aus, aber wer tut das nicht? Sie hat es sich nicht nehmen lassen, Fred zu Ehren eine Flasche Sekt zu öffnen. Das Bett im Gästezimmer ist frisch bezogen. Sie schenken sich gegenseitig nach, während sie erzählen, was sich in den letzten Jahren getan hat. Es gibt Tage, da ist Gastsein die beste Heimat.

Die Künstlerin im steirischen Hügelland ist ziemlich ungehalten, als Fred endlich bei ihr im Hof einfährt. Fred hat bekannt gegeben, dass sie einen Tag später kommt. Aber dann hat sie nach dem Frühstück so viel Lust auf den Wörthersee verspürt, dass sie es nicht unterdrücken konnte. Silvia hat sie begleitet. Frische Luft macht hungrig. Durch Kärnten fahren, ohne Kasnudeln zu essen, grenzt an Landesverrat. Das allerdings ist keine Ausrede, die in der Steiermark Tür und Tor öffnet.

Die Künstlerin hat sich die Wartezeit mit dem Selbstgebrannten des Vorjahres verkürzt und trinkt wütend weiter, während Fred die Rollen und Kisten in den Bus räumt. Es ist einfacher, ein Stamperl zu trinken, als die Diskussion eskalieren zu lassen. Fred hat nur Verachtung für Menschen, die betrunken Auto fahren. Aber ein Stamperl und ein Spritzer zum Mittagessen? Das geht gerade noch, redet sie sich gut zu. Bevor sie den Motor startet und sich von der Künstlerin rückwärts aus der Hofzufahrt rauswinken lässt, schreibt sie Marlis eine SMS. Es wird dunkel sein, bis sie in Wien ist. Sie will nicht, dass Marlis sich Sorgen macht. Antwort kommt keine, aber das ist auch nicht nötig. Fred ist müde. Während der Fahrt über den Semmering kurbelt sie die Fenster runter und fährt bewusst konzentriert. Die kalte Winterluft hält sie wach, bis sie Wien erreicht. Es ist nach Mitternacht. Sie parkt den Lieferwagen in der Nähe von Sabrinas Lager in Ottakring. Jetzt noch die Schlüssel durch den Türschlitz und ab nach Hause. Blick aufs Handy. Der Akku reicht noch, um ein Taxi zu rufen. Soll sie sich den Luxus gönnen oder geht sie zu Fuß?

Sie ist völlig fertig. Schwer wie ein Sack Kartoffeln, mit dem man eine mittelgroße Familie durch den Winter bringt.

Es ist kalt.

Im Handschuhfach liegt ein gepolstertes Kuvert, das Sabrina vorbereitet hat. Fred sperrt das Auto ab, steckt die Schlüssel rein und schiebt es durch Sabrinas Briefschlitz. Sie reibt sich die Hände, um sie zu wärmen, dann fällt ihr ein, dass sie ja Handschuhe eingepackt hat. Weit ist es nicht. Wenn sie zügig geht, ist sie in 25 Minuten zu Hause, in 30 Minuten im Bett. Ach ja, Handschuhe. Wo ist nochmal ihre Tasche? Sie greift sich an die Schulter, da hängt keine Tasche. Am Boden liegt nichts. Unentschlossen geht sie ein paar Mal auf und ab. Es dauert, bis ihr das Naheliegende einfällt.

Sie schaut durchs Autofenster. Da liegt sie, die Tasche. Mitten auf dem Beifahrersitz. Darin ihre Geldbörse, ihre Zahnbürste, das Schlafshirt, die gebrauchte Unterwäsche und ihre Wohnungsschlüssel. Frustriert lehnt Fred ihre Stirn an die Fensterscheibe. Sie zuckt zurück. Sogar das Glas ist kalt.

Zum Glück hat sie ihr Handy beim Aussteigen in die Manteltasche geschoben. Es läutet. Lange. Marlis' Stimme klingt weich wie ein Bett mit Daunendecken.

»Hallo?«

»Marlis?«

»Fred?«

»Ja! Wer sonst?«

»Was'n los?«

»Bist du zu Hause? Ich hab meinen Schlüssel im Auto eingesperrt und steh in der Kälte ...«

Marlis antwortet nicht. Ihre Stimme hat verschlafen geklungen, vielleicht nach Schlaftabletten, aber auch dafür dauert das Schweigen zu lang. Fred schaut auf ihr Handy. Der Akku ist leer, deshalb ist das Gespräch abgerissen. Aber gut. Marlis ist gewarnt, wenn sie jetzt heimgeht und Glück hat, wird sie wach, wenn Fred klingelt. Wenn sie Pech hat, ist Marlis bei einem ihrer Männer (Plural).

Fred schlägt den Mantelkragen hoch, reibt sich die Hände und geht los. Ohne ihre Tasche fühlt sie sich nackt. Nichts zum Schwingen im Abwehrkampf, kein Schlüssel zum Zwischen-die-Finger-Nehmen. Kein Handy für Unterhaltung und Hilferufe. Kein Geld. Aber die Stadt ist nahezu menschenleer. Als sie den Gürtel überquert, labern sie ein paar Besoffene an. Leute, denen beim Lallen Kebabreste aus dem Mund fallen, schüchtern Fred nicht ein. Kurze Zeit später steht sie vor ihrer Haustür und läutet Sturm. Es rührt sich nichts. Fred ist nicht nur kalt, sie wird schön langsam wütend. Sie läutet nochmals. Keine Reaktion.

Das gibt's doch nicht! Was für ein Scheißtag! Und jetzt?

Wenn man in einer Großstadt lebt, ist es ganz normal, dass man nicht das eine Stammbeisl hat, um das sich alles dreht. Aber Menschen sind Gewohnheitstiere, die wenigsten von uns erfinden jeden Tag das Rad neu. Wer könnte noch wach sein? Rosa! Wenn sie sich nicht grad für Feminismus und ihren Podcast engagiert, arbeitet sie im Joplin. Wenn Fred Glück hat, hat sie heute Dienst.

Wie lange braucht sie bis dorthin? Nochmal 20 Minuten? Das schafft sie. Den Gürtel überquert sie an einer anderen Stelle. Von Besoffenen, die Kebab essen, hat sie für heute genug.

Als Fred ums Eck biegt und das Licht in den Fenstern des Joplin sieht, führt sie vor Erleichterung einen Freudentanz auf, als gelte es beim Heimkehren in den Bienenstock schwänzelnd davon zu erzählen, wie weit sie gereist ist und wie die Pollenlage in Venedig ist. Als sie die Tür aufschiebt, kommt ihr ein Schwall verrauchter Wärme entgegen.

Wenn Fred ein Lokal betritt, macht sie üblicherweise einen schnellen Test. Sind Frauen im Raum, und nicht nur hinter der Bar? Sind sie ausschließlich in Begleitung von Männern oder auch unter sich?

Viel los ist nicht. Am Tisch in der Nähe der Bar hängen junge Frauen über ihren Smartphones und spielen mit ihren Haaren. Im Nichtraucherbereich schmust ein Pärchen. Hinter der Bar ist niemand. Fred schaut im Dartzimmer nach, aber da ist auch nicht viel los. Also zurück in den Hauptraum.

Die schlechte Nachricht zuerst: Rosa ist nicht da.

Die gute Nachricht? Kurze Zeit später kennt Fred Leyla und hat ihr ihr Problem geschildert. Leyla lässt Fred hinter die Bar an das Festnetztelefon. Das gibt's doch nicht! Marlis reagiert nicht. Sie hat das Handy ausgeschaltet oder noch eine Schlaftablette genommen. Vielleicht ist sie auch gar nicht zu Hause. Der Schlüsseldienst würde ein paar Hundert Euro verrechnen.

Leyla hat ein Glas Bier vor Fred hingestellt. Geht aufs Haus. Während Fred Leyla beim Getränkezapfen zusieht und ihre streng hochgesteckten Locken bewundert, die dort, wo sie dürfen, über die Stränge schlagen, geht Fred im Kopf die Namen der Menschen durch, deren Telefonnummer sie auswendig kann oder von denen sie vermutet, dass sie im Telefonbuch stehen.

Sabrina? Die schaltet ihr Handy ab, wenn sie ins Bett geht. Das ist gescheit und achtsam und wirklich, wirklich ärgerlich.

Barbara? Barbara steht im Telefonbuch, aber sie ist nicht in Wien. Sie ist in Prag und hält einen Vortrag zum Thema »Rage against the Lawine – Naturkatastrophen in der österreichischen Literatur aus feministischer Perspektive«. Ein Zirkus, diese Kongresse, so Barbara vor der Abfahrt, aber Fred hat den Verdacht, dass Barbara diesen Zirkus liebt.

Fred hat überhaupt keine Lust auf Gästezimmer. Sie will Wände, denen sie kein Lächeln schuldet. Sie will ihre Zahnbürste. Unentschlossen nimmt sie einen Schluck Bier. Das Joplin ist fast leer. Das Pärchen schmust noch. Leyla lehnt an der Bar und schaut Richtung Tisch mit den jungen Frauen. Fred kämpft gegen das aufsteigende Heimweh an. Nicht nach einem Ort. Noch nicht mal nach bestimmten Menschen. Wie anders sich die Stadt angefühlt hat, damals, als sie in diversen Bars mit ihren Freundinnen die Köpfe zusammengesteckt und alles verheißungsvoll geglitzert hat.

»Hey!«, schreit Leyla plötzlich. »Connie, du kennst die Regeln!«

»Nur ein Video! Komm schon, Leyla, spiel nicht Polizei!«

Connie ist eine Frau mit grauem Strickkleid und Rollkragen, Lipgloss und Haaren, denen man ansieht, wie energisch sie jeden Tag gebürstet werden. Leyla schüttelt den Kopf und zeigt auf das Schild hinter sich: ein rot durchgestrichenes Handy, das Schallwellen aussendet.

»Bitte, Leyla! Ein Video, ich will ihnen«, Connie springt auf und lehnt sich zu Fred und Leyla an die Bar, »nur schnell ein Video zeigen. Ist urspannend! Es geht über … es geht um … es stört doch niemanden. Es ist doch niemand da! Oder stört es etwa dich?«

Ihr Blick auf Fred ist streng, dann schaltet sie wieder in den Charmemodus und lächelt Leyla an.

Leyla schüttelt den Kopf.

Connie schaut bettelnd wie ein Hund, der unbedingt dein Essen haben will. Ein sehr gepflegter, niedlicher Hund, der nie laut bellt, aber zu übersehen ist ihr Blick nicht. Sogar Leyla muss lachen.

»Du kennst den Chef«, sie verschiebt ihren Fokus von Connie zu Fred und erklärt, was am Chef so besonders ist. Er hat was gegen Smartphones. Außerdem hat er die Angewohnheit, unangekündigt vorbeizuschauen.

Connie deutet auf ihre Freundinnen, die dem Austausch amüsiert zuschauen.

»In dem Video geht's darum, wie wir unsere Wünsche erfüllen können. Wir müssen unsere Wünsche vor einer Gruppe Leute auf den Tisch legen und darüber reden. Menschen sind darauf ausgelegt, Probleme zu lösen. Wenn wir ein Problem erzählen, wollen die Leute, die zuhören, dir helfen. Auch wenn sie dich weder kennen noch mögen. Unser Gehirn funktioniert so. Wir können gar nicht anders.«

Leyla grinst.

»Ich hab keine Wünsche, außer, dass du dich bitte daran hältst und das Handy nicht auf laut stellst. Magst noch einen Spritzer?«

Connie lacht und nickt.

»Und du, was hast du für einen Wunsch? Noch ein Bier?«

Leyla lächelt Fred an.

»Ja. Na ja. Ein Schlafplatz für heute wäre leiwand.«

»Sie«, Leyla deutet auf Fred, »hat sich ausgesperrt und kein Geld und der Akku ist leer.«

»Ach, wie deppert! Was machst du denn jetzt?«

Connie schaut Fred an, dann Leyla.

»Schwörst du, dass du Rosa kennst?«, fragtLeyla.

»Ja!«, sagt Fred.

Abwägender Blick auf Fred. Connie und Leyla.

Nachdenklicher Blick auf Fred. Connie. Leyla legt skeptisch den Kopf schief.

»Gib mir dein Handy«, sagt Connie. Überraschenderweise aber nicht zu Fred, sie sagt es zu Leyla. Die entsperrt es und gibt es ihr.

Connie richtet das Handy auf Fred und macht ein Foto.

»Schick das Rosa. Wenn sie sagt, sie kennt dich, kannst du bei uns schlafen. In unserer WG«, sie zeigt auf Leyla, »ist dieses Wochenende ein Zimmer frei. Bis Rosa geantwortet hat, setzt du dich zu uns und trinkst dein Bier und wir lernen dich ein bisschen kennen.«

Fred schaut so harmlos sie kann. Connie nickt. Leyla nickt und zapft ein frisches Bier für Fred. Die folgt Connie zum Tisch und lässt das Unausweichliche über sich ergehen: Vorstellungsrunde. Wie jung alle sind. Wie neu sie glänzen.

Dann ist schon der Moment da, vor dem sich Fred fürchtet. Die Gesichter sind erwartungsvoll auf sie gerichtet, der gleiche Blick in unterschiedlichen Gesichtern. In den Blicken die Frage, die allen Menschen über 40, die weder unverschämtes Glück noch eine größere Erbschaft haben, Angst macht: Wer bist du? Was machst du? Wem gehörst du und was gehört dir?

Was soll sie sagen? Sie heißt Fred, hat einen Job, der nicht der Rede wert ist und grade mal zum Leben reicht, sie hat ihre Tasche in einem geliehenen Lieferwagen eingesperrt und die Frau, mit der sie zusammenwohnt, geht nicht ans Telefon? Sie lebt seit Jahrzehnten in dieser Stadt und trotzdem weiß sie nicht, wen sie anrufen soll?

Sie macht sich so groß sie kann, nimmt einen Stuhl, zieht ihn in die Nähe des Tisches und setzt sich breitbeinig hin: »Ich bin Fred. Ich komme grade aus Venedig.«

Nachdem Leyla das Bier vor ihr abgestellt hat, legt sie Fred die Hand auf die Schulter. Sie fischt das Handy aus der Hosentasche und dreht den Bildschirm so, dass Fred und Connie ihn lesen können. Rosa hat geschrieben. *Klar kenn ich Fred. No worries. Wenn's bei euch in der WG zu voll ist, schickt sie zu mir. Bin noch wach. Aber nicht mehr lang.* Gähn-Smiley.

Als Fred aufwacht, fehlt ihr jede Orientierung. Sie hat von ihrer Oma geträumt, das tut sie selten. Der Traum war ohne Trost, die Erinnerung daran ist schon kaum mehr greifbar. Aber Fred fühlt sich ausgeruht. Mehr will sie vom Schlafen gar nicht. Sie fährt sich mit der Hand zwischen die Beine und erschrickt, weil sie eine Unterhose anhat. Die Bettwäsche riecht fremd. Sie schlägt die Augen auf. Das Zimmer ist ihr nicht bekannt. In Stichwörtern kommt das Gestern zurück. Venedig, Silvia, Autoschlüssel. Keine Marlis, keine Rosa. Leyla. Connie, die ihr einen Schlafplatz in ihrer WG anbietet. Aufwachen ist manchmal wie ein Neustart nach einem größeren Update: 75 Prozent sind installiert, schalten Sie den Computer nicht aus.

Fred streckt sich, Hände über den Kopf, gähnen, nachschauen, ob alles noch beweglich ist. Connie hat ihr gestern erklärt, wo das Bad ist. Mal schauen, ob sie sich richtig erinnert.

Der Gang ist dunkel. Fred hört das vertraute Brutzeln eines Kaffeekochers auf dem Gasherd. Sie schaut durch die offene Tür. Vor dem Herd steht eine Frau, jung, in Boxershorts und ohne BH unter dem ausgeleierten Shirt. Die langen Haare hat sie schlampig hochgebunden. Der Undercut auf der Seite steht ihr, aber das ist bei jungen Frauen meistens so. Ohne hinzusehen, greift die Frau zum Handy und dreht die Musik lauter. Sie singt: *Mirror, Mirror, on the wall, don't say it, cause I know I'm cute.*

Die Bewegungen, die sie dazu macht, schauen aus, wie wenn Jane Fonda nach dem Kiffen ein bisschen zu viel Zucker erwischt hat. Fred klopft an den Türrahmen.

»Ähm, Entschuldigung … guten Morgen.«

Als sie sieht, wie die Frau erschrickt, bereut Fred den lauten Gruß. Aber einfach so aus der Wohnung zu schleichen, das geht doch auch nicht.

»Ich bin Fred. Connie hat mir erlaubt …«

Die Frau winkt ab.

»Stimmt, sie hat einen Zettel geschrieben.«

Sie deutet auf den Küchentisch.

»Ich bin nur erschrocken … Wenn ich singe, tauche ich immer ganz ab. Willst du Kaffee?«

Was für eine Frage. Marlis macht sich wahrscheinlich Sorgen. Draußen ist immer noch Winter. Der Akku ist immer noch leer. Die Tasche liegt immer noch auf dem Beifahrersitz von Sabrinas Bus. Natürlich will Fred Kaffee.

»Gern. Hast du vielleicht auch ein Ladegerät für mein Handy?«

Fred ahnt schon vor dem Kopfschütteln, dass keins im Haus ist.

»Sorry. Wir haben alle iPhones … Aber Frühstück kann ich anbieten. Also, Frühstück ist ein großes Wort … Toast, Honig, keine Butter. Interessiert? Ach so, ich bin Milla.«

Fred setzt sich an den Tisch und ist fasziniert. Das Lächeln dieser Frau ist wattstark. Hätte Fred schon einen Kaffee getrunken und wäre wach, würden ihr jetzt ein paar Sicherungen fliegen. Millas Mimik macht Überstunden. Was ihre Augenbrauen während dem Sprechen aufführen, würden andere Menschen als Leistungssport bezeichnen. Ihre gute Laune ist ansteckend.

Fred wirft einen Blick auf die Armbanduhr. Frühstück? Warum nicht!

Alles Gekritzel!

Ehemaliges Rundgemälde, Mühlauer Brücke und am Traklpark vorbei. Antauchen, mit dem Skateboard durch das alpin-urbane Zersiedelungsgebiet flussabwärts rollen. Der Asphalt ist glatt. Schilder an Hausfassaden: was Politisches, was Christliches, Hanfstecklinge aus Tirol, vorbei am Ho & Ruck, dort hat Laura schon oft Möbel für ihr Zimmer geholt. Rauchmühle. Unter der Eisenbahnbrücke lugen die Hochhäuser der Reichenau hervor. Antauchen. Schöne alte Häuser, in denen niemand leben will, weil: Verkehr vorm Fenster. Burton Headquarters, antauchen, vorbei am Sendemast. Wenn du hier keinen Empfang hast, liegt's am Handy. Am anderen Inn-Ufer stehen schöne Neubauten mit bunten Balkonen, ein upgecyceltes Scherbenviertel. Ihre Mama sagt immer, Stadtentwicklung ist auch nur ein anderes Wort für: Die Mieten werden teurer. Auf künstlichen Inselchen hat das Hochwasser entwurzelte Baumstämme zwischengeparkt. Antauchen, atmen, rollen.

Die Nordkette glitzert. Sie hat schon Schlimmeres gesehen. Sie ist übermorgen auch noch da und das ist ein Versprechen. Nur wir im Tal müssen schauen, wo wir bleiben.

Wo bleibst du denn?

SMS von Isi.

Wenn man eine große Schwester wie Isabella hat, teilt man das Schicksal vom Patscherkofel: Ganz egal, wie sehr dein Neuschneekleid im Licht glitzert, alle schauen zur Nordkette. Aber gut. Wenn du zwischen Gipfeln lebst, stehst du oft im Schatten.

Wie weit ist es noch bis zum O-Dorf? Antauchen, antauchen, unter der nächsten Brücke durch, jetzt ist sie gleich da, vorbei an den Zeugen Jehovas und schon ist sie daheim.

Einmal die Woche essen Mama Schöpf, Isabella Schöpf (baldige Abzweiger) und Laura Schöpf gemeinsam. Das hat sich die Mama ausbedungen, als Isi ausgezogen ist. Laura war damals erst 12. Klar, Innsbruck ist eine kleine Stadt, man läuft sich über den Weg, sobald man vor die Tür geht. Aber eine Familie, die aufhört, gemeinsam zu essen, hört auf zu existieren. Im Schöpfgeierhorst riecht es nach gedünstetem Brokkoli. Isabella isst, seit Hubert gefragt und sie Ja gesagt hat, nur noch Gemüse, Rohkost und, an besonders hungrigen Tagen, Reis. Für Laura und sich selbst hat die Mama geriebenen Käse bereitgestellt.

»Was sagst?«

Isabella schaut erwartungsvoll. Laura schaut ratlos. Mama macht Handzeichen Richtung Tisch. Laura schaut genauer.

»Schöne …«, sie sucht den gedeckten Tisch ab, sind das Namensschilder? Die Hochzeit! Natürlich! Hätte sie gleich draufkommen können, »… Tischkärtchen!?«

»Ja! Aber welche sind die schönsten?«

»Die sind doch alle gleich!«

Jetzt ist Isi beleidigt, aber ganz ehrlich: Dass bei dem einen Tischkärtchen der »Willkommen«-Schriftzug in eine geschwungene Linie übergeht, die ein Herz bildet, bei der anderen Karte aber eine Sektflöte … Komm schon! Ist doch echt nicht die große Katastrophe, wenn man das nicht sofort erkennt.

»Alles okay im Büro?«

Isabella schaut wie Zitroneneis, das langsam in der Sonne schmilzt.

»Hilde ist unzufrieden …«, antwortet Laura.

»Das legt sich wieder. Ach, ich weiß gar nicht, wo mir der Kopf steht. So viele Details, die zu klären sind … aber der Hubert … In der Früh hat er Kopfweh gehabt, wie war er denn drauf heute?«

Laura zuckt mit den Schultern.

»In Goldlaune war er nicht.«

»Blöd. Für ihn. Und für mich auch. Ich muss es ihm endlich sagen.«

»Was? Du hast es ihm noch nicht gesagt?«

Isabella scheut sich, in Huberts Kanzlei einzusteigen. Aber nicht nur das. Aus einer Laune heraus hat sie sich um einen Job in München beworben. Es ist ein langes Leben, hat sie geseufzt, als sie Laura davon erzählt hat, zu lang, um immer hier zu bleiben. Außerdem will sie wissen, ob ihre Bewerbung überhaupt eine Chance hat. Aber davon weiß Hubert nichts.

Es ist nicht so, dass Laura Hubert nicht mag. Ihre Schwester und er haben sich während des Studiums kennengelernt. Beide haben ihren Abschluss sicher in der Tasche, Isi sogar einen höheren als Hubert. Seither ist die Stimmung zwischen ihnen auf eine sehr angespannte Art innig. Gemessen an der Größe der Universität ist Innsbruck eine sehr kleine Stadt. Es ist schwer, nach dem Studium einen Job zu bekommen. Natürlich, Hubert ist in die Kanzlei seines Vaters eingestiegen und hat eigentlich nur einen Herzenswunsch: Isi soll ebenfalls dort arbeiten und ihn unterstützen. Aber Isi schlägt sich auf eigene Faust durch. Sie hätte es leichter, wenn sie mobil wäre. Aber Innsbruck zu verlassen, das hieße, Hubert zu verlassen. Schon das Erasmusjahr war ein Drama.

Laura versteht nicht ganz, warum ihre Schwester solche Angst hat, Hubert zu verlassen. Er hat jetzt schon mehr Haare auf der Brust als auf dem Kopf, und was die inneren Werte betrifft: Isi könnte ihr ruhig zugutehalten, dass Laura nichts sagt, wenn er sich bei gelegentlichen Grillfesten von seiner Zukünftigen ein Bier bringen lässt, weil ihn die ganze Woche alle so getriezt haben und er jetzt rechtschaffen müde ist. Isi hat doch auch eine Woche hinter sich. Laura hat eigentlich gehofft, er bliebe ihr als Schwager erspart. Aber natürlich freut sie sich für ihre große Schwester.

»Nein, natürlich nicht. Sowas beredet man einfach in einer Partnerschaft.«

Blick zu Laura, der sagt: Das verstehst du nicht.

»Außerdem: Ich würde ja nicht nur den Job wechseln. Ich müsste schon mindestens die halbe Woche in München sein. Zumindest in den ersten Jahren. Wenn ich's überhaupt mache. Wenn es klappt.«

»Natürlich klappt's. Die wollen dich doch unbedingt.«

»Ja, die wollen mich.«

Ganz kurz schaut Isi richtig zufrieden aus. Dann wird ihr Gesichtsausdruck wieder mürrisch. Nein, nicht direkt mürrisch. Sie erinnert Laura an Mama. Zu jedem Opfer bereit und das, bevor sie das Kleingedruckte gelesen hat.

Sie seufzt schon wieder.

»Am einfachsten wär's, ich würde endlich schwanger werden.«

»Ja«, sagt Laura, »gell, Mama? Das siehst du auch so, dass Kinder alles einfacher machen. Oder das Heiraten.«

Isi schaut wie eine Eiszeit. Man muss der Mama hoch anrechnen, dass sie lacht. Als sie in der Küche verschwindet, um eine neue Flasche Mineralwasser zu holen, bringt Isi Laura mit ihren Blicken ein bisschen um, dann flüstert sie wütend: »Lass nicht immer so raushängen, dass du alles anders als die Mama machen willst.«

Der Vorwurf ist deshalb so unfair, weil er einen wahren Kern hat. Laura will tatsächlich einiges anders machen als Mama. Dabei ist Mama ihr größtes Vorbild. Doch ihre Mama würde ebenfalls einiges anders machen, wenn sie könnte. Mama hat oft Zahnschmerzen, weil sie immer nur Kleinigkeiten richten lässt. Für die nötige Generalsanierung ist nie genug Geld da. Mama hat oft Rückenschmerzen. Sie arbeitet zu viel. Eine Kur, das wäre was. Für eine Kur hat sie keine Zeit: Sie muss Überstunden machen, in den Ferien verdient sie schwarz noch was dazu.

Alles anders machen als Mama, wie geht das?

– Kein Geld erben! Dann kommt man gar nicht in Versuchung, das geerbte Geld in das frisch gegründete Geschäft des Ehemanns zu stecken. Für die gemeinsame Zukunft!

– Niemals heiraten, schon gar nicht, wenn der zukünftige Ehemann einen Rechtsanwalt als Trauzeugen hat. Man kennt sich. Vom Golf, von der Jagd, von der Kammer, vom Grüßen der (zweiten) Ehefrauen am Bauernmarkt am Wochenende. Den Richter kennt man auch. Ist doch kein Wunder, dass der Verständnis dafür gehabt hat, dass Lauras Vater keine Alimente für seine Exfrau und möglichst wenig Alimente für die Kinder zahlen kann, weil so ein Betrieb, der besteht ja nur aus Schulden. Wer weiß schließlich besser als der Vater, was die Kinder brauchen? Eben: Denn wenn der Betrieb mehr abwirft, was natürlich das Ziel ist und worauf der Kindsvater selbstverständlich treusorgend hinarbeitet, dann werden die Kinder ganz automatisch davon profitieren. Solang die Kinder höflich sind und nicht lästig und den Vater in Ruhe lassen. Darin waren sich der Richter, der Anwalt vom Vater, der Vater und erstaunlicherweise auch der Anwalt der Mutter ziemlich einig.

Man kann dem Vater auch nicht vorwerfen, dass er nach der Scheidung den Kontakt abgebrochen hätte. Er hat sofort eine Postkarte geschrieben. Aus Hawaii. Dort hat er Urlaub mit seiner neuen Familie gemacht. Auf Betriebsschulden, so die Vermutung. Ab dem Moment mussten Isi und Laura um jeden Cent betteln. Außer der Papa war grad in Geberlaune. Mama hat die Zähne zusammengebissen und sich nichts anmerken lassen. Weil sie den Kontakt zwischen Isabella, Laura und dem Papa nicht vergiften wollte, und wer zahlt denn jetzt bitte die Generalsanierung ihres Lächelns?

Du siehst das einseitig, sagt Isabella manchmal.

Laura nimmt sich einen Karottenstick und beißt ab.

Mal abgesehen von den Zähnen ist die Mama gut durch die Jahre gekommen. Braungebrannt und drahtig, weil sie die Berge als Herausforderung und nicht als Hindernis sieht. Lachfalten. Vor allem, wenn sie von früher erzählt: von den ewigen Streitereien zwischen Skifahrern und Snowboardern, weil die Snowboards angeblich die Pisten kaputt machen und überhaupt in diesem Land alles, was neu ist, zuerst mal verboten wird.

Oder sie erzählt Anekdoten aus dem Krankenhaus: von den Oberärzten, die sich sogar im Ton vergreifen, wenn sie freundlich sein wollen, und von den Geschichten, die ihre Kolleginnen in der Teeküche erzählen. Die Arbeit ist anstrengend, aber das Team ist toll. Nicht nur wegen des Gelds ist Lauras Mama immer bereit, einzuspringen und wieder ein paar Überstunden mehr zu machen. Sie will die Kolleginnen nicht im Stich lassen. Was die Mama so besonders macht? Sie ist immer bereit, sich zu freuen. Interessiert fragt sie nach den Planungsdetails für die Hochzeit. Isi diskutiert die Gästeliste: Wer zugesagt hat, wer sich ziert. Wie lästig es ist, dass Huberts Schwester keine verbindliche Rückmeldung gibt.

»Ich hab kein Problem mit ihr, ich kenn sie ja kaum. Hubert rückt auch nicht raus damit, was da los ist. Ist ja egal, aber sie soll sich festlegen: Sie kommt. Sie kommt nicht.«

»Kommt ER?«

»Wer, der Hubert?« Isi schaut verständnislos. Dann lacht sie: »Natürlich kommt der Hubert, es ist ja seine Hochzeit!«

Laura nimmt sich einen Stangensellerie und kaut darauf rum. Sie schüttelt den Kopf. Sie soll nicht so blöd tun, die große Schwester. So schwer ist es nicht zu verstehen, von wem sie spricht. Es ist dann aber die Mama, die antwortet.

»Natürlich kommt er. Konrad ist euer Vater.«

Isi schaut aufgebracht.

»Das gibt's doch nicht. Nicht schon wieder der Stress wie zu Silvester. Stell dich nicht so an, Laura! Er kommt, seine Frau kommt, die Anna kommt. Du kommst. Die Mama kommt. Huberts Familie kommt. Außerdem kommen jede Menge Leute, die sich für unsere Dreckwäsche überhaupt nicht interessieren. Super wär's, wenn ALLE die Hochzeit genießen könnten! Schaffen wir das?«

Beim Dessert – Heiße Liebe für Mama und Laura, keins für Isabella – ist der Planungsstand der Traumhochzeit endlich ausreichend durchgekaut. Mama lenkt das Gespräch vorsichtig Richtung Pulverfass: Laura, was sind deine Pläne?

»Hast endlich inskribiert?«, fragt Isabella und greift nach Lauras Schüssel. Ganz ohne Vanilleeis und heiße Himbeeren ist das Leben halt auch nichts. Laura schiebt ihr das Dessert rüber und schüttelt den Kopf. Blöde Frage.

»Na ja, man kann doch auch im Sommersemester mit dem Studium anfangen. Aber hast recht, im Wintersemester anfangen ist eh besser.«

Als Isi die Blicke sieht – Laura empört, ihre Mama resigniert –, winkt sie ab.

»Egal! Den Hubert freut es, wenn du noch bei ihm bleibst!«

»Über den Hubert haben wir heute schon genug geredet, oder?« Mama lässt sich nicht abbringen. »Um dich geht's, Laura!«

Sie schaut erwartungsvoll. Laura zuckt mit den Schultern. Alles wie immer. Keine Neuigkeiten in Sicht. Aber ihre Mama ist noch nicht fertig.

»Kannst du dich an den Gregor erinnern?«

Laura schüttelt den Kopf. Jetzt schaut die Mama enttäuscht.

»Natürlich kennst du den Gregor! Von früher, wir haben ihn oft beim Snowboarden getroffen, weißt nicht mehr? Warst du damals wirklich noch so klein? Aber du weißt das schon noch, Isabella?«

Isabella hat schon wieder die Einladungskarten in der Hand. Sie schaut unkonzentriert hoch: »Sicher! Klar, der Gregor!«

»Er ist letzte Woche drei Tage bei uns auf der Station gelegen, nichts Schlimmes, er hat sich beim Skifahren ein Bein gebrochen und die Hand böse verstaucht, schmerzhaft und langwierig, aber das wird wieder, hab ich zu ihm g'sagt – eh, hat er g'sagt, aber es passt ihm halt so gar nicht rein, grad – wann tut's das schon, hab ich zu ihm g'sagt, es hilft nichts, da muss man Geduld haben.«

Isi verdreht die Augen. Bei Laura schrillen alle Alarmglocken gleichzeitig.

»Worauf willst du raus, Mama?«

Stellt sich raus, der Gregor ist als Werbegrafiker gut im Geschäft und hat einen Großauftrag für was Künstlerisches angenommen, kommerziell, aber mit Spielraum. Die Zeichnungen sind so weit fertig, aber koloriert müssen sie noch werden und die Deadline und die verstauchte Hand… Langer Rede kurzer Sinn, er braucht Hilfe. Also hat die Mama ihr Handy gezückt und ihm ein paar Bilder von Laura gezeigt.

»Fürs Grobe würd's reichen, hat er gesagt«, sagt die Mama und strahlt dabei, als hätte sie Laura ein großes Kompliment gemacht.

Gregor ist ein Tiroler vom alten Schlag. Er sagt lieber nichts, bevor er ein Lob ausspricht, von dem er nicht weiß, ob es bis in die kleinste Silbe im hintersten Nebensatz auf ewig gültig sein wird. Stell dir vor, du sagst was Nettes über einen Menschen und müsstest es zehn Jahre später zum Teil relativieren? Nichts g'sagt, ist genug gelobt, das ist nicht nur ein Klischee, es ist eine Wahrheit.

Laura fühlt sich gelobt, als Gregor nur mehr jedes zweite Blatt kommentarlos zerknüllt und wegwirft.

Das Atelier hat einen Boden aus alten Holzdielen. Die Fugen sind so breit, dass ein Stift, der runterfällt, darin verschwinden kann. Ist Laura schon passiert. Das Comic zeigt die Lebensgeschichte des Firmengründers und soll zum großen Jubiläum veröffentlicht und an wichtige Kunden verschenkt werden. Die Handlung ist schnell erzählt:

Was für ein wilder Typ, was der alles geleistet hat in seinem Leben.

Laura koloriert die großen Flächen. Die Feinarbeit hofft Gregor selbst zu machen. Wenn alles schiefgeht, müssen sie doch mit dem Computer arbeiten, aber, so Gregor, »wir zwei, wir schaffen das«.

Am Anfang hat es Laura nervös gemacht, dass er während der Arbeit immer in Sichtweite ist und sich alle paar Minuten über sie beugt.

Ein paar Mal hat sie überlegt, aufzugeben, aber Melanie hat sie fast angeschrien, als Laura ihr ihre Bedenken dargelegt hat: »Spinnst! Da kannst doch voll viel lernen! Andere zahlen für so einen Crashkurs!«

Nicht nur das. Laura hat sich in das Atelier verliebt. Hohe Fenster und viel Licht. Die Lampen sind hell und außerdem beweglich, sie kann das Blatt in jedem erdenklichen Winkel ausleuchten und muss nicht ständig in der gleichen Position stehen oder sitzen, wenn sie malt. Die Tische sind großflächig und höhenverstellbar. Die Lightbox ist, hach! Alle Wünsche erfüllt, sogar die, von denen Laura gar nicht wusste, dass sie sie hat.

Die Vormittage sitzt sie bei Hubert ab, aber eigentlich kann sie es kaum erwarten, nach der Arbeit loszulaufen und ins Atelier zu gehen. Sie zeichnet die Vorlagen an der Lichtbox nach, sie koloriert mit Wasserfarben.

Gregor kocht Kaffee, holt sich die Zeitung und setzt sich zu Laura. Er mustert ihre Arbeit. Das minimale Heben und Senken seines Kinns heißt wahrscheinlich, dass er ihre Blätter nicht zerknüllen wird. Er schüttelt den Kopf und schaut plötzlich wütend drein.

»›Innsbruck besitzt 1000 Quadratmeter vom Max Weiler‹«, liest er aus der Zeitung vor. »So wird bei uns über Kunst geredet.«

Laura spürt seinen Atem an ihrer Wange. Sein Blick ist konzentriert. Er greift zu einem ihrer Blätter, hält es ins Licht und mustert es.

»Aber zuerst wollten sie Weiler zwingen, das Fresko in der Theresienkirche auf der Hungerburg abzuschlagen, weil, dass Tiroler Bauern die Lanze gegen Jesus geführt haben, das ist ja undenkbar in unserem Heiligen Land. Na ja, ein paar Jahre hinter dem Vorhang und danach war das Fresko allen egal. Jetzt brüsten sie sich mit der Quadratmeterzahl Kunst, die wir besitzen. Und niemand fragt, was Weiler während des Kriegs gemacht hat. Wahrscheinlich Trachtenbilder gemalt!«

Laura zermartert sich den Kopf. Sie will etwas Kluges sagen, aber ehrlich gesagt: Wie soll das gehen ohne Kunis Wissen als Back-up?

Er legt das Blatt zurück auf den Tisch und rührt noch einen Löffel Zucker in seinen Kaffee.

»Ja, ja, weiß schon. Bin auch geblieben. Mach mein Geld mit Werbung. Na ja, immerhin ist der Gardasee in der Nähe. Und Bozen. Da fahr ich übers Wochenende übrigens hin. Kann mit der verstauchten Hand eh nicht arbeiten.«

»Die Mama fährt am Wochenende auch nach Bozen.«

Gregor nickt: »Ich weiß.«

Dann grinst er verschwörerisch. Er legt ihr ein paar Blätter hin.

»Machst noch ein paar. Wenn ich zurückkomm, reden wir über Geld.«

Laura schaut ihm zu, wie er sein Kaffeehäferl zurück in die Küche bringt und die Zeitung weglegt. Das ist es ja! Das Atelier hat nicht nur Licht und Platz und eine perfekte Lightbox! Es gibt auch eine Küche. Beim Gedanken, dass sie es das ganze Wochenende nützen kann, ohne dass ihr jemand dabei über die Schulter schaut, macht sich ein wohliges Gefühl in ihrem Körper breit.

Bevor Gregor geht, stellt er sich nochmal zu Laura. Er legt ihr den Schlüssel hin und einen Flyer.

»Kennst du das? Lass dir was einfallen.«

Auf dem Flyer steht: *stadt_potenziale innsbruck. Kunst- und Kulturinnovationsförderung der Stadt Innsbruck. Ende der Einreichfrist: 1. April (bis 17.00 Uhr).*

I will survive (Eh scho wissen Remix)

Marlis liebt Krimskrams. Kaum ein Tag vergeht ohne Nachricht: Ihre Lieferung ist dort und dort abholbar. Wenn sie nichts Besseres zu tun hat, erledigt Fred das einfach. Die bestellten Dinge sind ihr egal, aber manchmal genießt sie die Freude in Marlis' Gesicht beim Auspacken. Außerdem lernt man beim Suchen nach der neuesten Abholstation die Stadt kennen. Sie selbst kauft selten etwas. Das ganze Kleinzeug, die Staubfänger unserer Identität, die Sammelwut, mit der wir das Besondere haltbar für den Alltag machen wollen, das war Fred schon fremd, bevor Marie Kondo die ganze Welt dazu aufgefordert hat, alles auf einen Haufen zu legen und in die Hand zu nehmen und zu fragen: Löst es Glücksgefühle aus?

Glücksgefühle sind für Leute, die noch üben müssen, findet Fred. Relevant ist doch: Wonach greifst du, wenn du in der Nacht aufwachst, die Wohnung steht in Flammen und du musst sofort raus? Alles andere sind Trophäen. Wie klein es uns macht, dass wir uns selbst ein Museum bauen, um darin zu leben.

Fred seufzt und wischt mit einem Stofffetzen, einem früheren Lieblings-Shirt, über das Zeug, das Marlis zwischen die Erbstücke gestellt hat und an dem ihr Herz hängt. Sie wischt über eine alte Reiseschreibmaschine, über glasierte Okarinas, auf denen Marlis nie spielt. Sie entstaubt den Schmuckbaum aus Holz vom Weihnachtsmarkt. Der Weidenkorb, in dem Marlis ihr Strickzeug aufbewahrt, war ein Geschenk von Fred. Fred grinst bei dem Gedanken an Marlis' Kommentar vor jedem einzelnen Geschenkanlass: Du brauchst ja nichts!

Als wäre Genügsamkeit etwas, wofür man sich schämen müsste.

Es ist nicht so, dass Fred keine Spuren in der Wohnung hinterlassen hat. Nicht alle Bilder, die sie von Sabrina bekommen hat, sind im Keller verstaut. Eine Wand im Wohnzimmer gehört ihr. Manchmal geht sie in den Keller, um Kunst zu holen. Ist es ein Widerspruch, wenn man im Alltag asketisch lebt, aber eine kleine Kunstsammlung im Keller hat? Vielleicht. Hätte Fred die Bilder selbst gemalt, sie wären schon weg. Die Kunst anderer entsorgt sie nicht.

Energisch putzt Fred weiter. Wenn es nach Marlis ginge, wäre es nicht Fred, die putzt. Aber warum eine Putzfrau zahlen, wenn Hausarbeit die günstigste Gelegenheit für ein gründliches Workout ist? In ihre Putzroutine hat Fred ein paar Tanzschritte und Dehnungsübungen eingebaut. PJ Harvey singt für sie, wie könnte sie da stillstehen?

Es dauert, bis sie das Geräusch erkennt. Es dauert noch länger, bis sie das Gerät findet. Wer hätte gedacht, dass der Festnetzanschluss noch aktiv ist!

»Hallo?«

»Hallo? Spreche ich mit Marlis Abzweiger?«

»Nein!«

»Oh, Entschuldigung, ich dachte …! Entschuldigung, dass ich gestört hab!«

»Wer spricht denn?«

Fred ist tatsächlich neugierig. Die Stimme klingt jung und erstaunt.

»Ich wollte fragen ... Ich versuche Marlis Abzweiger zu erreichen, oder?«

»Wer spricht denn bitte?«

Die Frauenstimme klingt nach Frischluft und als würde sie sehr oft »gewaltig« sagen und an jeden Satz ein »oder« ohne Fragezeichen hängen. Eine Bedrohung geht von ihr eher nicht aus. Aber sicher ist sicher.

»Ja, also, hier spricht Laura, Laura Schöpf, ich rufe an für Mag. Hubert Abzweiger.«

»Marlis' Bruder?«

»Ja«, die Stimme am Telefon klingt erleichtert, »ich habe zwar auch eine Handynummer, aber die scheint nicht mehr zu stimmen, oder? Jedenfalls erreiche ich da niemanden. Ich hinterlasse Nachrichten, aber sie ruft nicht zurück. Vielleicht wird die Sprachbox nicht abgehört?«

Das wundert Fred nicht. Marlis muss Lust auf ein Gespräch haben, sonst hebt sie nicht ab.

»Ich hab sie gegoogelt, aber nichts ... Also hab ich Abzweiger im Telefonbuch nachgeschlagen und diesen Eintrag gefunden ... Hubert meinte, das wäre seine Großtante gewesen und ich sollte doch versuchen, ob's die Nummer noch gibt.«

»Um was geht es denn?«

»Also, um die Hochzeit, natürlich.«

Natürlich. Aber weiterhelfen kann Fred der jungen Frau am Telefon nicht.

»Ich richte Marlis aus, dass Hubert versucht, sie zu erreichen.«

Marlis hat ihrem Bruder also noch nicht zugesagt. Dabei hat sie schon drei Kleider gekauft. Ein Dirndl aus afrikanischen Wachsstoffen, weil: Irgendwer ist sicher auf der Hochzeitsfeier, den der Stoff ärgert. Ein tiefschwarzes Sackkleid, das gut zu einer von Sabrinas Vernissagen passt, oder, mit einem breitkrempigen Hut kombiniert, bei einer Beerdigung getragen werden könnte, und dann noch eines, bunt, mit einem atemberaubenden Dekolleté, ganz klar Freds Favorit.

Drei Kleider für einen Anlass, für den sie noch nicht einmal zugesagt hat. Marie Kondo hat da sicher eine Meinung dazu.

Fred nimmt sich vor, mit Marlis zu reden. Aber das ist gar nicht so einfach. Marlis hat sich Hals über Kopf in irgendetwas gestürzt. An den meisten Abenden kommt sie spät oder gar nicht heim. Gestern hat Fred sie in der Früh am Klo würgen gehört. Das war nicht das erste Mal. Egal, ob Alkohol oder irregeleiteter Diätversuch, wenn das so weitergeht, muss Fred eine Intervention planen. Aber eigentlich hat sie andere Sorgen. Der Motor ihres Fiat Panda klingt beim Start nur wenig stabiler als Marlis, wenn sie vor dem Klo sitzt und würgt.

Nach dem Putzen stellt sich Fred in die Küche. Sie hat geputzt, jetzt kocht sie, duscht und macht sich zurecht. Sie hat Freundinnen eingeladen und das volle Verwöhnprogramm geplant: Vorspeise, Hauptspeise, Nachspeise und den guten Wein aus dem Kamptal, den sie im Herbst mit dem Fiat Panda nach Wien gebracht hat. Ab-Hof-Verkauf ist die beste Ausrede für einen Ausflug.

Sie richtet gerade die Vorspeise, schwarzer Rettichsalat mit geräuchertem Forellenfilet, da meldet sich Sabrina per SMS. *Geht sich nicht aus, so sorry. Vielleicht schaff ich es später auf einen Drink. Wartet nicht auf mich.*

Fred hat mit der Absage gerechnet. Die Vernissage kommt näher, was bedeutet, die Nerven liegen blank. Dass eine Freundin Stress hat und immer wieder kurzfristig absagt, ist kein Grund, sie nicht mehr einzuladen. Es ist eine Herausforderung: Fred wählt Gerichte, die spektakulär schmecken und die man gut aufwärmen kann.

Es läutet. Barbara ist da. Sie lässt sich ein Glas Weißwein einschenken. Sie nimmt die Lesebrille raus und studiert das Etikett. Dann lächelt sie zufrieden und erzählt von Prag.

»Wer zugehört hat und zwischen den Zeilen des Wissenschaftsjargons lesen kann, weiß es jetzt: Vicki Baum ist grandios und es ist eine Schande, dass es ausgerechnet das Urteil der Nazis ist, das picken geblieben ist: Seichte Unterhaltungsliteratur.«

Fred schenkt ihr nach. Das erste Glas trinkt Barbara üblicherweise schnell und gegen den Durst. Danach schüttelt sie den Alltag ab und stellt auf Genuss um.

»Aber nach dem Talk hebt jedes Mal wieder dieser eine Dude die Hand und hält ein Kurzreferat mit einem ganz anderen Thema und am Ende geht er kurz mit der Stimme nach oben und tut so, als wär's eine Frage gewesen. Kennst du das?«

Fred nickt, obwohl sie es nicht kennt. Zumindest nicht aus eigener Erfahrung.

»Meistens redet der Dude dann über Stifter. Oder den Zauberberg. Man soll ja Kunst nicht für ihre Fans verantwortlich machen, aber manchmal ist es schwer. Wo bleibt Sabrina? Ich hab Hunger.«

»Die hat abgesagt bzw. gesagt, wir sollen nicht auf sie warten«, antwortet Fred und serviert die Vorspeise. Barbara isst konzentriert und fokussiert. Fred beneidet sie darum. So muss man essen, denkt sie manchmal. Wer so isst, wird satt.

Es dauert nicht lang, dann kann sie die Hauptspeise servieren. Ein Eintopf mit Spinat und Schwarzwurzeln. Das Rezept hat sie beim Blättern im Kochbuchregal der Hauptbücherei gefunden, schnell abfotografiert und heute ausprobiert.

»Schmeckt nach Griechenland«, kommentiert Barbara.

»Ja, stimmt!«, sagt Fred, »ich hab mir auch gedacht, das kann nicht stimmen, als ich gesehen hab, wie viel Öl die reintun.«

Barbara prostet ihr zu. Dann fragt sie, wie es Fred geht. Sie diskutieren Freds Weiterbildungspläne und die Vorzüge von verschiedenen Kursangeboten.

Beinahe überhören sie, dass Marlis heimkommt. Sie sieht müde aus. Kein Wunder, sie war letzte Nacht nicht zu Hause und kommt gerade direkt aus dem Büro.

»Du hast für mich mitgekocht, Fred? Du bist so ein Schatz.«

Sie nimmt sich den Vorspeisenteller, den Fred für Sabrina gerichtet hat. Kommt die noch? Es gibt genug Eintopf. Barbara lacht über Marlis' Erzählungen. Sie ist heute gut in Form. Kämpferisch und mitreißend. Ihr Lachen brodelt. Sie ist die Jeanne d'Arc ihres Büros und die Kollegen und Kolleginnen stapeln schon Holzscheiter, so klingt das. Barbara fragt nach, ob aus ehrlichem Interesse oder in Anerkennung des Unterhaltungswerts, bleibt offen.

Das Essen ist ein voller Erfolg. Der Eintopf ist genau richtig, um ihn im Winter mit Freude in sich reinzuschaufeln. Selbst wenn draußen schon der erste Frühling in der Luft liegt. Fred schneidet nochmal Baguette auf und schöpft nach. Fast hofft sie, dass Sabrina nicht kommt oder zumindest keinen großen Hunger hat. Marlis hätte einfach nur Bescheid geben müssen, dass sie mitessen will, denkt sie kurz, aber dann bringt sie ihre innere Hausfrau zum Schweigen. Fred hasst es, kleinlich zu sein.

Marlis erzählt von ihrem neuen Liebhaber. Ihr Gesicht ist animiert, ihr Mund bleibt auch beim Lachen angespannt. So ganz gibt Marlis die Kontrolle nicht ab. Früher hat sich Fred manchmal gefragt, wie ihr Gesicht während des Orgasmus aussieht. Ob ihre Mimik dann entgleisen darf?

Warum ihr das jetzt einfällt? Weil Marlis und Barbara inzwischen auch über Sex reden.

»Er ist nicht gut für mich, ich weiß das. Aber wenn ich neben ihm steh, vergesse ich drauf. Wie er riecht, als wär er für mich gemacht. Ich will ihn einfach von oben bis unten abschlecken.«

»Ha!«, sagt Barbara, »und das merkt der Typ dir natürlich an … Auf Germanistikkongressen wird eher in komplizierten Satzkonstruktionen angebandelt. Ich schwör dir, einmal hat nach einem Vortrag ein Kollege zu mir gesagt, er finde, der erotischste Autor sei Franz Kafka, man müsste seine Texte einfach nur korrekt entschlüsseln. Ich meine, selbst wenn das eine Anmache war, was soll man darauf sagen?«

»Nein, danke!«, schlägt Fred vor und darauf können sich alle einigen.

Als Fred ein paar Tage später die Wohnung verlässt, ist es still. Marlis schläft noch. Fred startet den Fiat Panda und beißt die Zähne zusammen, als sie die Geräusche hört, die der Motor macht. Okay. Sie braucht ohnehin bald wieder ihr Pickerl, fährt sie halt schon früher zu Josip. Höchste Zeit für ein ausführliches Palaver mit dem Automechaniker ihres Vertrauens.

Josip kontrolliert die Bremsen und seufzt. Er checkt die Stoßdämpfer und seufzt. Egal, wo er hinschaut, er seufzt.

Dann öffnet er die Motorhaube und sagt: »Fuck.«

Josip kennt das Auto schon lange. Fred kennt Josip noch ein bisschen länger, er war schon mit der Pflege des Autos davor betraut, deshalb darf sie in der Werkstatt abhängen, während er das Auto in die Mangel nimmt. Aber mit Fürsorge und Samthandschuhen. Josip mag Freds Fiat Panda. Dass Autos jetzt auch Computer sind, findet er nicht gut. Er checkt die Lichtmaschine, den Ölstand, die Zündkerzen, er seufzt, aber nicht mehr so verzweifelt wie vorher. Als er sich zu Fred stellt, nimmt er seine Kappe kurz ab und fährt sich mehrmals durch die Haare.

»Dieses Jahr«, er setzt die Kappe wieder auf, »kann sein, dass du das Pickerl noch schaffst. Versprechen tu ich's dir nicht, aber geht vielleicht.«

Fred nickt zustimmend.

»Fährst nur du mit dem Auto?«

»Meistens. Manchmal Marlis.«

»Wer ist Marlis?«

»Weißt du doch, Josip. Ich wohne bei Marlis.«

Josips Reaktion ist Fred zu wenig.

»Sie hat das Auto mal bei euch vorbeigebracht, weißt nicht mehr? Als ich krank war, aber das Pickerl fällig war und wir auf Urlaub fahren wollten?«

»Ah, ja, ohne Pickerl mit dem Auto ins Ausland …«

Josip macht eine Handbewegung, die klarmacht, dass er vom Autofahren im Ausland ohne gültiges Pickerl wirklich abrät. Plötzlich geht ihm ein Licht auf.

»Ah, Marlis, natürlich!«

Dann macht er eine Handbewegung, die klarmacht, dass er sich an Marlis erinnert und dass ihm von den drei Kleidern, die Marlis für die Hochzeit gekauft hat, ebenfalls das mit dem tiefen Ausschnitt am besten gefallen würde.

»Ach was«, sagt Fred. Sie ist es gewöhnt, dass Josip bei ihr vergisst, dass er mit einer Frau redet. Ob er sie für einen Mann hält? Ob er eine eigene Schublade für »sexuell nicht interessant, aber interessiert sich für Autos« hat?

»Hm«, sagt Josip, »zieht der Lenker immer noch nach links?«

Er bückt sich und grunzt. Dann winkt er Fred. Sie bückt sich auch.

»Siehst du den Ölfleck?«

Fred nickt.

»War vorher noch nicht da.«

Fred nickt wieder.

»Wahrscheinlich die Servopumpe.«

Josip tätschelt die Motorhaube.

»Ist ein altes Auto. Autos sind wie Frauen. Wenn sie alt werden, ist es teuer, sie am Laufen zu halten.«

»Ach was«, sagt Fred, »das glaubt auch nur ihr Männer, dass ihr pflegeleicht bleibt, obwohl die Haare schon grau sind oder weg.«

Josip zuckt mit den Schultern. Dann brummt er zustimmend. Als er sich an der Wange kratzt, verschiebt sich die Haut auf bemerkenswerte Art und Weise. Als hätte sie ein Eigenleben, wie die Lenkung bei ihrem Fiat Panda. Fred kennt das von ihrem Spiegelbild. Sie hätte den Mund halten sollen. Den Freundschaftspreis kann sie für dieses Mal vergessen. Sie lässt sich aufzählen, welche Reparaturen Josip für nötig hält, schon klar, Josip, aber welche Reparaturen sind wirklich nötig? Es gelingt ihr, ihm einiges auszureden, aber es gelingt ihr nicht, seinen besorgten Gesichtsausdruck zu vergessen, als er einen letzten prüfenden Blick auf ihr Auto wirft.

Ob Josip sie leiden kann? Keine Ahnung, aber er hat nicht vergessen, wie viel Mundpropaganda Fred für ihn gemacht hat, als er seine Werkstatt aufgesperrt hat.

»Ach, früher hat man seine Kunden noch gekannt, und wer zufrieden war, ist immer wieder gekommen. Heute schauen alle nur mehr auf den Preis. Aber die billigste Werkstatt kommt teuer, ich sag's dir.«

Josip seufzt erneut.

»Heute zählen nur noch die Google Ratings. Einer hat mir einen Stern gegeben, der war noch nie bei uns, warte, ich zeig's dir.«

Er holt sein Smartphone aus dem Overall und liest vor.

»Nicht mal 1 Stern verdient die Firma!!!! Ärgster Pfuscher Firma! Mir Geld abgezockt wegen Reifen umstecken + extra wuchten! Bei dieser Firma ist wahrscheinlich der Fahrtrichtung nach Hintern!«

»Hab ich ihm geantwortet: ›Du bist von der Konkurrenz, mach lieber gute Arbeit, als schlechte Bewertung bei anderen. Wer bei uns war, weiß: Wir bieten Top Service!‹ ... Arschloch, also hab ich nicht geschrieben, aber was für ein Arschloch!«

Fred nickt zustimmend und verspricht, ihm vier Sterne zu geben.

»Fünf, wenn du zugibst, dass alte Männer auch teuer sind, wenn man sie am Laufen halten will.«

Josip lacht und klopft ihr auf die Schultern.

»Gib mir die Sterne, die ich dir wert bin.«

»So viele Sterne hat Google gar nicht, Josip, bring mein Auto dazu, noch ein paar Langstrecken zu schaffen, und ich geb dir eine ganze Milchstraße!«

Josip lacht.

»Wie schnell brauchst du das Auto wieder? Wenn es nicht eilig ist, kann ich dir noch ein bisschen was nachlassen.«

Der Fiat Panda bleibt bei Josip. Kein Problem, zu Fuß ist es nicht weit. Die Bäume werfen plötzlich mit grüner Farbe um sich, als gäb's Geld dafür. Im Frühling schäumt Wien über. Alle sind von den Toten auferstanden und es kracht in den Straßen. Jedes Herz ein Gletscher, der kalbt.

Fred hat plötzlich Lust auf ein Bier. Es ist zwar erst Mittag, aber was hat sie denn heute noch groß vor? Die Wohnung ist jetzt, wo das Leben wieder losgeht, zu dunkel. Der Winter ist vorbei. Schluss mit Verkriechen. Die Leute auf der Straße lächeln wieder. Fred hat keine Lust auf Leute. Besser gesagt: keine Lust auf Leute, die sie kennt. Der Yppenplatz fällt damit flach. Lieber den Menschen zuschauen, die sich in einem Park in der Nähe die Zeit vertreiben. Weg vom Gürtel und tiefer rein in die Vorstadt. Bisschen rummundln. Eine echte Wienerin weiß sich die Zeit zu vertreiben. Wenig später steht eine kalte Bierflasche vor ihr. Die Familien an den anderen Tischen haben Essen vor sich stehen. Im Käfig spielen Jungs mit und ohne Ball. Fred schaut fasziniert zu, wie gleichzeitig Fußball und Basketball gespielt wird. Ein Mädchen mit langen schwarzen Haaren stellt sich dazu. Einer der Jungs schiebt sie weg. Grob, wie Fred findet. Das Mädchen weicht aus. Sie bleibt stur im Käfig stehen, vielleicht ist ihr Bruder dabei. Sie spielt mit, aber keiner der Jungs spielt ihr den Ball zu. Immer das Gleiche, denkt Fred, eine never-ending story.

Das Bier schmeckt. Im Gesicht die Sonne, ihre Haut kann sich kaum mehr daran erinnern, was das ist. Das Leben genießen, ohne den Überblick zu verlieren, was für ein Spagat. Das Geld reicht nicht. Der Fiat Panda braucht ein paar Extrazuwendungen, da hat Josip recht. Es ist aber nicht nur Nostalgie und Liebhaberei, dass sie das Auto retten will. Einen Neukauf – und mit Neukauf meint Fred den Kauf eines neuen gebrauchten Autos – hat sie in ihrem Jahresbudget aber schon überhaupt nicht eingepreist. Das wird eng. Das geht sich nicht aus. Geht nicht, gibt's nicht. Aber wen anrufen? Wer kann helfen? Seit wann ist Fred so alleine in Wien? Alle sind ausgezogen, um die große Welt zu erkunden. Oder aufs Land gezogen. Blöd, dass Sabrina nicht gekommen ist. Beim Abendessen hätte Fred Anspielungen machen können, manchmal dringt das durch.

Noch ein Schluck Bier, dann zieht Fred ihr Handy aus der Tasche, bereit, sich einen Zacken aus der Krone zu brechen.

Sie starrt kurz auf ihre Hand. Die Haut erinnert sie an Josips besorgtes Gesicht: faltig, rau und ein bisschen zu rot.

»Ja?«

Sabrina hat so schnell abgehoben, dass Fred sich nicht zurechtlegen konnte, was sie sie eigentlich fragen will. Im Umgang mit Sabrina braucht es eine gewisse Raffinesse. Am besten ist es, wenn Sabrina denkt, es war ihre eigene Idee und sie hat dich um einen Gefallen gebeten. Fred druckst ein bisschen herum, fragt nach den Bildern, ob beim Transport alles okay, ob in der Planung für die Vernissage alles rund läuft …

»Was willst du, Fred?«

»Nichts, gar nichts, nur kurz plaudern.«

Sie erzählt Sabrina von dem freien Tag und dem Genuss, im Park zu sitzen, ein Bier zu trinken und den Menschen zuzusehen. Sie erzählt Sabrina nichts vom Fiat Panda, der in der Werkstatt steht.

»Ach du, recht hast du, genieß den freien Tag, aber entschuldige, ich muss weiter. Weißt eh, wichtiger Termin, see you ganz bald! Ach ja, übermorgen ist ja Vernissage. Ich rechne mit dir!«

Fred schaut an sich runter. Es war nicht der richtige Zeitpunkt, redet sie sich ein. Sie hat das Geld für die Computerkurse schon überwiesen. Eigentlich wollte sie sich im Ausverkauf nach einem neuen Wintermantel umsehen, aber ehrlich gesagt, der alte tut es noch. Wenn sie sich sonst auch noch ein bisschen einschränkt (Kino, essen gehen, Ausflüge, Leben genießen), dann kommt sie durch. Sie verspricht sich, dass es nicht für immer ist. Es kommen bessere Zeiten.

Alles, was sie braucht, ist eine Gelegenheit. Fred war immer schon gut, diese dann auch beim Schopf zu ergreifen.

Wenn sie ihr Handy schon in der Hand hat, kann sie auch gleich ihr Versprechen einlösen. Sie sucht Josips Werkstatt und bescheinigt ihm mit fünf Sternen seine Gründlichkeit und Fairness. Aus Interesse liest sie sich die schlechten Bewertungen durch. Josip hat eh kaum welche.

Ihr Blick wandert wieder zum Käfig. Das Mädchen steht immer noch bei den Jungs, ihren Freunden? Ihren Brüdern? Immer dabei, nie mittendrin.

Manches ändert sich, wenn man älter wird. Manches nicht.

Who is Milla Yolobitch?

»Schauts, es ist und bleibt wahr: Excel ist die erste Wahl, wenn es um die Berechnung von Zahlen und Daten geht. Sich richtig gut auszukennen, kann mitunter Jahrzehnte dauern. Aber keine Sorge. In eurem Arbeitsleben werdet ihr kaum den vollen Umfang von Excel benötigen. Hier im Kurs lernen wir die Grundlagen und dann versuchen wir rauszufinden, welche Tricks euch helfen, effizient und ohne Ärger euren beruflichen Alltag zu bewältigen.«

Vorne im Raum beim Whiteboard steht die Trainerin. Sie trägt ein T-Shirt mit bunter Schrift: *I hate coding. I hate coding. I hate coding. It works. I love coding.* Sie hat sich als Michaela vorgestellt und der Gruppe kollektiv das Du angeboten. Ein paar Leute sitzen an den Tischen, die zu einem U zusammengestellt worden sind. Hoffentlich ist der Kurs keine Zeitverschwendung. Fred ist schlecht darin, sich zu langweilen und dabei höflich zu schauen.

Die Trainerin spricht langsam. Fred vermeidet den Blick auf ihre Uhr. Die Grundlagen sind eh einfach: Arbeitsblatt. Tabelle, Spalte, Reihe, Zelle. Reihe selektieren, Spalte selektieren, Zelle selektieren, sie ist ja nicht blöd. Vielleicht hätte sie nicht den Basiskurs wählen sollen, aber nein. Was Computer betrifft, hat Fred zu oft die Basics übersprungen, gedacht, sie kennt sich eh aus, und sich jahrelang mit Halbwissen rumgeschlagen.

Im Raum entsteht Unruhe. Die Gruppe hat brav gelernt, wie man eine Summe bildet. Sie wissen, was eine Gitternetzlinie ist und wie man sie ausblenden kann. Beim Unterschied zwischen Funktion und Formel wird's schon haariger. Logische Prüfungen mit wenn/dann. Ein Wert wird nur dann ausgegeben, wenn eine Bedingung erfüllt ist, ein einfaches Beispiel aus dem Arbeitsalltag: die Wochentage. Wenn man Fehler macht, werden komische Werte ausgegeben. Ein Kursteilnehmer meldet sich zu Wort.

»Bitte, ist es vielleicht möglich, dass wir kurz eine Rauchpause einlegen? Weil wenn mein Hirn nicht bald kurz atmen kann, dann wird es auch jede Menge komische Werte ausgeben.«

Vereinzelte Lacher. Rauchpausen sind nicht vorgesehen, teilt die Trainerin mit. Dann gibt sie eine praktische Aufgabe mit dem Zusatz, dass es ihr an und für sich egal ist, wenn diese im Raucherhof erledigt wird. Sie geht mit raus. Im WIFI-Kurs wäre ihr das nicht passiert, denkt Fred ungnädig.

Als die Raucher zurückkommen, ist eine neue Teilnehmerin dabei. Fred erschrickt, als sie sieht, wer das ist.

»Grüß euch, sorry, dass ich zu spät gekommen bin. Ging nicht anders, Termine, sorry, sorry, busy, busy. Ich bin Milla.«

Wieder dieses wattstarke Lächeln.

Es ist Fred fast peinlich, wie sehr sie sich freut, als Milla sie erkennt und ihr zunickt. Dass das nie aufhört! Dieser Hunger danach, Teil der coolen Gang zu sein. Während des restlichen Kurses hat Fred Mühe sich zu konzentrieren, dafür vergeht die Zeit wie im Flug. Fred wählt ihre Schrittlänge so, dass sie direkt hinter Milla durch die Ausgangstür geht. Milla zündet sich eine Zigarette an. Fred stellt sich dazu.

»Noch was vor?«, fragt Milla. Dann erzählt sie, ohne auf eine Antwort zu warten, von ihren eigenen Plänen. Sie ist im Joplin verabredet. Fred könnte jetzt einfach so tun, als wollte sie auch dorthin. Milla raucht ihre Zigarette mit dem Flair eines Stummfilmstars. Fred steht nicht auf Rauch, aber es hat Style. Wie alles, was Milla macht: Frühstück, Zuspätkommen …

Entspann dich, redet sich Fred zu, du hast Zeit. Das war die erste Kurseinheit. Selbst wenn Milla direkt nach dem Basiskurs wieder aufhört, werden sie sich noch ein paar Mal sehen. Sie will ja eigentlich nichts von Milla. Aber es ist aufregend, neben ihr zu stehen. Wenn man neben Milla steht, hat Wien mehr Flair, als wenn man nicht neben Milla steht.

Neben Milla Richtung Joplin zu dackeln, ist trotzdem ein sehr unattraktiver Gedanke. Was, wenn Fred schon in der U-Bahn kein Gesprächsthema mehr einfällt? Wäre nicht das erste Mal. Zum Glück hat sie eigene Pläne. Fred ist nicht verzweifelt, sie hat ein Leben.

Heute ist Vernissage in Sabrinas Galerie. *Die* Vernissage, für die sie die Bilder aus dem steirischen Hügelland geholt hat. Fred muss und will sich da sehen lassen. Schließlich will sie, dass Sabrina automatisch an sie denkt, wenn sie wieder was zu transportieren hat. Außerdem ist Sabrina ihr Herzensmensch *from way back*. Sie will nicht, dass Milla sie für langweilig hält, also erzählt sie von der Ausstellung.

»Cool«, sagt Milla und hört höflich zu, aber über ihre Augen legt sich ein Schleier.

Fred beschließt, sich zu verabschieden, bevor es peinlich wird.

»Schön, dass du gekommen bist.«

Sabrina trägt ein dunkelgraues Kleid aus schimmernder Rohseide. Ihr Schmuck ist bunt, der Lippenstift plakativ.

Wenn sie lächelt, sieht man ihre Zähne, matt schimmernd und aufgefädelt wie eine Perlenkette. Die Schönheit der Freundin ist jedes Mal ein Schlag in Freds Magengrube. Freds Zunge fühlt sich an wie ein Hund, der im Hochsommer vor dem Supermarkt angebunden wurde. Nirgendwo Schatten. Sabrina winkt eine junge Frau mit weißem Hemd und schwarzer Hose zu sich. Sie trägt ein Tablett und serviert Prosecco.

»Möchtest du?«

Fred nickt. Das Publikum ist jünger und hipper als gedacht. Bewegen sich alle im Zeitraffer? Hektisch wie Eintagsfliegen, bloß nichts versäumen? Fred hat freien Blick auf Hochwasserhosen und *sassy* über den Oberkörper gehängte Bauchtascherl. Darunter mischen sich Hosenanzüge, weit schwingende Röcke und schwarze Sackkleider, kombiniert mit architektonisch aufregendem Schmuck. Die Altersschicht mit Kaufkraft. Fred genießt, was sie sieht. Sabrina hat Geschmack und einen guten Riecher. Bei aller Mühe, die sich das Publikum gibt, die echten Hingucker hängen an den Wänden.

Marlis ist schon da. Als sie Fred sieht, winkt sie und kommt auf sie zu.

»Hat schon jemand gepunktet?«

Marlis stellt sich so zu Sabrina, dass Fred plötzlich nicht mehr ganz dazugehört. Fred kann das nicht leiden, aber Marlis meint es nicht bös. Es fällt ihr bloß schwer, sich auf mehr als einen Menschen zu konzentrieren. Außerdem ist sie gern der Mittelpunkt. Sabrina lacht, als wäre Marlis' profane Frage nach ihrem Verkaufserfolg die Basis für eine Stand-up-Show. Sabrina hat Vorbehalte gegen Marlis, Fred weiß das. Aber Sabrina ist heute Gastgeberin. Das ist eine Rolle, die sie ernst nimmt. Ihr Lachen ist ansteckend, gute Laune ist gut fürs Geschäft. Mit dem Proseccoglas in der

Hand macht sie eine schweifende Bewegung, die den ganzen Raum meint. Fred sagt was, aber niemand hört zu.

Marlis' Blick bleibt plötzlich hängen wie eine Schallplatte. Neben einem großformatigen Bild – gute Wahl, auch Fred findet, es ist eines der besten der Ausstellung – steht ein Mann in Cordhosen und einem Leinenhemd, das er nicht sehr weit zugeknöpft hat. Er macht einen Schritt auf das Bild zu und wieder weg. Marlis schüttelt ihren Arm, die silbernen Armreifen untermalen das mit einem leise klingelnden Geräusch. Dann fährt sie sich durch die Haare, versucht, sich ein paar Zentimeter größer zu machen, schätzt seine Körpergröße ab, seufzt und macht sich wieder etwas kleiner. Sie lächelt verschwörerisch in Sabrinas Richtung: »Wer wohl zuerst punktet: er beim Bild oder ich bei ihm?«

Weg ist sie. Fred und Sabrina schauen ihr hinterher.

»Ah«, sagt Sabrina, plötzlich mit echter Wärme in der Stimme, »erzähl! Wie geht's Venedig? Ist es schon untergegangen oder hält es die Stellung?«

Beim nächsten Termin setzt sich Milla neben Fred. Wie dosiert man Freude, wenn man herzlich sein, aber den anderen nicht sofort verschrecken will?

»Hallo«, sagt Fred.

»Hallo«, sagt Milla.

»Zeit ist Geld«, sagt Michaela und zeigt ihnen ein paar Tricks, mit denen man die Dateneingabe beschleunigen kann. STRG + Pfeiltaste, STRG + 1, wer kennt den Unterschied zwischen relativem und absolutem Bezug?

»Mir ist der Unterschied relativ absolut wurscht«, murmelt Milla.

Fred muss lachen, aber macht sich brav Notizen.

»Warum bist du dann hier?«, flüstert sie in Millas Richtung.

»Der Papa will, dass ich wenigstens irgendwas Vernünftiges mache. Studium ist mir zu aufwendig, das mach ich irgendwann. Ich hab was gebraucht, das dem Papa das Gefühl gibt, er hat als Vater nicht völlig versagt. Excel Basiskurs, das kenn ich eh, hab ich mir gedacht.«

»Der wichtigste Shortcut ist eigentlich STRG + S. Gewöhnt euch das an. Regelmäßig zwischenspeichern. Immer! Es gibt nichts Schlimmeres, als die Arbeit durch einen Systemfehler zu verlieren.«

»Ich geh ins Joplin, kommst mit?«, fragt Fred nach dem Kurs. Alles auf eine Karte setzen. Zu verlieren hat Fred nichts, sie hat wirklich Lust auf ein Bier im Joplin. Sie hat nichts dagegen, alleine hinzugehen. Aber mit Milla ist es besser. Fred will mehr wissen. Vielleicht will sie auch mehr. Milla versucht, sich eine Zigarette anzuzünden. Mit den Händen baut sie einen Windschutz, mit den Augen hält sie Kontakt. Sie nickt. Ist das ein Ja? Oder die Reaktion auf einen besonders starken Windstoß? Sie macht einen tiefen Zug. Dann nickt sie, bekräftigend.

»Da wollte ich sowieso hin. Rosa hat heute Dienst.«

In der U-Bahn erzählt Milla von sich. Sie singt in mehreren Bands. Die eine, die probt, bevor der Kurs beginnt, ist nicht ihr Herzensprojekt, aber finanziell wichtig.

»Ich bin dort eine der Sängerinnen, wir singen viele Duette, ich lern urviel. Aber …«

Bedeutsame Pause. Entspann dich, Milla, denkt Fred, ich hätte sowieso nachgefragt.

»Aber?«

»Mich nervt das. Klar, wir spielen auch auf Hochzeiten,

aber neulich hat der Pianist mich wegen meinen Haaren angemault. Dass ich sie mir lang wachsen lassen soll, weil das gut fürs Business ist.«

Fred wirft einen Blick auf Milla. Von der Seite sieht man den Stein des Anstoßes: Unter den langen Haaren versteckt sich eine Kurzhaarfrisur, seitlich sind die Haare kurz rasiert. Steht ihr fantastisch, findet Fred, aber klar, sie ist nicht die Traumbesetzung für eine Hochzeitsband.

»Und?«

»Was und?«

»Was hast du dann gesagt?«

Wie viel Verachtung in einem Blick liegen kann!

»Was wohl? Ob er so deppert ist, zu glauben, dass ihn die paar Hunderter, die ich gelegentlich mit ihm verdien, zu meinem Boss machen.«

Fred lacht.

»Ich hab auch ein eigenes Projekt, da spiele ich eigene Songs. Ich hab in ein paar Tagen einen Gig, ist aber nicht in Wien.«

Fred wartet.

Milla wartet.

»Wo spielst du denn? Vielleicht schau ich vorbei ...«

Wieder dieses wattstarke Lächeln.

»... wenn's deinem Image nicht schadet, wenn ich alte Tante vorbeischau.«

Ganz schön dick aufgetragen. Was für ein Gebettel um die Absolution der Jugend: So alt bist du doch gar nicht. Aber natürlich ist Fred so alt.

»Zahlendes Publikum ist immer gut fürs Image.«

Fred lacht noch lauter als vorher.

»Aber lass gut sein, ich stell sicher bald wieder einen Gig in Wien auf. Ich hab ein paar Demos auf dem Mp3-Player. Magst sie hören?«

Milla wedelt mit einem der Ohrstöpsel vor Freds Augen rum.

»Darf ich?«

Fred nickt. Milla schiebt einen Stecker in ihr eigenes Ohr, den anderen in Freds.

»Laut genug?«

Fred nickt. Es fühlt sich schön an, so ganz im Fokus von Millas Aufmerksamkeit zu stehen. Die Aufnahmen sind nicht besonders gut, wahrscheinlich einfach nur ins Handy reingesungen. Aber Millas Stimme gefällt ihr. Wenn sie nur halb so charismatisch auf der Bühne ist wie im Alltag, dann …

»Vielleicht bring ich ein paar Freundinnen mit.«

»Hm?«

»Zu deinem Gig.«

»Cool.«

Fred nimmt den Stecker raus. Milla grinst. Fred holt ihre Geldtasche aus der Hose, pflückt eine Visitenkarte und reicht sie Milla.

»Hast du einen Newsletter?«

»Hab ich einen Newsletter? Klar!«, Milla zeigt mit dem Finger auf sich. »Profi?« Dramatische Pause, entschiedenes Kopfnicken: »Profi!«

Was Milla an Wörtern weglässt, macht ihr Gesicht mit Ausdruck wieder wett.

»Schreib mich drauf.«

Rosa begrüßt Fred euphorisch.

»Dich schickt der Himmel! Du kannst doch Bier zapfen, oder? Du hast das schon gemacht, oder nicht? Ich brauch deine Hilfe. Emma ist krank. Ich kann sie nicht alleine lassen, wenn's ihr nicht gut geht, aber niemand kann einspringen.«

Milla verzieht empathisch das Gesicht. Fred muss kurz nachdenken, wer mit Emma gemeint sein könnte. Partnerin? Kind? Hund?

Leyla kommt dazu, grüßt Fred und stellt einen Drink vor Millas Nase.

Rosa greift zur Geldtasche und holt einen Zettel raus.

»Zwischenstand hab ich schon gemacht, wenn du Leyla mit den Getränken hilfst, kommt sie zurecht.«

Fred zuckt mit den Achseln.

»Du musst nichts machen, außer Leyla mit den Getränken zu helfen. Ich zahl dir auch was.«

Fred zuckt nochmal mit den Achseln, dann nickt sie. Rosa klopft ihr auf die Schulter, wirft sich einen Mantel über und verschwindet in der Nacht.

»Wer ist Emma?«, fragt Milla.

»Rosas Katze. Ursüß!« Leyla zückt ihr Handy und zeigt Milla ein Katzenfoto.

Milla schaut enttäuscht.

»Mist. Ich wollte Rosa heute unbedingt meine neuen Demos vorspielen.«

»Milla! Wir haben darüber geredet! Ich, als deine Managerin, untersage dir, Demos vorzuspielen, bevor die Aufnahmequalität passt.«

»Du bist nicht meine Managerin!«

»Ich bin nicht deine Managerin?«, Leylas Augen funkeln.

Milla legt den Kopf schräg. Sie will Nein sagen, aber sie will auch nicht aus der Bar fliegen. Fred grinst. Sie mag es, wenn Freundschaften lebhaft sind.

»Wenn ich nicht deine Managerin bin, warum hab ich dann bitte ein Interview für dich ausgemacht?«

Sie deutet Richtung Glastür, hinter der die Menschen sitzen, die keinen Rauch mögen. An einem Tisch sitzt ein junges Cutie mit Hornbrille und ernsthaftem Gesichtsausdruck. Sie strahlt und winkt, als sie Milla sieht. Sie steht auf, kommt näher und schaut kaum in Freds Richtung, als sie sagt: »Kann ich auch ein Bier haben?«

Dann stellt sie sich vor. »Wollen wir nach hinten gehen oder willst du das Interview hier an der Bar machen?«

Milla deutet auf einen Tisch in der Nähe, der gerade frei wird. Sie setzen sich. Das Cutie stellt Fragen und Milla erzählt. Sie zündet sich eine Zigarette an und das Cutie tut so, als wäre sie vorher nicht im Nichtraucherbereich gesessen. Leyla behält den Überblick. Gar nicht wenig los heute. Fred zapft ein Bier nach dem anderen. Um die anderen Getränke kümmert sich Leyla. Dann dreht sie die Musik ein bisschen leiser. Leyla will hören, was am Tisch geredet wird. Fred freut sich. Sie will es auch hören.

»Beim Refrain, das muss mitten ins Zwerchfell und *boom*. Reptiliengehirn, *instant reaction*, oder es ist halt scheiße«, erklärt Milla. »Bei den neuen Songs arbeite ich weniger mit Melodie, mehr mit Sprechgesang. Zum Beispiel der hier«, sie fummelt am Handy rum und drückt auf Play, teilt sich die Ohrstecker mit dem Cutie, die ihren Kopf in Millas Richtung gelegt hat, »der heißt, *Milla YoloBitch*, wegen Milla Jovovich, verstehst du? Das fünfte Element ist die Liebe und so … Und, natürlich, eh klar, *You Only Live Once, Bitches*, weil: Ist so.«

In den Augen der Bloggerin keine Anzeichen eines Wiedererkennens.

»Muss man nicht kennen, aber es ist der Lieblingsfilm meiner Mutter.«

Sie berührt den Unterarm der Bloggerin. Die strahlt jetzt. Der Artikel, vermutet Fred, wird eine Hymne. Milla zündet sich eine frische Zigarette an.

»Der Song hier, der ist schon fast fertig gemischt. Wenn ihr wollt, können wir uns den auch laut anhören.«

Fred muss lachen, als sie sieht, wie Milla einen ängstlichen Blick Richtung Leyla wirft. Sie winkt Leyla an den Tisch, erklärt kurz etwas und drückt ihr das Handy in die Hand. Leyla fährt ihr kurz durch die Haare, nimmt das Handy und drückt auf Play. Millas Stimme ist das Ärgste. Sie kann einfach alles. Hell und strahlend und klar. Mitten im Song geht sie unvermittelt in den Keller. Fred steht drauf, wenn Frauenstimmen tief sind. Milla singt von ihren Ängsten und von der Trauer über eine zu große Welt. Über das Kleinsein als Riesin. Aber nur in den Strophen. Im Refrain ist sie optimistisch und zielt auf einen ganz einfachen Punkt ab. Wenn sie Refrains singt, fühlt es sich an, als könnten wir die Welt retten und dabei Spaß haben und uns tanzend wegschießen.

»Willst du jetzt Rapperin werden?«, fragt das Cutie direkt aus dem Reptilienhirn. *Boom. Instant reaction.*

»Pff«, sagt Milla, »sei nicht so spießig. Genregrenzen, ich mein, das kümmert wirklich niiiiiiiemanden mehr.«

Das I in niemand ist langgezogen, als könnte man einfach beliebig viele Iiiiiiis aneinanderreihen. Aber klar, Rap! Milla kann das auch!

Gsund, lustig, draußen

Laura schwitzt. Sie legt sich mit der Schwerkraft an. Aus Trotz dreht sie noch ein paar Runden. Rauf, Wende, runter. Geschwind einen Ollie probieren, der misslingt allerdings. Zum Glück schaut die Gang grad nicht zu. Zwei linke Füße heute oder den Kopf woanders. Ist hier irgendwo ein Spalt im Beton für einen Chinese Nollie? (Wie in dem Youtube-Video »10 easy tricks to make beginners look good«). Totales No-Go, hab ein bisschen Stolz, konzentrier dich! Fünf Minuten später setzt Laura sich zu den anderen.

Im Sommer hat der Landhausplatz sein eigenes Mikroklima. Der weiße Boden strahlt Hitze ab, Baumschatten gibt es kaum und der Minibrunnen, der vielleicht oder vielleicht nicht den Inn symbolisieren soll, schlängelt sich zwar über den Platz, aber er kühlt nicht. Aber jetzt, im Frühling, ist das alles egal. Der Boden ist so hell, dass sie über die Rampen sausen können, obwohl es langsam dunkel wird. Der Winter ist vorbei, jetzt kommt die Zeit zum Draußensitzen und Freundetreffen. Das sind die Tage, die man speichern soll, für später. Die mit den Farben und Klängen, die mit dem Geruch nach Alles-wird-gut.

»Es ist schon so, dass da gewaltig was schiefgeht. Na echt.«

Wenn Melanie neben Matti sitzt und trotzdem unzufrieden schaut, dann tut die Welt gut daran, kurz die Lawinenwarnstufe zu überprüfen und zu schauen, ob man das Pieperl eh eingepackt hat. Fair bleiben: Es ist Feierabend, die beste Uhrzeit zum Dampf-Ablassen. Außerdem: Der Winter ist vorbei, die Lawinen sind schon alle im Tal.

»Eigentlich ist es zum Speiben, aber dann denk ich mir immer, das machen die Mädels ja ohnehin selber.«

Kuni schaut schockiert, dann lacht sie. Alle haben Erdbeer-Latellas in der Hand und trinken einen Schluck. Melanie greift in ihre Tasche, holt einen Flasche raus und füllt Wodka nach.

»Magst?«

Kuni verneint. Laura bejaht. Matti trinkt ohnehin bei Melanie mit.

»Mich freut das immer volle, wenn du merkst, da steht eine vorm Spiegel und probiert was, was nicht ganz Standard ist. Einen Overall vielleicht oder ein Tube-Top oder so… jedenfalls, die hat das anprobiert, dann schaut sie an sich runter und du weißt sofort: Oje«, beschwert sich Melanie.

Kuni macht zustimmende Geräusche. Matti schaut neugierig.

»Ich mein, chill mal, du bist jung, du bist hot! Ich steh daneben und schau doch in den gleichen Spiegel. Aber die sieht was ganz anderes als ich. Nur die Fehler!«

Kuni steigt sofort ins Lamentieren ein. Seit sie Kunstgeschichte studiert, wird sie immer wütend, wenn sie über die Bilder von Frauen in Kunst und Werbung redet: Heilige oder Hure, sonst schaffen es die Frauen überhaupt nicht aufs Bild.

»Ganz starker Fokus auf die Schwachstellen, ich seh das in ihren Augen, dass sie die ganze Zeit Kalorien zählen oder Wasser auf nüchternen Magen trinken oder total viel essen und danach direkt wieder aufs Klo«, ergänzt Kuni.

»Schau dich um: Innsbruck ist doch eigentlich brutal schön, oder?«, sagt Melanie plötzlich.

Laura schaut hoch. Der Landhausplatz liegt glitzernd in der Abendsonne und strahlt Wärme ab. Sie muss nur den Kopf drehen, schon leuchtet die Nordkette. Der Himmel ist blau mit ein bisschen Weiß: Wolken und Chemtrails.

»Aber manche Mädels stehen vorm Spiegel, als wären sie Innsbruck und würden nur die Autobahnabfahrt beim WIFI-Zentrum sehen.«

»Den Eingang zur Sillschlucht, dort, wo im Schatten unter der Brücke immer so viel Müll liegt und es voll nach Klo riecht, obwohl man an der frischen Luft ist.«

»Oder das O-Dorf?«

»Hey!«, wirft Kuni ein, »nichts gegen das O-Dorf. Da wohnen Laura und Lauras Mama und überall, wo Laura und ihre Mama wohnen, ist es schön.«

»Okay, dann eben wie die Reichenau.«

»Das DEZ.«

Alle reden wild durcheinander.

»Zählen auch so saisonale Sachen?« Matti mischt sich ein: »Also Sachen, die nicht immer da sind, sondern nur manchmal?«

»Wie Pickel?« Kuni lacht und legt den Arm um Melanie, die Matti stolz anstrahlt und begeistert nickt.

»Ich weiß auch was«, mischt sich Matti ins Gespräch, »der Swarovski Weihnachtsbaum bei der Markthalle?«

Melanie schaut unentschlossen. Kuni seufzt. Matti könnte inzwischen schon wissen, dass Melanie eine Schwäche für Kitsch hat.

»Ja, zählt«, entscheidet Laura, »aber wenn eine von uns was Ähnliches am Ohr hängen hat, dann ist es Schmuck und total schön.«

Sogar Melanie lacht. Dann holt sie sich ein neues Latella

aus dem Rucksack, nimmt einen großen Schluck und greift wieder zum Wodka.

»Ich mein, stell dir vor«, Melanie deutet in alle Richtungen, »stell dir vor, das bist du. Alles: der Inn, die Höttingerstraße dahinter, die Villen im Saggen, der Park hinter der Schule, in dem du das erste Mal geschmust hast, der tausend Jahre alte Baum vorm Landestheater und der Hofgarten, der supergute Kaffee in deiner Lieblingsbäckerei, die Sprungschanze, die Badeplätze am Inn, die ganzen Orte für die illegalen Partys im Wald, was weiß denn ich, und anstatt, dass du ausrastest und dich volle abfeierst, weil du so fantastisch bist, dass sich niemand mehr eine Wohnung bei dir leisten kann, schaust du in den Spiegel und alles, was du siehst, ist der Durchgang zur Sillschlucht mit dem ganzen Müll und den Leuten, die dort hingepinkelt haben.«

Zuerst nicken alle zustimmend.

Kuni holt sich auch ein neues Latella aus dem Rucksack, nimmt einen großen Schluck und deutet Melanie, dass sie ihr den Wodka geben soll.

»Ist ja alles gut und recht, aber halt schon auch scheiße, wenn sich niemand mehr eine Wohnung leisten kann.«

Kuni würde gern ausziehen. Kurz vor ihrer Matura sind ihre Eltern aus Innsbruck weggezogen, nach Telfs, und Kuni musste mit.

Eigentlich wollte sie sofort nach der Matura zurück nach Innsbruck ziehen, aber jetzt hat sie schon fast den ersten Abschnitt fertig und pendelt immer noch, 30 Kilometer hin und zurück, jeden Tag. Für ein WG-Zimmer in der Stadt muss man echt eine Niere verkaufen.

Matti hat sich Lauras Skateboard genommen und rollt mäßig motiviert über den Platz zu den Stufen des Befreiungsdenkmals. Dort hocken ein paar Kollegen. Laura liebt das Klack-Klack der Räder auf dem Beton. Ein paar Leute skaten, Schuhe und Jeans sind ziemlich lädiert, die weiten T-Shirts und die Haare unter den Caps oder Mützen flattern im Wind. Ein paar filmen sich mit dem Handy. Matti stellt sich dazu, checken, was abgeht. Ist das Chris, dort auf dem Board?

Melanie, Kuni und Laura lassen ihr Gespräch weiterplätschern.

»Matti hat mich gefragt, ob ich im Sommer mitkommen will …«

Melanie streckt die Beine lang aus, spielt mit ihren Dreadlocks und schaut unverschämt glücklich aus.

»Wohin?«

»Er will auf die Alm von seinem Onkel gehen. So richtig mit Vieh und Käse machen und so.«

Laura wundert sich über Melanies verträumten Blick. Liebe muss eine verrückte Droge sein. Nicht, dass Melanie Natur nicht mag. Aber mehr als die Natur mag sie die Straßen, die von ihr wegführen.

»Das Problem ist, er wäre dann schon ab Mai weg.«

»Wie lang?«

»September …«

»Und der Laden?«, fragt Laura gleichzeitig mit Kuni, die nach der Uni fragt.

Melanie schaut unschlüssig.

»Es wär ja nicht für immer.«

Dann nickt sie begeistert, als Matti zu ihnen zurückrollt und fragt, ob alle dabei sind, wenn er später in den Dachsbau geht. Die Band Von Seiten der Gemeinde spielt live. Wenn alle Lust haben, könnten sie vorher zu ihm gehen, bisschen chillen. Melanie, das ist klar, hat Lust.

Kuni winkt ab, sie hat zu tun.

»Komm schon, Kuni! Es ist erst der Anfang vom Semester. Morgen ist Sonntag! Mit der Uni kannst uns in ein paar Wochen wieder stressen!«

Laura hat Lust, aber sie will nicht das fünfte Rad am Skateboard sein. Die Strenge in Kunis Gesicht bekommt sichtbar Risse. Laura umarmt sie.

»Komm mit! Kannst bei uns schlafen und ich versprech dir, ich bleib auch nicht ewig!«

Als sie sich aufmachen, um bei Matti ein bisschen vorzuglühen, bekommt Laura noch eine SMS von Isi: *Keine Spur von Huberts Schwester? Was ist mit der? Das nervt!!!*

In schneller Folge trudeln Nachrichten ein. Lauras große Schwester denkt wieder mal nach, während sie schon tippt.

Versuchst es eh weiter?

Das ist wichtig, wegen der Tischordnung!

Die soll sich nicht so aufführen und einfach sagen, ob sie kommt oder nicht.

Denkpause. Dann kommen schon die nächsten Nachrichten.

Bin grad bei Mama wegen den Fotos.

Du hast sie wieder nicht rausgesucht!!!!!

Bitte!!!!!!!! Ich brauch die!!!!!!!!!!!

Selfie von Isi, die lieb schaut.

Bringst die Alben einfach am Montag ins Büro vom Hubert? Dann hol ich sie dort!!!

Es folgen etliche Emojis voller Herzen, die nicht wirklich verschleiern können, dass Isi bald ausrastet.

Laura steckt das Handy weg. Hat alles Zeit bis morgen. Außer das mit den Fotos. Das ist einfach ein richtig solider Haufen Müll. Aber egal, es ist Samstag. Es ist noch früh, die Nacht ist noch lang.

Ein paar Stunden später hat sie alles vergessen. Schweißnass vom Tanzen, und im Kopf glitzert alles. Nach dem dritten Song gab's kein Halten mehr, tanzen und johlen. Alle werfen die innere Diskokugel an und die im Raum dreht sich auch.

Der MC so: Hey.

Alle so: Yeah.

Abtauchen, abtanzen. Als Chrisfader & Testa fertig sind, ist es draußen schon hell.

8. März, Bitches!

Es gibt in Österreich mehr Bürgermeister, die Franz heißen, als Bürgermeisterinnen. Seit der Familienrechtsänderung 1975 muss der Ehemann nicht mehr zustimmen, wenn die Frau arbeiten geht, und Mütter dürfen die Zeugnisse ihrer Kinder selbst unterschreiben. Das Gesetz ist ungefähr so alt wie Fred. Das ist nicht lang her für eine grundlegende gesellschaftliche Veränderung. Seit 1989 ist Vergewaltigung in der Ehe ein Strafdelikt. Deswegen regt es Fred immer so auf, wenn schon wieder jemand darüber klagt, wie kompliziert alles zwischen Mann und Frau geworden ist. Ihr wollt die gute alte Zeit zurück? Seid ihr wirklich so wütend auf das Gendern, dass ihr uns in finanzieller und rechtlicher Abhängigkeit vom Ehemann sehen wollt?

Derzeit muss Fred nur die Zeitung aufschlagen und schon schießt ihr Blutdruck in die Höhe. Eine Buberlpartie baut den Staat um. Unter der Oberfläche brodelt es gewaltig, aber auch ohne Backlash ist die Situation alles andere als rosig. Frauen sind von Altersarmut dreimal häufiger betroffen als Männer. Darüber redet niemand gern. Das hängt wie eine drohende Wolke über unseren Köpfen, verursacht von einer toxischen Mischung aus Entscheidungen, die wir selbst getroffen haben, und jenen Weichen, die die Gesellschaft gestellt hat: Karenz, Kindererziehung, Teilzeitbeschäftigung, Scheidung, ausbleibende Unterhaltszahlungen, zu wenige Pensionsversicherungsjahre und und und … Immer noch zählt Österreich zu den EU-Ländern mit dem größten Lohnunterschied zwischen Frauen und Männern. Die Möglichkeit zur Väterkarenz bleibt weitgehend ungenutzt. Seit 1983 wird das Säuglingswäschepaket für alle Wiener Kinder endlich in geschlechtsneutralen Farben ausgegeben, seit 1990 in einem umweltfreundlichen Karton, nicht mehr in einer Plastiktasche. Die Welt, eine Baustelle.

Fred hat eine Freundin, die ist in Wien geboren und aufgewachsen und kann gar nicht glauben, dass es keinen österreichweiten Anspruch auf Kinderbetreuungsplätze gibt.

»Aber«, fragt sie fassungslos, »wie soll man denn dann arbeiten gehen?«

»Eben«, sagen Freds Freundinnen, dann schauen sie besorgt und zucken mit den Schultern. Dass nicht alle Frauen nach Wien wollen, ist eigentlich ein Rätsel.

Nächstes Thema: »Macht ihr Pensionssplitting?«

Kollektives Seufzen.

Aber nicht immer geht es um Geld. Manchmal geht es ums nackte Überleben. Straßenverkehr: Airbags in Autos werden in Standardmännergröße gebaut, deshalb verletzen sich Frauen bei Autounfällen schwerer und öfter. Gesundheit: Bis in die 1990er Jahre wurden Medikamente in Studien vorwiegend an Männern getestet. Frauen galten als kleinere Männer, die gebären konnten. Diagnostik und Therapie orientierten sich am durchschnittlichen Mann (mittleres Alter 35 Jahre, 80 kg etc.). Frauen waren die »Abweichung«, der man keine besondere Beachtung schenkte. Die Anzeichen für einen Herzinfarkt kennen Sie? Schmerzen im Brustbereich mit Ausstrahlung in den linken Arm? Das sind die Anzeichen bei Männern. Hätten Sie bei einer Frau, die unter Atemnot, Übelkeit und Schmerzen im Bauch klagt, ans Herz gedacht? Diabetes wird bei Frauen meist später entdeckt als bei Männern.

Außerdem ist alles kompliziert: Es gibt nicht nur Männer und Frauen, schon allein deshalb ist das Einteilen von Kindern in rosa und blau so ein Blödsinn.

»Man kommt nicht als Frau zur Welt, man wird es«, sagt Simone de Beauvoir, ihr kennt das Zitat. Geschlecht und Sexualität ist ja nicht das Gleiche, wird aber gerne verwechselt. Es gibt inter, divers, trans, cis, homo, hetero, queer, bi, poly, pan, non-binary und sonst eigentlich auch alles, was man sich vorstellen kann. Worte bedeuten nicht in jedem Kontext das Gleiche, sondern etwas anderes, je nachdem ob du die Genforschung, die Gehirnforschung, den Spitzensport oder einen Männerstammtisch befragst. Ein paar Menschen leben sicher auch noch monogam, aber das ist sowieso wieder etwas ganz anderes.

Apropos, Stammtisch.

Mansplaining, wenn Männer ungefragt Frauen erklären, was die wahrscheinlich besser wissen.

Manterrupting, wenn Männer in Gesprächen Frauen einfach unterbrechen.

Hollywood, wenn drei Viertel aller Filme Männern die Sprechrollen auf den Leib schreiben. In 15 Prozent aller Filme sprechen Männer sogar 90 Prozent aller Sätze. Alison Bechdel hat in ihrem Comic »Dykes to watch out for« für dieses Phänomen einen Test entwickelt. Der Test besteht aus drei Fragen: Gibt es mindestens zwei Frauenrollen? Sprechen sie miteinander? Unterhalten sie sich über etwas anderes als über einen Mann? Der Test ist eigentlich als Witz gedacht. Aber er ist auf eine Art treffsicher, dass Fred das Lachen im Hals stecken bleibt.

Merksatz: Alles ist kompliziert. Alles bleibt ein Prozess, ein Ausverhandeln. Fertig gibt's nicht. Und Fred? Fred ist vor allem müde. Sie schaut gelegentlich bei Veranstaltungen vorbei. Aber eigentlich hat sie sich ins Privatleben zurückgezogen, in eine individuelle Form von Das-Beste-draus-machen. Wenn sie ehrlich ist, geht sie am 8. März inzwischen vor allem deshalb zu Demos oder Veranstaltungen, um zu schauen, wer überhaupt noch lebt.

Aber heute ist erst der 7. März. Heute lehnt Fred mit einer gewissen Rührung an der Bar im Joplin und hört Leyla und ihren Freundinnen zu, wie sie diskutieren, bei welcher Demo und welchem Fest sie sich morgen sehen lassen wollen und mit welchen Plakaten.

Die Kampffragen der Sisterhood sind seit Jahrzehnten unverändert: Prostitution, Abtreibung, Kopftuch, Intersektionalität und die ewige Frage: Wie lange dauert es noch bis zur Gleichberechtigung?

Rosa arbeitet heute. Leyla auch.

»Wessen Straße? Unsere Straße!«, malt Connie mit Glitzerstift auf einen mitgebrachten Pappdeckel. Dann grüßt sie Fred freundlich und fragt, ob sie sich wieder mal ausgesperrt hat und einen Platz zum Schlafen braucht.

»Danke, bin versorgt«, antwortet Fred und lädt Connie auf ein Getränk ein.

Plötzlich wird die Tür aufgerissen und ein Wirbelwind stürmt ins Lokal.

»Ich bin so fucked!«, schreit Milla und setzt sich neben Connie, mustert das Schild und nickt anerkennend.

Leyla grinst sie an, Milla nickt, Leyla stellt ihr einen Makava hin. Millas Blick bleibt auffordernd, also stellt Leyla einen Wodka daneben.

»Erzähl, was ist los?«

Stellt sich raus, Milla hat versprochen, morgen auf der Demo ein paar Songs zu spielen. Später am Abend ist sie für einen Gig in einem kleinen Ort in Niederösterreich gebucht.

Ein Dude hat versprochen, sie mit dem Auto hinzubringen, aber, Überraschung!, völlig drauf vergessen und jetzt sitzt sie da und weiß nicht, was sie machen soll.

»Ist der Dude dein Vater?«, fragt Leyla.

Milla nickt.

»Was ist es diesmal? Der Dienstplan oder das Golfen?«

»Ist doch wurscht. Es ist so ein Mist, ich hab extra was für die Demo geschrieben! Ich will das nicht absagen, mir ist das wichtig und außerdem ist das die beste Promo.«

Leylas Zungenspitze spielt mit ihrem Mundwinkel. Sie nickt dem Tisch im Eck zu, bin gleich bei euch. Sie wischt sich mit dem Geschirrtuch die Hände ab, nimmt saubere Aschenbecher und macht sich auf den Weg, um Bestellungen aufzunehmen. Milla klopft frustriert mit ihren Knöcheln auf die Bar.

»Ich hab ein Auto«, sagt Fred, »wo musst du denn hin?«

Milla zückt ihr Handy und googelt, wo der Gig morgen ist. Fred überlegt, wo ihr Auto parkt und wann sie von der Arbeit wegkann. Geht sich aus. Aber nur, wenn sie selbst die Demo auslässt. Millas Augen sind riesig:

»Bittebittebittebittebitte, du rettest mich, wenn das klappt!«

Fred genießt das Spiel aus Kuppeln und Gasgeben. Spurwechsel machen ihr Spaß. Josip hat ganze Arbeit geleistet. Klar, die Lenkung zieht leicht nach links, aber Fred weiß das. Das seltsame Geräusch des Motors ist weg.

Milla sitzt am Beifahrersitz und schaut aus dem Fenster. Auf ihrem Schoß liegt ihr Mp3-Player. Die Ohren zugestöpselt. Fred nimmt die Hand vom Lenkrad, schaltet, kramt nach Kaugummis, aber eigentlich will sie nur Millas Aufmerksamkeit erregen. Wo hat denn Milla bitte das Mitfahren gelernt? Die Fahrerin hat ein Recht auf Unterhaltung, das ist ein Gesetz, das kann man doch irgendwo nachlesen. Muss nichts Weltbewegendes sein, *cheapo* Smalltalk, her damit!

»Wie war denn die Demo?«

Fred spricht extra laut. Milla reißt es ziemlich. Sie nimmt den Stecker aus dem Ohr und lächelt Richtung Fred.

»Entschuldige, ich war ganz im Song versunken. Hast du mich was gefragt?«

»Wie's auf der Demo war?«

Fred beschleunigt. Wenn der Oberkörper in den Sitz gedrückt wird … bestes Gefühl. Gas geben, super! Bremsen? Unbedingt zu vermeiden! Sie bremst nicht gern, lässt lieber den Schwung auslaufen, aber beschleunigen, darum geht's doch beim Autofahren! Sie wirft einen Blick auf die Uhr an ihrem Handgelenk. Stau wird kein Problem sein. Milla erzählt von den Freundinnen, die sie getroffen hat, und von ihrem Auftritt. Welche Protestschilder bei ihr auf Twitter aktuell trenden.

»Erzähl was über die Veranstaltung, zu der wir gerade fahren!«

»Es ist jedes Jahr das Gleiche. Das ganze Jahr ist nichts los, aber rund um den 8. März kommen alle Kulturvereine drauf, dass es Frauen gibt.«

Fred nickt.

»Ich bin nicht undankbar, jedenfalls nicht, seit ich mich mit ein paar Kolleginnen ausgetauscht hab und weiß, wie viel ich verlangen muss. Danke, dass du mich fährst.«

Fred nickt wieder.

»Ich hab heute auf der Demo den neuen Text ausprobiert.«

»Und?«

»Du hörst es ohnehin gleich nochmal.«

»Mach es nicht so spannend?«

»Kennst du die Spice Girls?«

Fred nickt.

»Ich hab's umgedichtet. Pass auf!«

Milla schaut erwartungsvoll. Fred auch. Ihre Beifahrerin schlägt sich kurz mit der Hand auf den Oberkörper und brummt.

»Tschuldigung, muss kurz die Stimme warm machen.«

Sie summt, dann richtet sie sich auf, zeigt mit dem Finger auf Fred und legt los: »Weißt eh, Spice Girls. Kannst mitreden. Los geht's. *Ich sag dir, was ich will, was ich wirklich wirklich will.*«

Um ihr einen Gefallen zu tun, macht Fred, was sie früher in der Kirche gemacht hat. Sie flüstert ungefähr im Rhythmus mit.

Ich sag dir, was i will, was i wirklich wirklich will
ja, sag mir, was du willst, was du wirklich wirklich willst
Was will i? Was will i? Was will i? Was will i?
I will halt wirklich richtig will ich, was ich wirklich wirklich will

Wir wollen eine Wohnung, die warm ist.

Auf dem Weg zum Job wollen wir ein paar Memes, die lustig sind, z. B. was mit Katzen oder mit Pinguinen oder auch was mit österreichischer Innenpolitik.

Wir wollen, dass sich am Arbeitsplatz unser Magen nicht schon vor der Tür verkrampft, wir wollen einen Job, bei dem die Chefitäten nicht dafür bekannt sind, dass sie schreien, die Kollegen und Kolleginnen nicht mobben und das Unternehmen nicht mit baldigem Konkurs droht, um dann neue (schlechtere) Arbeitsverträge auf den Tisch zu legen, oder Schluss is.

Ich sag dir, was i will, was i wirklich wirklich will
ja, sag mir, was du willst, was du wirklich wirklich willst
Was will i? Was will i? Was will i? Was will i?
I will halt wirklich richtig will ich, was ich wirklich wirklich will

Wir wollen ein Wahlrecht an dem Ort, an dem wir seit Jahren leben und arbeiten. Personenfreizügigkeit, my ass. No taxation without representation, dafür wurden Kriege geführt. Das ist keine Drohung, das ist ein Warnhinweis.

Wir wollen keinen 12-Stunden-Tag.

Wir wollen bisschen Urlaub, gelegentlich, damit die Akkus nicht so ganz vollständig auf Notstrom laufen müssen.

Wir wollen nicht noch ein Zoom-Meeting bei wackeligem Internet, wir wollen Home-Office, wenn wir Home-Office wollen.

Wir wollen im Notfall wissen, wo eine Steckdose ist.

Ich sag dir, was i will, was i wirklich wirklich will
ja, sag mir, was du willst, was du wirklich wirklich willst
Was will i? Was will i? Was will i? Was will i?
I will halt wirklich richtig will ich, was ich wirklich wirklich will

Wir haben eine Kur beantragt und warten auf die Bewilligung.

Wir haben eine Bildungskarenz beantragt und warten auf die Bewilligung.

Wir haben Teilzeit beantragt und warten auf die Bewilligung.

Wir haben eine Weiterbildungsmaßnahme beantragt und warten auf die Bewilligung.

Wir wollen einen Termin beim Amtsarzt. Wir wollen den Chef sprechen. Wir wollen nicht die ganze Zeit in einer Warteschleife der Servicehotline feststecken.

Wir haben neulich im Radio gehört, dass die Regierung die Zuverdienstmöglichkeiten bei Arbeitslosen einschränken möchte, aber das können wir nicht glauben, weil: Wie soll sich das ausgehen, mit dem Wohnen, mit dem Heizen, mit dem Essen.

Ich sag dir, was i will, was i wirklich wirklich will
ja, sag mir, was du willst, was du wirklich wirklich willst
Was will i? Was will i? Was will i? Was will i?
I will halt wirklich richtig will ich, was ich wirklich wirklich will

Wir wollen uns nicht dafür schämen müssen, dass wir wenig Geld haben.

Wir, also wir Frauen, wollen auch wissen, dass die Gehaltserhöhung von selbst kommt, weil wir eine Familie zu ernähren haben.

Wir, also wir Erntehelfer, wollen, dass die Welt weiß, was für ein hartes Leben das ist: Saisonarbeit auf Spargelfeldern, verschimmelte Unterkunft, horrende Lohnabzüge für Essen und Schlafen, eine bittere Ernte in der Fremde, wir haben gehört, es gibt Beratungsstellen, aber ob sie dort unsere Sprache sprechen?

Wir wollen gebraucht werden, nicht verschlissen.

Wir wollen ein Lieferkettengesetz, wir wollen keine Kinderarbeit, wir wollen kein Greenwashing.

Wir wollen Elektrogeräte ohne eingebaute Schwachstellen.

Wir wollen, dass uns jemand anlächelt und, warum auch nicht, unsere Leistungen lobt.

Wir wollen das nicht nur für die Menschen in Österreich.

Wir wollen nicht, dass das Geld den Fluchtweg in eine Steueroase findet.

Wir wollen Farben sammeln für den Winter, wie Feldmaus Frederick.

Wir wollen eine Chance, eine echte Chance!

Wir wollen, alle gemeinsam, nochmal den Refrain machen:

Ich sag dir, was i will, was i wirklich wirklich will
ja, sag mir, was du willst, was du wirklich wirklich willst
Was will i? Was will i? Was will i? Was will i?
I will halt wirklich richtig will ich, was ich wirklich wirklich will

Milla ist keine Frontfrau einer mehrköpfigen Soul-Jazzband. Sie ist keine Rockröhre, keine Soulstimme, auch wenn ihre Stimme ein dezidiert souliges Timbre hat. Sie ist nicht Sinead O'Connor, auch wenn sie die Haare auf einer Seite fast so kurz rasiert hat wie sie. Sie ist keine Singer-Songwriterin, auch wenn sie Songs singt, die sie geschrieben hat.

Bildet Banden, Banden bilden hilft, so heißt der alte Spruch, aber Milla steht alleine da.

Sie spielt Gitarre, immer die gleichen fünf Akkorde, aber wer zählt schon?

Fred denkt zurück an ihre eigenen Auftritte. Es ist so lang her, da hat sich Nostalgie über die offenen Wunden gelegt. Der erste Auftritt bei einem Frauenbandenfest im EKH, einem besetzten Haus mit langer Tradition. Sie bekommt eine Gänsehaut, wenn sie nur daran denkt. Für jeden gespielten Song gab's ein Freigetränk. Ihr Finger haben so gezittert, dass sie ständig danebengegriffen hat. Dabei sind die Seiten eines E-Basses fast so dick wie Seile.

»Alle können Bass spielen, alle! Das ist ganz einfach«, ja sicher.

Feministische Vorzukunft: Ich werde in einer Band gespielt haben. Weil Frauen alles können, was sie wollen. Wenn wir uns gegenseitig unterstützen. Jubeln, wenn wir auf der Bühne stehen.

Wir haben sogar Fans gehabt, denkt Fred. Freundinnen halt. Jetzt, wo es vorbei ist, jetzt, wo klar ist, dass sie nie wieder mit einem Instrument in der Hand auf eine Bühne gehen muss, war es eigentlich leiwand.

Milla ist das Gegenteil von Fred. Sie steht auf der Bühne, als bräuchte jede Person eine Sondererlaubnis, Milla NICHT anzuschauen. *All eyes on me.* Fred lehnt an der Bar und bestellt ein alkoholfreies Weizenbier. Gar nicht so wenige Frauen und ein paar Männer haben sich zum Frauentag in Bruck an der Laa versammelt. Millas Blick brennt Fred im Rücken. Sorry, hab keine Sondererlaubnis, ich schau schon wieder zu dir, denkt sie, aber Milla schaut sie gar nicht an. Sie hat den ganzen Raum im Fokus. Sie singt, bis jede einzelne Person im Raum sich sicher ist: Milla singt ganz speziell für mich.

»Hallo, danke euch für die Einladung. Mein Name ist Milla Yolobitch und die Songs, die ich mitgebracht habe, sind für euch!«

Sie singt auf Deutsch. Sie wechselt in den Dialekt. Manchmal verwendet ihr Deutsch viele Anglizismen, Fred schaut sich im Saal um, ob sich irgendwo gerade eine Protestgruppe zur Rettung der deutschen Sprache gründet. Sieht nicht danach aus.

»Okay, wisst ihr, wir celebraten ja heute den Weltfrauentag!«

Zustimmendes Gejohle der Anwesenden. Die Leute, die den Weltfrauentag nicht feiern, sind ohnehin nicht da.

»Wisst ihr, ich hatte neulich Streit auf facebook.«

Wiedererkennendes Gelächter. Alle so: Kennen wir.

»Ich mein, Internet! Kennt ihr? Der Ort, wo es einfach okay ist, deppert zu einer Frau zu sein?«

Zwischenapplaus.

»Da wollte einer einen Joke machen, über das Gendern.«

Kollektives genervtes Augenverdrehen.

»Da regt sich einer auf, dass die Lyrik in Gefahr ist, weil sich ja nichts mehr reimt, wenn man die weibliche Form dazu sagt. Als Beweis zitiert er dann DEN EINEN Songtext von Nena, den alle kennen. Ich so: Okay, Boomer, oh, Tschuldi, okay, Boomer*in mit Extra-Sternchen.«

Alle lachen.

»Er so: 99 Düsenflieger*innen, jede*r war ein*e große*r Krieger*in … wäh, Untergang des Abendlandes, das reimt sich ja gar nicht mehr.«

Milla macht eine bedeutungsschwangere Pause. Unter ihrem Tanktop kann man sehen, dass sich ihre Brustwarzen aufgerichtet haben. Freds Brustwarzen antworten und werfen sich motiviert in den Kampf gegen die Schwerkraft. Sie hat eine Gänsehaut. Warum sie der Moment so berührt? Milla ist nicht die erste Frau, die sie auf einer Bühne sieht. Aber wie sie dasteht: Breitbeinig, als wär die Bühne gleichzeitig ihr Wohnzimmer und eine Arena. Sie ist bereit, jeden Millimeter in Anspruch zu nehmen. Sie greift zur Gitarre, spielt probehalber eine Seite an. Dann macht sie eine Handbewegung Richtung Publikum: Beruhigt euch. Gleich geht's los.

»Ach, nichts gegen Nena, aber wenn einer nur 99 Luftballons zitieren kann! Ich also so: Sicher reimt sich das. Schau her, ganz einfach. 99 Düsenjets, boom boom baller baller, Welt weg.«

Alle fressen ihr aus der Hand, denkt Fred. Sie ist nicht die Einzige, auf deren Unterarmen sich eine Gänsehaut ausgebreitet hat. Hier entsteht was Großes und sie kann später sagen: Ich war von Anfang an dabei.

»Jedenfalls, ich hab euch das vertont. Ist noch kein Song, aber wird einer. Bis dahin: Singt mit.«

Sie legt mit der Gitarre eine Basis, 99 Düsenjets variiert sie in Länge, Melodie und Text, sie improvisiert. Immer wieder gibt sie ein Handzeichen und alle stimmen ein: boom boom baller baller Welt weg. Mit einem scharf angeschlagenen Akkord beendet sie das Lied und sagt: »Mein Name ist Milla Yolobitch, ich danke euch für diesen gemeinsamen Abend. Als letzten Song hab ich eine besondere Überraschung für euch.«

Sofort gibt's ungestüme Zugaberufe. Daumenregel: Wenn das Publikum nicht unruhig wird, wenn du den letzten Song ankündigst, kannst du gleich von der Bühne gehen.

»Der Song ist nicht von mir. Ich weiß aus sicherer Quelle, dass er ein Favourite meiner Fahrerin heute ist, danke, Fred, fürs Her- und wieder Heimbringen.«

Sie zeigt auf Fred, der Raum dreht sich zu Fred um, Fred prostet mit ihrem Bier Richtung Bühne und wünscht sich, man könnte sehen, dass es alkoholfrei ist.

»Ich sing den Song, aber genau genommen ist es so, dass ich die bin, die sleepen wird, während Fred mich homedrived.«

Die erste Songzeile und zwei Akkorde später haben alle das Lied erkannt. *Come on, Baby, let's get out of this town.* Melissa Etheridge, *You can sleep while I drive.*

Während Fred den Text mit möglichst wenig Stimme mitsingt, sie will den Song fühlen, sie will nicht ihre eigene Stimme hören, überlegt sie, wie viele Zugaben Milla wohl in petto hat. Stellt sich raus, mehr als eine. Sie strahlt, sie peitscht das Publikum auf: »Okay, ihr seid der Wahnsinn. Wenn ihr wirklich noch nicht heimgehen wollt, was haltet ihr davon, wenn ich einen Song mit euch teile, den ich noch nie live gespielt hab? Was ganz Neues?«

Was das Publikum davon hält? Es antwortet mit Jubel und Ausdruckstanz. Wie hat Milla gesagt? Der Refrain muss sofort ins Reptiliengehirn? *Boom! Instant reaction! Mission accomplished.*

Bei der Heimfahrt bekommt Fred den Ohrwurm nicht mehr aus dem Kopf:

Immer mit dem Finger in den Starkstrom, Baby!
Immer mit der Nase in den Gatsch!
Ich scheiß auf Erwartungen, ich mags so, Ladies,
Immer Nummer sicher ist so fad.

Die Fahrt ist lang und nebelig. Dann noch eine Wahrheit über Wien: Egal, wie spät es ist und wie leer die Straßen sind, es gibt immer jemanden, der hupt. Macht nichts, seit fünf Minuten ist das Vergangenheit, der Fiat Panda ist geparkt und sie haben es rechtzeitig zur letzten Runde ins

Joplin geschafft. Fred hat ein Bier vor sich stehen, diesmal eins mit Alkohol, und schaut Milla zu, die immer noch völlig überdreht ist. Milla hat sich umgezogen. Ihre Beine stecken in schwarzen Stretchjeans, die Turnschuhe sind weiß mit dunklem V drauf. Über einem schwarzen Shirt mit langen Ärmeln trägt sie ein weiß-blau gestreiftes T-Shirt mit weißer Brusttasche, aber verkehrt rum: Der Ausschnitt und die Brusttasche sind auf dem Rücken. Gewitzt, wie das ihre Brüste betont.

Morgen kann Fred ausschlafen, deshalb freut es sie, als Rosa ihr noch ein Bier bringt. Was ist schon die Sperrstunde, wenn nicht eine Aufforderung, die Tür zuzusperren und im Hinterzimmer weiter zu feiern? Den Schnaps, den Rosa zum Bier dazustellt, hat Fred nicht bestellt, aber sie trinkt ihn gerne.

»Wie geht's Marlis?«, fragt Rosa.

Fred zuckt mit den Schultern. Schwer zu sagen. Sie ist zur Zeit komisch drauf. Leicht reizbar. Vielleicht ist es der Job, vielleicht ist es der Lover, vielleicht geht es ihr auch einfach auf die Nerven, wie viel Zeit Fred mit Milla verbringt und wie oft sie von ihr erzählt.

Als sie am nächsten Morgen, na ja, als sie am nächsten Tag gegen Mittag in die Küche taumelt, sitzt Marlis schon dort. Sie hat eine Tasse Tee in der Hand und verschiedene Nagellackfläschchen vor sich aufgereiht, aber Fred glaubt nicht, dass die bodenlose Ratlosigkeit in ihrem Gesicht daher kommt, dass sie sich nicht für eine Farbe entscheiden kann. Sie stellt Kaffee auf und ext ein großes Glas Wasser. Was für ein Glück, der 9. März ist dieses Jahr ein Samstag. Fred hat das ganze Wochenende, um sich zu erholen.

»Spaß gehabt?«

Ist da ein Unterton in der Frage oder ist Marlis einfach heiser?

Fred erzählt vom Gig. Sie richtet Grüße von Rosa aus, die sie frei erfindet. Marlis nickt. Wie man gleichzeitig so stillsitzen und so zittrig aussehen kann.

»Ist alles klar?«

Marlis seufzt, stellt die Teetasse ab und greift ein Fläschchen nach dem anderen an. In ihrer Stimme schwingt Wut mit, als sie antwortet. »Ist dir also doch etwas aufgefallen.«

Fred schaut so neutral, wie sie kann.

»Ich meine, ich hab mich schon gewundert, es geht mir seit Wochen offensichtlich dreckig und du fragst nicht ein einziges Mal nach!«

Fred hebt zu einer Antwort an. Aber was soll sie schon sagen. Dass sie anderes im Kopf hat (Geldsorgen, Autosorgen, andere Sorgen)? Sie entscheidet sich für die minimalste aller Antworten: Sie hebt die Augenbrauen und wartet ab.

»Ich bin schwanger.«

»Was?«

»Ausgerechnet jetzt!«

»Wie?«

»Ich mein, das Dirndl, das ich bei Huberts Hochzeit tragen wollte, ist maßgeschneidert. Im August passe ich da fix nicht mehr rein!«

»Du …«

»Natürlich behalte ich's … was denkst denn du? Dass ich drauf warte, dass der Märchenprinz endlich seinen Auftritt hat? Ich bin über 30!«

Marlis' Blick ist ein hochprozentiger Mix aus Wut, Trotz und Fassungslosigkeit. Die Welt schuldet ihr was. Stimmt schon, aber ein Baby? Als Alleinerzieherin? Oder kommt der Vater in der Planung auch vor? Fred würde gerne nach ihm fragen, aber das ist nicht der richtige Moment. Mit Konfrontationen kann Marlis nicht umgehen.

»Das meine ich nicht … Ich wollte fragen: Huberts Hochzeit? Du fährst hin?«

Ich durchschaue dich, sagt Marlis' Blick. Rückblende. Einen Vormittag lang ist Fred nicht mehr aus dem Lachen rausgekommen, weil Marlis ihre Schuhkartons voll mit Nagellackfläschchen geöffnet und erzählt hat, wie sie heißen: »Tough Cookie«, »Barefoot in Barcelona«, »Zombie Zest«, »But of Corpse«, »Digeridoo your nails« oder die ganze Farbpalette von »No more waity Katie«, Marketing-Gag einer Firma anlässlich der Hochzeit von Kate Middleton mit dem britischen Thronfolger. Geschmacklos, fand Fred. Unverzichtbar, fand Marlis und verwendet diese Farben nur sparsam, weil sie inzwischen rar sind.

»Kommst du mit?«

»Was?«

»Zur Hochzeit? Ich meine, du hast es doch angeboten. Dass du mich begleitest … Fred! Ich hab dich noch nie so gebraucht wie jetzt!«

Der Kaffee ist fertig, aber ehrlich gesagt, ist er überflüssig. Fred ist wach. Trotzdem schenkt sie sich eine Tasse ein. Marlis lehnt ab.

»Ich soll ja nicht.«

Dann lächelt sie schüchtern und legt sich eine Hand auf den Bauch. Der Bauch schaut aus wie immer.

»Seit wann weißt du es denn schon?«

»Seit ein paar … Nicht erst seit gestern. Es ist noch nicht … Es ist ja besser, man behält es für sich, bis zur 12. Woche. So weit bin ich noch nicht, aber ich bin mir sicher, dass es … Was mach ich denn jetzt?«

Gute Frage.

»Von wem ist es denn?«

Marlis zuckt mit den Schultern.

»Du weißt es nicht?«

»Natürlich weiß ich es, was denkst du denn von mir?«

Dann bricht sie in Tränen aus.

»Ist doch egal, von wem es ist. Wo warst du denn die ganze Zeit? Du bist immer unterwegs, ich hab mich so alleine gefühlt.«

Fred stellt die Tasse ab und setzt sich zu Marlis. Sie greift nach ihrer Hand. Fred hat keine Ahnung, was sie sagen soll, aber Marlis scheint keine Antwort zu erwarten.

Aufstieg nicht gesichert

Wenn du Schnapsnase und Dachl ignorierst, kannst du am Höttinger Steinbruch eine relativ gemütliche Vierer-Tour klettern. Vierer-Tour bedeutet: Das ist nicht mehr nichts. Ohne Seilsicherung geht da nichts mehr.

Was heißt Seilsicherung?

Wenn du im Vorstieg kletterst, heißt Seilsicherung: Unten steht wer und schaut auf dich. Zieht das Seil straff, damit du nicht zu tief fällst, oder gibt Seil, damit du nicht gegen den Zug des Seils klettern musst.

Seilsicherung heißt also: Oben klettert eine und hat Vertrauen in den Menschen, der unten steht und sichert. Unten steht Lauras Vater.

Aus den Augenwinkeln kann Laura Isabella sehen. Es war SEINE Idee, dass sie einen Nachmittag zu viert verbringen: Vater, Kind, Kind, Kind. Isabella und Anna haben sich in den Schatten gesetzt. Die Route, die Anna vorhin durchgeklettert ist, hat einen höheren Schwierigkeitsgrad als Lauras. Wahrscheinlich hat Anna von ihrer Mutter schwindelfreie Gene geerbt. Außerdem zahlt der Papa Einzeltrainings in der Kletterhalle. Laura zerrt am Seil. ER hat sie aus den Augen verloren und jetzt zieht sie nicht nur die Schwerkraft nach unten, auch das Sicherungsseil bremst. Er gibt mehr Seil. Es ist nicht mehr weit bis zur nächsten Zwischensicherung.

»Ich heb dich!«, schreit er, »weiter nach links, sonst landest du noch auf der Schnapsnase.«

Die Schnapsnase ist eine Route mit Level 6. Überaus große Schwierigkeiten. Da braucht es überdurchschnittliches Können und einen hervorragenden Trainingsstand. Beides hat Laura nicht zu bieten. Trotzdem überlegt sie, IHN zu ignorieren. Aber die Berge treiben dir den Trotz schnell aus. Lauras Fingernägel sind zu lang. Sie hat vergessen, sie zu schneiden, und jetzt fehlen beim Greifen zwei wichtige Millimeter. Blick nach unten. Er ist noch da. Viel los heute. Der Höttinger Steinbruch ist kein Geheimtipp. Der Fels besteht aus rötlich schimmernder Brekzie und ist ziemlich abgegriffen.

Fuß nach oben, Tritt finden, die Hüfte Richtung Berg und dann das Bein durchdrücken. Mit den Beinen klettern, Körper nah am Fels, so wenig Kraft in den Armen verbrauchen wie möglich. Vorher war das Seil zu straff, jetzt ist es zu locker. Immer drei Punkte am Fels: aktuell beide Beine und die rechte Hand. Die linke Hand tastet nach dem nächsten Griff. Da muss einer sein, das weiß sie doch! Nicht zu finden! Doch, da ist er. Zittern die Knie schon? Die Finger krallen sich in den Griff. Die Sonne ist stark und Adrenalin pumpt durch ihren Körper. Trotzdem sind ihre Finger kalt. Laura hat Glück, der Griff ist breit genug, dass sie mit drei Fingern zugreifen kann. Das sollte sich ausgehen.

Aus der Tiefe hört sie Isabella lachen.

Gerade als sie sich hochziehen will, erinnert sich Konrad an seine Sicherungspflichten. Er zieht genau in dem Moment am Seil, als Laura ihre Knie durchstrecken und sich selbst nach oben schieben will. Schon befindet sich Laura im freien Fall. Es macht ganz schön Wumms, als der Gurt sie fängt. Weil es Laura seitlich aus der Wand gedreht hat, prallt sie mit dem Rücken gegen den Fels. Und was ist unter dem Rücken und steht weiter raus? Der Hintern. Was ist am Hintern? Eine Hosentasche. Was ist in der Hosentasche? Das Handy. Was für ein Geräusch macht ein Handy, wenn es gegen den Fels knallt?

Laura hört das Knirschen und weiß: Display ist kaputt.

Von unten schreit der Vater: »Pendel dich ein, schüttel die Arme durch und dann steigst du wieder in die Wand!«

Laura hat genug und bedeutet ihm, dass er sie runterlassen soll. Er will nicht. Sie wedelt stärker mit den Armen. Er rührt keinen Finger.

»Lass mich runter, verflucht nochmal«, schreit Laura.

Alle drehen sich zu ihr. Ein anderer Kletterer fällt auch aus der Wand. Es ist aber unwahrscheinlich, dass das an Lauras Schrei liegt.

ER lässt sie runter. Als Laura wieder Boden unter den Füßen hat, schaut sie bewusst an ihm vorbei.

»Du musst dich mehr fordern und besser konzentrieren. Die Tour hättest du locker schaffen müssen. Jetzt hängen unsere Karabiner in der Wand. Soll ich sie holen gehen oder was?«

Laura zuckt mit den Schultern.

Aber da meldet sich schon ihre Schwester. Halbschwester, korrigiert sich Laura.

»Ich hol sie, Papa, darf ich?«

Sie strahlt. Papa strahlt. Schmollend löst Laura den Karabiner von ihrem Gurt und setzt sich zu Isabella. Im Schatten ist die Luft noch kalt. Laura macht ein paar halbherzige Dehnungsübungen, dann zieht sie sich ihren Pulli an.

Anna ist die Route fast schon durchgestiegen. Als sie oben ankommt, hängt sie das Seil in die fix montierte Topsicherung ein und lässt sich in den Gurt fallen. Mit den Beinen stößt sie sich vom Felsen hab. ER gibt Seil. Sie saust ein Stück in die Tiefe, stößt sich wieder mit den Beinen ab. Das

Spiel wiederholt sich. Während sie abgeseilt wird, sammelt sie die Karabiner ein, die Laura bei ihrem verhauten Durchstieg hängen gelassen hat. Als hätte Laura sie absichtlich im Felsen ausgesetzt, wie die Stiefmutter aus dem Märchen.

»Bist du böse?«, fragt Anna, als sie neben Laura zum Parkplatz geht. Konrad hat dort sein Auto stehen, Laura ihr Rad.

»Nein«, sagt Laura. Anna schaut zweifelnd.

»Ja«, sagt Laura, »aber nicht auf dich.«

Anna gibt sich damit zufrieden.

»Auf wen?«

»Auf die Welt.«

Jetzt schaut Anna nicht mehr sehr überzeugt drein.

»Schau!«

Laura zieht ihr Handy aus der Tasche und zeigt Anna das zerdrückte Display.

»Beim Klettern in der Hose gehabt?«

»Ja.«

»Konrad sagt immer, dass man mit leeren Taschen klettern soll.«

Die hat sie grad noch gebraucht, diese Belehrung.

»Der Toni sagt das auch«, setzt Anna fort.

Laura könnte jetzt fragen, wer der Toni ist, aber sie hat keine Lust. Laura betrachtet die Schultern von diesem Wesen, das unbekümmert neben ihr her spaziert, das mit ihr verwandt ist und ohne Angst durch Felsenwände steigt.

»Toni ist mein Klettertrainer. Es ist echt stark, was der alles weiß.«

Sie wendet sich im Gehen immer wieder zu Laura.

»Egal«, sagt sie, »das Handy ist doch ohnehin schon total alt. Besser, du bekommst ein neues.«

»Und wer zahlt es? Der Konrad?«, gibt Laura zurück.

Anna wird rot. Der Pfad ist jetzt zu schmal, um nebeneinander zu gehen. Ständig schlägt einem irgendein Grashalm oder ein Ast gegen die Schienbeine.

»Ich sag ja nur.«

»Was sagst du nur?«

»Wenn du magst, kannst du mein altes haben. Bei mir liegt's eh nur in der Schublade.«

»Nein, danke. Von dir will ich nichts.«

Wenn Anna wütend ist, schaut sie dem Konrad verblüffend ähnlich. Und der Isi.

»Wie du willst.«

Anna macht ein paar Schritte, dann bremst sie so abrupt, dass Laura fast in sie reinläuft.

»Ich bekomm meine Handys auch nicht vom Papa. Ich bekomm sie von der Mama. Und ganz ehrlich, du bekommst auch immer wieder was von meiner Mama. Meine Mama schenkt's Isi, die gibt's dann dir.«

Sie beschleunigt und überholt Isabella mit so viel Schwung, dass diese aus dem Tritt kommt. Isi lässt sich zurückfallen.

»Ist es echt zu viel verlangt, dass du mit deiner Schwester mal zehn Minuten redest, ohne dass es zum Streit kommt?«

Laura zeigt ihr schweigend das Handy.

»Echt jetzt, Laura, du bist nicht die Einzige, die Geld braucht. Ich hab den ganzen Nachmittag investiert, damit Papa gute Laune hat. Wenn ich nicht bald mit ihm rede wegen der Hochzeit, dann muss ich sie mir selber zahlen. Sowas muss man doch einfädeln! Du weißt doch, wie er ist.«

Über der Nordkette schaut der Himmel aus wie fettarme Milch: Die Luft ist fast durchsichtig mit einem Stich ins Bläuliche. Darunter die Lichter der Seegrube, kurz darauf schaltet auch die Stadt ihre Straßenlichter ein. Aus der anderen Richtung leuchtet die Sprungschanze wie ein schlecht gelaunter Smiley, der der Welt eine sehr lange, sehr blaue Zunge rausstreckt. Dann wechselt die Farbe der Zunge auf Lila.

Ins Tal hat sie mit dem Rad halb so lang gebraucht wie bei der Fahrt hinauf zum Steinbruch, dabei war sie vorsichtig. Es geht steil bergab und der Rollsplitt ist noch nicht vollständig weggekehrt. Manchmal ist sie todesmutig, aber es muss sich lohnen. Geschwindigkeit macht ihr keine Angst, da kann die Mama von ihren Schichtdiensten im Krankenhaus erzählen, was sie will. Die meisten, die eingeliefert werden, sind ohnehin Touris. Die die Gefahren nicht einschätzen können. Sie fürchten sich vor dem Schroffen, dabei liegt die echte Bedrohung ganz woanders. Da ist ein Abgrund in jeder Umarmung, denkt Laura. Bloß nicht den Boden unter den Füßen verlieren, bloß nicht zu hoch hinauswollen. Was ist ein Lob, wenn nicht eine Aufforderung zum Abheben, ein Gefühl wie Fliegen, eine Einladung zum Absturz.

Was zählt, ist, dass wir unter uns bleiben. Wenn wir unter uns sind, kann's drunter und drüber gehen, das ist egal. Damit kennen wir uns aus. Deshalb: Seilschaft, eingeschworene Gemeinschaft, Familie, Wir gegen Euch. Aber es ist nicht gelungen. Wir sind nicht unter uns geblieben. Lauras Familie ist zugleich zu groß und zu klein. Wie stolz wir sind. Wie sehr wir uns schämen. Jeden Monat wieder ist die Miete fällig, jeden Monat reißen die laufenden Kosten einen Krater ins Konto. Nase hoch, Kinn hoch, sich die Anstrengung bloß nicht anmerken lassen. Hier ist niemand verschwitzt. Auf keinen Fall, und ohnehin ist's der Schweiß von der Mama.

Es sollte jetzt nicht um IHN gehen, aber Laura kann nicht vergessen, wie sehr ER seine Augen vor ihren Problemen verschlossen hat. Als könnte er nicht rechnen. Als könnte er nicht zuhören. Als könnte er nicht mitdenken. Alle machen ihre Rechnung mit dem Happy End, und wenn es schiefgeht, will's niemand gewesen sein.

Konrad hat zufrieden ausgesehen, als er zwei seiner Töchter ins Auto gescheucht und sich von der dritten Tochter, die stur darauf bestanden hat, mit dem Rad zu fahren, verabschiedet hat. Zum Abschied ein Kuvert. Alles Gute, nachträglich, und stolz hat er dreingeschaut, weil er ihren Geburtstag doch nicht vergessen hat. Was sind schon ein paar Wochen Verspätung? Im Kuvert ist Geld, aber wenn eine Karte beiliegt, da hat Anna recht, dann hat sie Annas Mama geschrieben.

Ist doch egal jetzt! Es war sowieso ein Fehler mitzugehen. Wie Laura es hasst! Alle fragen sie immer, wie's ihr geht. Aber an ihren Gesichtern kann man ablesen, wie sicher sie sind, es ohnehin schon zu wissen. Nichts, was Laura tun oder sagen könnte, ist eine Überraschung. Alle wissen alles über sie, weil es nicht viel zu wissen gibt. Es kotzt Laura so an.

Sie braucht dringend ein paar gute Ideen. Die Deadline für die Einreichung kommt näher. Ein bisschen Zeit ist noch, aber was hilft das, ihre Einreichung muss gut werden. Was sie bisher hat? Nichts! Skizzen! Versuche!

Und eigentlich will Laura sowieso nichts einreichen, weil, warum auch! Wird doch nichts! Sie hat Gregor ein paar Ideen gezeigt. Seinem Gesicht war nicht abzulesen, was er davon hält. Schließlich sagte er: »Okay, aber wie willst du daraus eine Geschichte machen?«

Weiß ich nicht, deshalb frag ich ja!, hat Laura gedacht. Der Gedanke, nichts einzureichen, ist ihr unangenehm geworden. Alle denken, sie schafft es nicht. Zieht WIEDER NICHTS durch, wird WIEDER NICHT fertig, ist einfach zu schusselig und unkonzentriert.

Die Mama wird verständnisvoll nicken und das Thema wechseln. Oder das Thema von vornherein nicht ansprechen, weil ihr die Isi gesteckt hat, dass das heikel ist. Kuni ist Feuer und Flamme. Was wiederum auch heißt, dass Kuni sie nicht verteidigen wird, wenn die Mama … die ist schon wieder für zwei Nächte mit Gregor nach Italien gefahren, bitte, wie ist denn das so schnell passiert?

Immerhin hat Laura Gregors Atelier dieses Wochenende wieder für sich allein.

Aber dann bringt sie den Stift in Stellung und will loslegen und im Kopf: NICHTS! Keine Geschichte, keine Idee. Nur Stroh im Kopf und ein paar Flausen. Aber wie geht denn das, aus Stroh Gold machen?

Das Beste am Papa ist die Amraser Oma. Sie hat es sich auch nach dem Verschwinden von Konrad nicht nehmen lassen und ist jeden Sonntag auf Besuch gekommen. Im schönen Kostüm, den guten Lederschuhen, die natürlich gedrückt haben, und mit Gehstock ist sie in Amras in den Bus gestiegen und hat Kuchen zum Kaffee gebracht. Dann haben sich alle einen Gugelhupf lang angeschwiegen.

Das ist nichts Schlimmes. Gefährlich wird's in Tirol meistens erst, wenn geredet wird.

Aber wenn die Mama wieder einen Nachtdienst hatte und niemand gefunden hat, um auf die Kinder zu schauen, dann ist die Oma eingesprungen und dann hat sie geredet. Sie hat die besten Geschichten erzählt.

Geschichten aus einer lang vergangenen Zeit mit Tieren im Stall und überall Unholden, echten und solchen, die aus der Angst geboren werden. Hexendonnerstag. Irrwurzeln. Du hast nur ein paar Nächte mit den Zwergen getanzt, doch im Tal sind Jahre vergangen.

Wie sie vom Murbel erzählt hat, dem Mühlauer Tatzelwurm, der runde Löcher in die Haselblätter frisst. Oder S'Schrattel, das noch kein Mensch gesehen hat, aber das die Tiere hinmacht. Überhaupt, wenn man der Oma so zugehört hat, dann ist Innsbruck umzingelt von Ungeheuern, vom Riesen Haymon, der Frau Hitt und dem Silldrachen mal ganz zu schweigen.

Oder die Geschichten vom Schatzheben, die hat die Oma besonders gern erzählt. Wenn ein Schatz blüht, gibt er besondere Anzeichen von sich, auf die zu achten dich reich machen kann, wenn du dir zu helfen weißt. Am Höttingerberg ist eine Frau mit ihrem Töchterchen in den Wald gegangen, bitterarm beide. Hinter dem Planötzenhof haben sie sich getrennt, das Mädchen ein Siebenmonatskind, das deshalb mehr sieht als andere. Heute weiß Laura, was ein Siebenmonatskind ist, sie ist keins. Isi vielleicht. Für Anna gelten ohnehin andere Regeln. Als das Mädchen zur Mutter zurückkehrt, erzählt sie, was sie im Wald gesehen hat. Über einer Grube war das Licht so besonders, hell und rot, »liacht und roat«, so hat die Oma gesagt. Die Mutter macht mit dem Kind, was man in solchen Fällen halt so macht: Sie geht zum Pfarrer.

»Da blüht ein Schatz«, sagt der und weiß auch, was zu tun gewesen wäre. Den rechten Schuh ausziehen und in die Grube werfen, dann hätte man den Schatz gefunden und die arme Seele, die an den Schatz gefesselt ist, erlöst. Zu spät, Mutter und Tochter bleiben arm.

Als Laura wieder auftaucht, liegen ein paar Blätter vor ihr. Am besten gefällt ihr das Bild vom Silldrachen: Aus der Sillschlucht bricht eine Standwelle, darauf surft ein Drache goldbehangen wie ein Gangsta Rapper. Im Hintergrund der kühne Bogen der Brennerautobahn und der Stahlbetonbau des Bergisel-Museums. In einer Hand hat der Drache ein Jägermeister-Flascherl, in der anderen eine selbstgedrehte Tschick, was drinnen ist, darf sich jeder selbst ausmalen.

Es ist Zeit, heimzugehen.

Oder was zu trinken. Wie spät ist es überhaupt? Was Kuni grad treibt? Ob sie Lust hat auf einen Feierabenddrink? Laura tippt eine Nachricht ins Handy. Kater Noster? Die Antwort kommt prompt: Schon dort!

Schnell fotografiert sie ab, was sie gezeichnet hat. Im Kater Noster kann man ausgezeichnet so tun, als wäre man gar nicht in Innsbruck. Außerdem kann sie, wenn sie an ihrem Lieblingstisch im Eck bei den Fenstern sitzt, wahnsinnig gut dabei zuschauen, wie die Flugzeuge starten und landen.

Fast ist Laura überrascht, dass die Stadt unverändert vor ihr liegt, als sie das Atelier verlässt. Als wäre kaum Zeit vergangen.

Ziehen, nicht zerren!

Plötzlich ist alles absurd. Fred lernt jeden Tag etwas Neues. Sushi ist in einer Schwangerschaft tabu. Bloß keine Salmonellen und im Zweifelsfall keine Katzen im Haushalt, wegen der Toxoplasmose. Sie haben ohnehin keine Katze, aber dass Marlis sie bittet, auch keine Freunde mehr zu besuchen, wenn die Katzen haben … Nein, das ist zu viel. Sie beruhigt Marlis' Nerven mit Soulfood: Kichererbsen mit Rosmarin und Knoblauch, das Wasser so bemessen, dass es nicht weggeleert werden muss. So bleibt die Stärke drinnen und, ganz ehrlich, sie können jede Stärke der Welt brauchen. Oder Gigantes, große, weiße Bohnen aus Griechenland in der Kasserole mit Tomatensauce und Stangensellerie gekocht. Alles mit Spinat, alles mit Erbsen, alles mit Brokkoli. Als Marlis' Unsicherheit an ihren Nerven zu zerren beginnt: Alles mit einer großen Extraportion Käse.

Auch Milla steht neben sich. Sie ist so gelassen wie eine Gelse, die im Dunkeln um einen herumsurrt. Sie will ein Album machen und ist auf Labelsuche (oder doch einfach selbst eins gründen?). Oder besser ein Video, aber ein g'scheites, nicht so ein DIY-Dings, das man mit dem Handy dreht und am Computer irgendwie zusammenschustert, um es dann auf Youtube hochzuladen? Sie braucht neue Pressefotos, aber das ist ja das wenigste, vor allem aber braucht sie eine gute Idee für das Pressefoto: Welchen Style hat Milla Yolobitch dieses Jahr? Als Fred versucht, ein paar Ideen einzubringen, ist Milla so höflich, erst dann mit den Augen zu rollen, als Fred schon selbst eingesehen hat, dass sie keine Ikone in Sachen Style ist.

Milla hat einen Gig im Fluc, davor aber noch die lästige Bandprobe mit der Hochzeitsband. Fred, kannst du das Equipment und das Merch-Zeug in die Location am Praterstern bringen? Du bist so ein Schatz, du bist die Beste, ich weiß gar nicht, was ich machen würde ohne dich.

Fred ist zu klein und steht zu weit hinten, aber immer wieder gelingt es ihr, zwischen den Köpfen und Schultern nach vorn zur Bühne zu sehen. Wie Milla strahlt! Sie hat sich in eine Königin verwandelt, die ihre Würde aus der Enthemmung zieht. Sie ist schön. Wenn sie den Kopf heftig dreht, fliegen Wassertropfen in alle Richtungen. Mascara rinnt ihr die Wangen runter. Sie hat schon wieder vergessen, den extra-extra-extra wasserfesten zu verwenden. Fred nimmt sich vor, die Mascaras in Millas Schminktascherl später auszutauschen.

Jemand rempelt Fred an. Sie schaut zornig, er grinst nur. Seine Augen sind glasig, in der Hand eine Bierflasche. Er ist betrunken, aber nicht so, dass er gleich mit Flaschen um sich werfen würde. Fred hat sich von der Stimmung im Raum anstecken lassen. Der Gig ist fast durch, Milla zählt den vorletzten Song ein. Zeit, sich wieder hinter den Merch-Stand zu stellen.

Es gibt noch T-Shirts, auf die ist Milla besonders stolz. Es gibt Stofftaschen mit ihrem Logo. Schnell nochmal zur Bar, bevor der Gig vorbei ist und Leute beim Stand vorbeischauen. Sie holt sich eine Cola. An der Bar lehnt der übliche Chor der Unzufriedenheit.

»Was für Tussi-Musik.«

»Das soll Rap sein? Die kann nicht mal den Takt halten.«

Bullshit. Fred hebt zu einer Entgegnung an, lässt es aber bleiben. Warum mit Leuten streiten, die ihr Leben damit verbringen, an der Bar zu stehen und zu schimpfen?

Milla stellt sich zu ihr. Sie umarmt alle, sie redet mit den Leuten, die Hallo sagen und sich den Merch anschauen. Sie ist verschwitzt und sollte sich dringend ein trockenes T-Shirt anziehen, sonst ist sie morgen wieder heiser. Fred hütet sich, das zu sagen. Danach holt sich Milla einen Drink, Fred wünscht sich noch eine Cola, sie ist zwar nicht mit dem Auto da, das wäre ja sinnlos, bei einer Location direkt am Praterstern, aber morgen wird ein langer Tag.

Die nächste Band, lauter Jungs, spielt schon.

Den Merch-Stand noch offenlassen? Sich die Beine weiter in den Bauch stehen, weil vielleicht noch ein T-Shirt gekauft wird? Ohnehin sind Band-Shirts mühsam. Ist das fair trade? Kann ich das waschen, ohne dass sich der Stoff völlig verzieht? Ist das Shirt eh nicht zu kurz? Warum habt ihr XL nur in diesem Sackschnitt, dicke Girls müssen ihren Körper echt nicht verstecken, was ist mit euch? Gibt's das auch in Grün? Ganz ehrlich, Fred ist auch dafür, dass Milla endlich ein Album macht! Die erste eigene CD. Aber wenn sie das sagt, verdreht Milla die Augen: echt jetzt, Fred. Wo lebst du denn? Niemand kauft mehr CDs.

Dann lacht sie und umarmt Fred.

»Klar mach ich eine CD! Extra für dich und alle deine Freundinnen!«

Weg ist sie, tanzen. Fred packt zusammen. Milla bleibt noch. Aber Fred ist müde. Sie hat morgen früh Gesundenuntersuchung, hoffentlich ist Cola weniger schlimm fürs Blutbild als Alkohol.

Am nächsten Tag sitzt sie in der Arztpraxis auf dem Klo. Blöderweise war sie grad. Sie hat nicht daran gedacht, ihren Urin aufzusparen. Erst schafft sie es kaum, überhaupt zu pinkeln, dann ist sie vom Ergebnis enttäuscht. Wenig Flüssigkeit und die Farbe ist komisch. Sie hat vergessen, dass sie noch ein bisschen ihre Tage hat. Es schaut aus wie Grapefruitsaft mit Flankerl. Sie stellt den Becher in die vorgesehene Nische und wirft einen resignierten Blick auf die Urinprobe, die schon dort steht. Der Urin darin schaut fast appetitlich aus, hellgelb und schaumig. Man kann sich für alles schämen, aber für die Farbe des eigenen Urins? Das geht zu weit, findet Fred.

Sie denkt an Marlis. Was kommt auf uns zu? Arzttermine, Schwangerschaftsgymnastik, allerhand Vorbereitungen sind zu treffen, allerhand Zeug muss gekauft werden … Überhaupt, wer ist wir?

Begleitest du mich?, hat Marlis gefragt. Es ist schwer, Nein zu sagen, aber ganz ehrlich: Fred ist ausreichend damit beschäftigt, auf sich selbst zu schauen.

Sisterhood, schrecklich!

Wenn die Riesen ins Tal kommen, zittert die Erde. So wie die Erde neben der Autobahn bebt, wenn eine Kolonne Lkw darüberdonnert.

Du Trampel!

Du Trutschn!

Du Luader!

Isis Wangen zittern. So wenig kann man gar nicht essen, dass von den Wangen nichts übrig bleibt, das wütend zittern kann. Sie sagt nicht oft Luder, aber wenn sie es sagt, dann meistens zu Laura. Luader, das muss man vielleicht dazusagen, ist in Tirol nicht zwingend negativ. Aber man sagt's schon nur im Streit, wenn man jemanden runtermachen möchte, am besten eine Frau, noch besser, aus einer Machtposition heraus. Kann sein, der Chef sagt es. Kann sein, ein Politiker sagt es, weil ihm nicht passt, dass du deine Meinung vertrittst. Kann sein, deine große Schwester sagt es. Kann sein, sie sagt es zu Recht.

»Das hier …«, sagt Isabella und zeigt auf das Fotoalbum, »… ist das Egoistischste, was du jemals gemacht hast. Das ist sogar für dich ein starkes Stück.«

Nicht jedem Tag sieht man schon in der Früh an, dass er schiefgehen wird. Laura ist beim Aufwachen gut gelaunt gewesen. Beim Durchstrecken knacken keine Gelenke, beim

Gähnen verrenkt sie sich nicht den Kiefer. Das Müsli landet auf verheißungsvolle Art im Magen. Bekömmlich ist ein gut gelauntes Wort, das lustig aussieht, wenn man es ohne groß nachzudenken auf den Block kritzelt, den man neben das Gedeck gelegt hat. Weil derzeit immer ein Block bereitliegt, wenn Laura irgendwo sitzt. Ein Tipp von Gregor.

Ins Büro kommt sie pünktlich. Hilde hat gute Laune. Hubert entscheidet sich schnell für ein Mittagessen, seine Schwester ist immer noch auf Tauchstation. Laura bestellt Angebote für Blumenschmuck und Hochzeitsbands. Hat die Band selbst eine Anlage? Was ist eine Anlage? Was muss sie können und was kostet sie? Sie checkt die Hochzeitsmails und trägt Zu- und Absagen in die Tabelle ein, die so in der Cloud gespeichert ist, dass Isi immer checken kann, ob sich was geändert hat.

»Wir sehen uns später«, sagt Hubert zur Verabschiedung. Laura hätte fast vergessen, dass heute Familienessen im Schöpfgeierhorst ansteht. Laura verdrängt gern, dass ihr Chef schon fast zur Familie gehört.

Als sie Gregors Atelier betritt, hat sie Hubert schon wieder vergessen. Laura darf jetzt auch die Details kolorieren. Die erste Fassung des Comic haben sie fristgerecht abgegeben, eh ein Wunder, so Gregor und reibt sich die rechte Hand, dann haben sie lang nichts vom Auftraggeber gehört. Ist normal, sagt Gregor. Jetzt ist der hochzufrieden und wünscht sich in jedem zweiten Bild Änderungen. Alles von vorne also. Kein Problem, sagt Gregor. Ist im Budget eingerechnet, aber Laura ist es nicht und deshalb macht Gregor ihr einen Vorschlag. Sie arbeitet gratis, dafür kann sie den Schlüssel zum Atelier behalten und darf es verwenden, wenn sie verspricht, keine Partys zu schmeißen und insgesamt: Bescheid zu geben, wann sie kommt. Ob sie sich schon etwas überlegt hat, für die Einreichung?

Falsche Frage! Ganz falsche Frage!

Dann fliegt die Hand über das Papier. Laura koloriert die Seiten, bei denen der Firmenchef jetzt volksnah einen blauen Overall trägt, wenn er durch seinen Betrieb geht. Sie malt, bis sie müde ist, dann spielt sie noch ein bisschen an den eigenen Ideen rum.

Mama summt in der Küche. Es riecht nach Isis Lieblingsauflauf aus der Zeit, als sie noch mehr als Rohkost gegessen hat, Hirse mit Birnen und Gorgonzola. Als Vorspeise eine Kürbiscremesuppe mit Ingwer. Dazu verschiedene Salate und natürlich rohes Gemüse. Laura richtet Essig und Öl, damit alle ihren Salat selbst anmachen und die Menge Öl mikromanagen können. Mama erzählt von Bozen. Sie erzählt von dem Clash der bunten Farben der italienischen Frühjahrsmode mit den gedeckten Farben und vernünftigen Schuhen der Menschen, die auch bei einem Stadtbummel Schrittlänge und -geschwindigkeit so einteilen, als könnte jederzeit ein Schneesturm über sie hereinbrechen.

Unwahrscheinlich, so Mama. Bozen ist weit genug im Süden, dass du die Sonnenbrille das ganze Jahr tragen kannst, wenn du willst. Obwohl alle wissen, dass Gregor in Bozen mit dabei war, wird das mit keinem Wort erwähnt.

Es klingelt. Isi hat einen eigenen Schlüssel, aber wenn sie auf Besuch kommt, klingelt sie. Vor allem, wenn Hubert dabei ist. Die Mama macht auf, nimmt Weinflasche und Blumen in Empfang. Seit seinem ersten Besuch im Schöpfgeierhorst lobt Hubert den Ausblick. Stimmt, denkt Laura, das

Wohnzimmer ist von Fenstern dominiert, dazu der Balkon, aber es ist nicht so, dass es in der Wohnung selbst nichts zu sehen gäbe. Die Mama hat eine Orchidee zum Blühen gebracht, sie freut sich, wenn du sie bemerkst. Hubert steht in seinen grauen Baumwollsocken im Wohnzimmer, die auch am Ende eines langen Arbeitstages seltsam gebügelt aussehen. Hubert schaut hilflos, das mit dem Ausblick hat er schon gesagt, was jetzt? Dann wird ihm klar, dass er bald Teil der Familie sein wird und es deshalb überhaupt keine Anstrengungen von seiner Seite mehr braucht.

Isabella verschwindet in Lauras Zimmer.

»Möchte jemand Suppe oder starten wir sofort mit dem Hauptgang?«, fragt die Mama und erzählt Hubert nicht zum ersten Mal, in welch zartem Alter Isabella Gorgonzola für sich entdeckt hat.

»Wo ist Isi?«

»Die sucht die Fotoalben, weißt eh, für die Hochzeit!«

Laura hat zwei Gläser mit Karotten- und Selleriesticks in der Hand und außerdem eine Panikattacke. Sie hat Isis Fragen nach den Familienfotos natürlich gehört, sie hat die SMS gelesen und beantwortet, sie hat einen Schnellkurs in Sachen Ausflüchte gemacht. Sorry, hab vergessen. Sorry, hab bei Melanie übernachtet und bin nicht mehr heimgekommen. Sorry, sorry, sorry. Hat sie wirklich geglaubt, Isi vergisst einfach darauf? Laura fühlt sich wie in einem Traum. In einem schlimmen. In einem von diesen Träumen, in denen alles normal läuft, nur du nicht. Du bist in Watte gepackt oder wie unter Wasser. Du bewegst dich verlangsamt, mit bleischweren Gliedern, du willst schreien, aber kein Ton kommt raus, du willst dich wehren, aber weder weißt du, wogegen, noch wie das geht.

Isi kommt wieder aus Lauras Zimmer, die Fotoalben unter dem Arm.

»Ah, sehr gut«, sagt Hubert erleichtert, »Kindheitsfotos, lass sehen!«

Man sieht, dass die Familie Schöpf die Fotoalben im Ausverkauf erworben hat. War doch schon das Fotografieren teuer. Ein paar Jahre später haben sie auf digitale Fotos umgestellt und halbherzig Fotobücher drucken lassen, aber das ist nicht die Zeitspanne, für die sich Isi interessiert. Ein Album hat einen treu dreinblickenden Welpen auf dem Cover, eins eine verstaubte Rose, eins ein Bergpanorama mit untergehender Sonne. Isi schlägt das erste Album auf, lächelt Hubert an, während sich ihr Zeigefinger bereit macht, um auf irgendwas zu zeigen. Ihr Blick folgt dem Finger, ihr Gesicht wird starr, sie blättert um, ihr Gesicht wird noch starrer, falls das möglich ist, dann fangen die Wangen an zu zittern. Laura muss nicht hinschauen, um zu sehen, was das Problem ist. Sie weiß ja, was sie mit den Fotos gemacht hat. Vor dem Fenster wälzt sich der Inn Richtung Unterland. Der Himmel ist blau, das ist er oft. Sie könnte einfach gehen. Ein paar Schritte und Laura ist aus der Wohnung. Mit dem Lift runter, aufs Longboard, Schwung holen und weg.

»Wag es ja nicht.«

Isi hat den Blick bemerkt. Eine große Schwester zu haben, ist schrecklich. Ihre ganze Kindheit lang hat Laura mit einer Riesin zusammengewohnt, die ihr immer mehrere Schritte voraus war. Wenn Isi Spielsachen vor ihr verstecken wollte, hat's gereicht, sie ein Regalfach höher abzulegen. Als sie sich auf den Martinsumzug im Kindergarten gefreut hat, hat Isabella zum ersten Mal ihre Tage bekommen.

»Das ist echt das Allerletzte«, zischt Isi und wedelt mit einem Foto, das ihr entgegengefallen ist. Auf dem Foto fehlt ein Kopf.

»Du bist echt das Allerletzte.«

Das ist so mit Schwestern. Sie können dort grob sein, wo andere nicht mal mit Samthandschuhen hindürfen.

»Das Mindeste ist, dass du dich entschuldigst.«

Laura schaut von Isi zu Mama. Hubert schaut auf seine Socken. Laura greift nach einem neuen Selleriestick und zeigt damit auf Isi.

»Ich entschuldige mich fix nicht für etwas, was ich mit 14 gemacht hab, und du hast es in den ganzen Jahren nicht mal gemerkt.«

Isis Stirn wirft Falten.

»Die Fotos gehören nicht dir, die gehören uns allen.«

Isabella bekommt feuchte Augen. Sie schüttelt das Foto, als wäre es möglich, dass irgendwo ein Kopf rausfällt und sich wieder auf den Hals des Fotomotivs heftet. Es ist nicht das einzige Foto von Konrad, dem der Kopf fehlt. Lustig, wie die ganze Familie immer übersehen hat, dass Laura sehr wohl konsequent sein kann.

Wann hat Laura sich mit einem Stanley-Messer alle Fotos vorgenommen? Schwer zu beantworten. Als gäbe es nur einen einzigen Anlassfall für *Rage against Dad*.

»Hast geglaubt, die Isi vergisst auf die Fotos?«

Kunis Gesicht ist so vertraut, dass es wehtut. Es regnet und auch sonst liegt allerhand in der Luft. Laura ist nass. Die Regenjacke hat alles gegeben, aber Laura war wütend genug für eine neue Rekordzeit auf der Strecke vom O-Dorf zur Uni und hatte keine Energie, um den Pfützen auszuweichen. Der ganze Mai war eher kalt, aber Laura spürt das kaum. Sie glüht.

Ob Isi und Hubert noch bei der Mama sind? Ob sie Hirseauflauf essen, als wäre nichts passiert? Weil, was kann die Mama dafür, dass die Laura mal wieder … Ob die Mama sie verteidigt? Ob sie überhaupt über sie reden? Oder ist schon wieder die Hochzeitsplanung an der Reihe?

Als der Regen stärker wird, stellt sich Laura beim ehemaligen Riesenrundgemälde unter und fahndet mit dem Handy nach Kuni. Sie starrt in den Regen. Kuni antwortet, sie lernt, aber eine Pause ist vertretbar.

In 10 Mins beim Geiwi-Turm vorne draußen?

Es regnet noch, aber ist doch egal. *Okay,* tippt Laura ins Handy, dann folgt sie dem Radweg am Ufer. Schnell unter der Unibrücke durch und hoch zum Nebeneingang. Kuni wartet mit zwei Bechern heißer Schokolade aus dem Automaten vor dem Haupteingang. Das Drama ist schnell erzählt. Dann Kunis Frage:

»Hast geglaubt, die Isi vergisst auf die Fotos?«

Kuni klingt nicht erstaunt. Warum auch, sie war ja dabei, damals, als Laura …

»Ich versteh überhaupt nicht, warum sie sie für die Hochzeit braucht!«

»Na ja, das kennst du doch. Der Vater zeigt ein paar Fotos und erzählt was über die Braut. Stichwort: lustige Anekdoten aus der Kindheit, je peinlicher für die Braut, desto lustiger für die Gäste.«

»Jaaaaa. Aaaaaaaber warum unsere Fotos? Hätt er sich halt darum gekümmert! Was kann ich dafür, wenn er von uns keine g'scheiten Fotos hat!«

»Nichts.«

»Was?«

»Nichts kannst du dafür, dass euer Papa keine Fotos von euch hat.«

Kuni macht eine Pause. Aber sie ist noch nicht fertig. Sie überlegt. Kein gutes Zeichen.

»Was?«

»Na ja, ER ist dir ja auch nicht böse.«

Laura setzt sich auf das Skateboard. Mit der Hüfte schiebt sie das Board immer ein paar Zentimeter nach links, dann nach rechts. Die Arme hat sie auf den Knien abgelegt, den Kopf auf die Arme gestützt. Kuni legt sorgfältig ihre Jacke mit der Innenseite nach außen zusammengefaltet auf den Boden, ihren Rucksack drauf. Man muss Kuni nicht sehr gut kennen, um zu vermuten, dass sich im Rucksack ein paar schwere und kluge Bücher verstecken, jedenfalls knirscht nichts, als sie sich draufsetzt. Sie legt den Arm um Lauras Schulter. Laura hebt den Kopf von den Knien und lehnt sich nach hinten. Sie überlegt, ob es sich lohnt, laut zu schreien, aber erstens mag Kuni nicht, wenn sie schreit, und zweitens sind sie hier in Kunis Welt. Laura lässt den Kopf wieder fallen und flucht lautstark, aber gedämpft.

»Scheiße.«

Kuni nickt.

»Die Scheißhochzeit scheißt mich sowas von an!«

Kuni nickt und schweigt.

»Überhaupt, alles kotzt mich sowas von an!«

Kuni nickt und schweigt. Laura starrt auf den Vorplatz. Es regnet wieder. Manchmal, wenn der Wind besonders heftig ist, spritzen Regentropfen in ihre Richtung. Das Gute an Innsbruck? Der Wind ist meistens warm.

»Ich versteh die Isi nicht … Was will sie denn vom Konrad? Kann sie sich nicht mehr dran erinnern, wie alles war?«

Sie trinken heiße Schokolade, die langsam auskühlt. Kuni starrt in den Regen, Laura starrt auf ihre Schuhe. Ihre Füße sind nass, aber egal.

»Ich muss wieder lernen gehen«, murmelt Kuni, »kommst du zurecht?«

Laura nickt.

Gregors Atelier fällt ihr ein. Sie hat nicht Bescheid gegeben, dass sie kommt, aber sie kann ja einfach mal schauen, ob sie ihn stört. Sie weiß nicht, ob sie sich wünschen soll, dass er dort ist, oder ob sie hofft, das Atelier für sich zu haben. Sie hat fünf Anrufe von ihrer Mama. Sie hat keinen Anruf von Isi. Laura schaltet das Handy auf lautlos.

Zusammen ist man weniger allein

Wie hat Milla gesagt? Wir sind Menschen: nicht besonders schnell, nicht besonders stark, aber hey, wir sind viele!

Wenn sich die schlechten Nachrichten häufen, ist es eine gute Idee, sich zu versammeln.

Tatenlos zuzusehen, wie alles den Bach runtergeht, ist keine Option. Das Land ist im Würgegriff einer sexistischen Bubenbande und das ist ein bisschen leichter auszuhalten, wenn man mit Gleichgesinnten spazieren geht, um der Regierung zu sagen, dass wir sehr wohl sehen, was für eine Scheiße sie baut. Treffpunkt ist Wien Mitte. Die Demoroute startet am Stadtpark, um dann nach einer längeren Runde dort wieder zu enden.

Hier treffen Realitäten aufeinander. Touris stehen Schlange für ein Selfie mit dem vergoldeten Walzerkönig, bevor sie mit dem CAT zum Flughafen sausen. Andere wollen ins Museum für angewandte Kunst, andere schnell in den ersten Bezirk. Es gibt auch Leute, die eilen zielsicher in die Ungargasse und die Beatrixgasse. Hier hat Ingeborg Bachmann gewohnt. In der Ungargasse betrieb Nannette Streicher ihre »Klavierfabrik«. Sie war Instrumentenbauerin, Pianistin und Mitbegründerin des Musikvereins. Dass sie auch komponiert hat, ist weitgehend vergessen. Wie so vieles vergessen ist. Unser Wissen ist lückenhaft, lagert in den Lücken zwischen den Prachtstraßen, Heldenplätzen und Denkmälern. Wie sich alles überlagert. Wie alles mit Absicht überlagert wird.

Der Unterschied zwischen unsichtbar und unerforscht ist so schwer zu fassen wie die Vorgänge in der Backstage Area der Macht.

»Du hast gesagt, dass du offen bist für die Idee!«

»Was?«

»Neulich? Du hast es doch selbst gesagt: Wir müssen neu definieren, was Familie ist. Weißt du nicht mehr? Als wir Spiel des Lebens gespielt haben und du zwei rosa Plastikfiguren ins Auto gesetzt hast und am Ende hast du drei Kinder gehabt?«

Fred schaut Marlis fassungslos an.

»Du hast gesagt, das wird schon! Und dass ich nicht alleine bin, das waren doch deine Worte!«

»Ja, aber …«

Marlis schüttelt verärgert den Kopf. Wenn ihr etwas nicht passt, bekommen ihre Lippen ein Eigenleben. Ihr Mund ist breit, ihr Lächeln ansteckend. Aber wenn sie nicht lächelt, wenn ihre Vorstellungen auf Widerstand treffen, dann bewegen sich ihre Lippen wie Nacktschnecken, die mit Gift bestreut wurden. Der Vergleich ist grausig, aber das Gespräch ist es auch.

Die Demo zieht weiter. Am Rennweg ist eine kurze Station vor der polnischen Kirche geplant, aus Gründen, die mit dem konservativen Griff nach Frauenkörpern und weiblicher Selbstbestimmung zu tun haben. Als wären Frauen nicht in der Lage, die Tragweite ihrer Entscheidungen selbst zu beurteilen. Es ist zum Heulen, was in Polen passiert, es ist zum Schreien oder zum Auf-einen-Polster-Beißen oder beides gleichzeitig!

Menschen mit ausgelatschten Converse schwenken gut gelaunt Bierdosen. Daneben junge Paare mit Bugaboos, in denen es vielversprechend strampelt. Es werden Räder geschoben, es wird getrommelt, es wird gebrüllt, ein paar

Schritte weiter wird gemütlich geplauscht. Über den Köpfen öffnen sich Fenster und Menschen prosten dem Demozug mit Prosecco zu, erstaunlich selten wird geschimpft. Manchmal hängen Transparente aus den Fenstern, noch seltener werden sie von Pyrotechnik beleuchtet. Die Enge um Freds Brust löst sich zögernd, aber ob das reicht? Immer die Angst: Wir huschen durchs Bild, doch der Ort der Handlung ist längst woanders. Es hat uns nur niemand gesagt. Was ist die Alternative? Die Hände in den Schoß legen und auf Erlösung hoffen?

»Hochzeiten sind scheiße«, sagt Marlis, »Hochzeiten sind Backlash. Hochzeiten, und zwar ganz besonders die vom Hubert, sind nur dafür da, um mich zu demütigen.«

Marlis schaut *smashing* aus. Sie wogt wie ein Containerschiff, das tapfer die anrollende Freakwave erklimmt und sich fest vorgenommen hat, beim Fall ins Wellental nicht in seine Einzelteile zu zerbrechen. Grüner Frühlingsmantel, lila Hosenanzug, die Sneakers natürlich weiß. In einer Hand hat sie ihr Telefon und streckt es in die Höhe wie eine Fackel. Sie macht Fotos, danach scrollt sie sich durch ihren Insta-Stream. Die andere Hand ruht auf ihrem Bauch. Sie steht sehr gerade. Sie sieht aus wie die Freiheitsstatue, die Fackel und Unabhängigkeitserklärung kurz mal weggelegt hat, um ihren Bauch zu streicheln. Wenn das Schwangerschaftsbuch, das Marlis offensiv im Wohnzimmer platziert hat, recht hat, dann ist der Fötus jetzt ungefähr so groß wie eine Zwiebel oder Avocado. Nächster Schritt: Kohlrabi. Man sieht noch nichts. Nicht nur, weil der Mantel locker sitzt. Der einzige Schwangerschaftsindikator ist Marlis' Hand auf dem Bauch.

Ob Milla auch auf der Demo ist?

Marlis war schon beim ersten Ultraschall. Fred hat sie begleitet, aber im Vorraum gewartet.

»Hast du mit ihm telefoniert?«

»Nein.«

Fred schweigt. Da ist noch mehr in der Pipeline. Marlis schaut weiterhin abwechselnd in die Luft und auf ihr Handy. Normaler Demomodus: Im Insta-Feed schauen, ob Freunde da sind und welches Straßeneck sie grade gepostet haben. Könnte Fred auch machen. Dann wüsste sie, ob Milla in der Nähe ist. Aber Marlis durchschaut das sofort. Das hat Fred jetzt davon, dass sie immer Witze macht über die Handysucht der »Jugend«.

»Meine Mama hat angerufen.«

»Hast du's ihr gesagt?«

Marlis hat die 12. Woche hinter sich. Ab jetzt gilt's. Ab jetzt kann man von einer Schwangerschaft sprechen. Davor ist ein Abgang so häufig, dass man allen Beteiligten einen Gefallen tut, wenn man nicht von einer Fehlgeburt spricht. Druck rausnehmen, abwarten und einfach Verständnis haben. Nicht bei jeder Freundin, die ein bisschen zugenommen hat, fragen, ob sie denn jetzt für zwei isst. Nicht bei jeder Freundin, die ein paar Wochen auf Alkohol verzichtet, sofort wissen wollen, ob da was im Werden ist.

Marlis schaut vom Handy hoch. Es stimmt, was im Schwangerschaftsbuch steht. Da ist es: »das typische Leuchten in den Augen«. Die Übelkeit hat nachgelassen. Die Haut strahlt. Marlis strahlt nicht. Die schönste Zeit sollte das jetzt sein, weiß das schlaue Buch. Na bravo, denkt Fred.

»Nein, wir haben nur über den Hubert gesprochen, aber das ist ja nichts Neues.«

Ein Demonstrant mit fliegenden Haaren überholt sie auf einem E-Roller. Wie unterschiedlich die Geschwindigkeiten sind, obwohl der Zug gleichmäßig dahinschreitet.

Alle drehen ihren eigenen Film, die einen haben ihn auf Zeitraffer gestellt, andere auf Slow Motion. Wahrscheinlich liegt's auch daran, dass hier alle Altersgruppen dabei sind. Kleinkinder (mit ihren Eltern), Jugendliche, die zu Recht Angst haben, dass ihnen grad die Zukunft geklaut wird, Paare, Studierende, Patchwork-Familien, Omas und Opas gegen rechts und die ganzen Vereinzelten, Singles nennt sie die Gesellschaft und schüttelt missbilligend den Kopf, Menschen wie Fred, die ein Leben haben, das aber irgendwie weniger zählt, weil es nicht in die Schublade der Normfamilie passt.

»Weißt du, sie hat mich nicht einmal gefragt, ob ich kommen will. Es ist die Hochzeit vom Hubert, da ist für die Mama klar, dass ich antanze. Sie wollte nur wissen, ob ich jemanden mitbringe, und hat mir mitgeteilt, dass ich mich beeilen soll und endlich mein Geschenk auf der Hochzeitsliste reservieren. Die guten Geschenke wären immer so schnell weg und wie schaut das denn aus, wenn die Schwester vom Bräutigam die Handtücher fürs Gästebad schenkt, die übrig geblieben sind.«

»Was hast du gesagt?«

»Nichts hab ich gesagt. Also nichts Wichtiges.«

»Aber zugesagt hast du?«

»Ja. Also, nein. Ich hab nichts gesagt. In meiner Familie gilt das als Ja.«

Fred nickt. Heißt das jetzt, sie muss den Termin reservieren?

»Mich kotzt das alles einfach so an. Immer geht's um den Hubert. Alle tun so, als wäre er perfekt. Er hat immer alles richtig gemacht. Was ist eigentlich mit mir? Ich hab's so satt, immer nur die Tochter zu sein, immer dieselbe Rolle in der Familie zu spielen: das schwarze Schaf, das Problemkind. Alle tun so, als wäre ich das Problem! Aber das hört jetzt auf. Ich will meine eigene Familie.«

Kurze Pause.

»Fred, du bist doch meine Familie?«

Fred hebt die Hand, dann lässt sie sie ratlos wieder fallen. Sie nimmt nochmal Schwung, hebt beide Hände, aber was soll sie denn sagen? Sie will protestieren, aber wie, ohne Marlis' Gefühle zu verletzen? Sie sind Mitbewohnerinnen? Ja. Freundinnen? Unbedingt. Aber darüber hinaus?

Das Problem ist, Marlis' Lippen sind sogar schön, wenn sie sie verärgert verzieht, und ihre Augen sind groß, magnetisch und ohne jedes Verständnis. »Wir können Vorsorge treffen, das muss ja abgesichert sein, ich weiß nicht, Adoption, Testament … vielleicht heiraten wir einfach.«

»Was? Marlis, wir sind nicht zusammen, wir sind doch kein Paar.«

»Na ja, wegen der Absicherung. Damit du in der Wohnung bleiben kannst, wenn mir was passiert.«

»Marlis, das ist doch verrückt!«

»Ich mein doch nur, wegen dem Kind.«

»Marlis! Was hat denn dein … Ich mein, ich … Das Kind ist ja nicht mein Kind!«

Bald, verspricht das Babybuch im Wohnzimmer, wird Marlis die ersten flatternden Kindsbewegungen spüren, bald wird es groß wie eine Grapefruit sein, dann eine Mango. Im August, wenn Hubert heiratet, wird das Baby so groß sein wie ein Butternusskürbis. Wieder flattert Marlis' Hand über ihren Bauch. Wenn sie jetzt meine Hand nimmt, denkt Fred, und versucht, sie auf ihren Bauch zu legen, dann kann ich für nichts mehr garantieren.

»Um ein Kind großzuziehen, braucht man ein ganzes Dorf, das weißt du doch? Willst du nicht ein fester Bestandteil von meinem Dorf sein?«

Fred presst die Lippen fest aufeinander. Sie hat Angst, was rauskommt, wenn sie jetzt den Mund aufmacht. Falls Marlis ihr Schweigen seltsam findet, so lässt sie es sich nicht anmerken.

»Na ja, wir wohnen zusammen und wir mögen uns! Das sind doch perfekte Voraussetzungen!«

Die Demo ist laut geworden, was gut ist, denn weder Fred noch Marlis haben Lust, das Gespräch weiterzuführen. In der Zwischenzeit haben sie den Rennweg erreicht. Vorbei an den Mauern, dahinter liegt das Belvedere. Vorbei am Schwarzenbergplatz mit dem Hochstrahlbrunnen, rechts geht's zum Akademietheater, dort haben sich Marlis und Fred vor ein paar Jahren Elfriede Jelineks »Winterreise« angeschaut. Das Stück hat Fred tagelang beschäftigt mit seiner kalten Brillanz und einem Publikum, das pflichtbewusst klatscht, wenn es doch bis ins Mark erschüttert sein müsste. Auf der anderen Straßenseite, was heißt hier Straßenseite, das ganze Viertel hier ist eine einzige Kreuzung aus innerstädtischem Asphalt, steht die prunkvolle französische Botschaft, die hat mit der Demo nichts zu tun, Fred mag das Gebäude.

Es wären nur wenige Schritte zum Karlsplatz oder in die Ausgehmeile hinter der TU. Einfach die Margaretenstraße runtergehen und sich durch die Partymeile trinken. Was war das denn grad?

Fred war klar, dass Marlis … ja, was eigentlich? Mit ihr rechnet? Auf sie zählt? Aber sie hat dabei eher ans Babysitten gedacht, nicht daran, selbst ein Elternteil zu werden. Wenn sie ehrlich ist, hat sie sich bisher noch nicht mal Gedanken darüber gemacht, was sich für sie ändern wird, wenn es ein Baby in der Wohnung gibt. Ab wann braucht es ein eigenes Kinderzimmer? Muss Fred dann aus der Wohnung raus? Will Fred aus der Wohnung raus?

Neben ihr schweigt Marlis. Sie schaut glücklich aus, strahlend. Als wäre sie mit sich selbst im Reinen. Wenn Fred jetzt abhaut … besser nicht.

Die Demo folgt dem Ring Richtung Stubentor. Dort ist das Café Prückel, bekannt für seine Kaffeehauskultur und dafür, dass ein Kellner zwei Frauen rausgeschmissen hat, weil sie es gewagt haben, sich zu küssen. Fred kann sich gut an den Shitstorm erinnern und an das Kiss-In am Platz davor. Auf der anderen Seite der Ringstraße, direkt neben dem Stadtpark, ist das MAK und dahinter der Wienfluss, ein unschönes Rinnsal in einem tiefen Betonbett. Wenn es regnet, so wird erzählt, verwandelt er sich in einen reißenden Fluss, aber Fred hat das noch nie gesehen. Als sie … wann war die Geschichte mit dem Prückel nochmal? Vor 2 Jahren, vor 3 Jahren? Egal … Als sie damals über die Stubenbrücke zum Prückel eilte, um rechtzeitig zum Kiss-In da zu sein, wurde sie von einer melancholisch aussehenden Frau angesprochen: Pelzmantel, Schminke, rollendes R, eine Touristin aus Italien.

»Scusi, is-a this-a the Danube-a?«

Ihr Blick dramatisch, ihre Enttäuschung bodenlos. Das Rinnsal soll der Fluss sein, auf dem Wiens Mythos aufgebaut ist?

Fred musste lachen und zeigte zuerst verwirrt Richtung Donaukanal, nein falsch, dort ist es zwar schön, aber die Donau ist auch das noch nicht.

»If you don't mind joining me for something else first, I'm happy to show the Danube to you!«, hatte Fred damals erwidert.

Stellte sich raus, die Frau hatte gar nichts dagegen, zuerst noch etwas anderes zu machen. Das Kiss-In war ein voller Erfolg, der Ausflug auf die Donauinsel am Tag danach auch.

Das müsste sie gar nicht aufgeben, fällt Fred plötzlich ein. Sie könnte eine Familie haben und trotzdem frei sein.

Hat sie sich verhört, oder war genau das Marlis' Angebot?

Mit der Gründung einer Kernfamilie und dem damit einhergehenden Zeremoniell kennt sich Fred so wenig aus wie mit Schwangerschaften, aber sie hat eine Vermutung. Besser, als die Frau, die ihr grad einen Antrag gemacht hat, alleine zu lassen, ist es, sie nicht alleine zu lassen.

»Lust aufs Joplin?«, fragt Fred.

Marlis sagt Ja.

Vielleicht liegt's an der Art, wie sie sich in den Öffis anschweigen, aber beide nehmen rasch ihr Handy zur Hand und schauen dann aus dem Fenster. Am Gartenbaukino vorbei, Oper, Burgkino, Parlament, das derzeit renoviert wird. Links ist eine Baustelle, rechts vom Ring, mitten auf dem Heldenplatz, stehen provisorische Container, das gönnt Fred der aktuellen Regierung, dass sie in einem Container hocken müssen, aber wahrscheinlich gilt das eh nur für die Angestellten und nicht für die Abgeordneten.

Marlis drückt auf ihrem Handy rum, Herzchen für alle, die bei der Demo waren. Fred hat ein neues Spiel runtergeladen, *Fall Out Shelter*. Nach einer atomaren Katastrophe hocken alle im Bunker und machen manchmal Ausflüge ins *Wasteland*. Man kämpft gegen kontaminierte und ziemlich kaputt aussehende Gangs oder murkst mutierte Kakerlaken ab. Die einzelnen Figuren haben unterschiedliche Skillsets, die man trainieren muss, und wenn das Charmelevel zusammenpasst, fangen sie an zu knutschen und verschwinden in den Schlafkojen. Der Mann kommt strahlend zurück. Die Frau ist sofort jeder Individualität, also ihrer eigenen Kleidung, beraubt und kommt hochschwanger, mit hängenden Schultern und schlurfendem Gang aus dem Schlafzimmer. Sie wird erst wieder sie selbst, wenn sie das Kind aus sich rausgequetscht hat. Danach geht sie sofort wieder an die Arbeit und die Kinder laufen ohne Aufsicht durch den Bunker. Bestes Spiel. Passt perfekt zu Freds Stimmung.

Zwischendurch lächeln Marlis und Fred sich an. Bald sind sie da und wie gut: Das Joplin ist ein Hafen für die verschiedensten Schiffe.

Leyla steht hinter der Bar. Rosa ist auch da, aber sie hat sich freigespielt und hockt am großen Tisch im Eck bei Connie und ein paar anderen. Milla ist nicht da. Alle haben irgendein Device vor sich, ein Smartphone, ein Tablet oder einen Laptop. Alles auf lautlos geschaltet, selbstverständlich.

»Ich geh zu Rosa«, sagt Marlis. Fred bleibt bei Leyla an der Bar. Die stellt ihr ein Bier hin, ohne zu fragen, ein großes, bauchiges Glas voll mit Trost, Hefeweizen, weniger damenhaft geht nicht. Damen-Haft. Wie sich alles im Kreis dreht.

Mit dem Kinn deutet Fred Richtung Tisch. Ihr Mund ist voller Bierschaum, aber die Frage ist gestellt.

»Weißt eh, die Rosa. Sie ist die Beste. Wenn sie sagt, so geht das nicht, dann macht sie was. Hast dir ihren letzten Podcast angehört?«

Fred verneint.

»Stichwort: Wikipedia.«

Marlis hat sich einen Sessel geholt, den Mantel ausgezogen und ihr Smartphone in der Hand. Ihr Blick ist ernst.

»Es geht um Sichtbarkeit. Alle schauen den Wikipedia-Eintrag ihrer Heimatdörfer an und checken, wer bei den wichtigen Persönlichkeiten steht. Nur tote Männer? Oder doch auch eine Frau irgendwo? Wenn nein, finden sie eine wichtige Frau und tragen sie ein. Wenn ja«, Leyla rollt mit den Augen, »schauen sie sich den Eintrag an und machen ihn vollständig. Wichtig, wie jeder Kampf gegen Windmühlen.«

»Eh«, sagt Fred, »eh.«

Leyla nickt dem Tisch mit den dringenden Getränkewünschen zu, stößt sich von der Wand, an der sie lehnt, ab und lächelt Fred an. »Setz dich dazu, wenn du magst.«

Fakt: Rosas Tisch ist magnetisch, alle wollen dort sein. Aber Fred hat heute genug von allem. Sie mag Menschen, aber sie ist auch gerne für sich, allein, immer bereit, Richtung Sonnenuntergang zu reiten. Den Fluchtweg kennen, das muss sein! Marlis lacht. Manchmal bewegen sich ihre Finger auf dem Display, aber sie tippt selten. Sie scrollt, liest, lehnt sich in Connies Richtung und diktiert.

Wer weiß schon, wie's gemeint war, aber Marlis' unverhohlene Forderung wirft Schatten, als wäre es ein mächtiger Baum mit Wurzeln und Krone, über Jahrhunderte gewachsen. Wo gehört Fred schon dazu? Sie hat nie darüber nachgedacht, selbst Mutter zu werden, nicht ernsthaft, aber so was Ähnliches wie Vater? Nicht bös sein, aber da ist die Messlatte nicht hoch. Väter gibt's in der Bandbreite von totaler Hingabe bis zu weder Zeit noch Alimente, aber später mit stolzgeschwellter Brust zur Maturafeier kommen. Das Kind gibt's schon fast, Marlis' Kind, erinnert sich Fred, es ist nicht ihr Kind, aber wer bestimmt das eigentlich? Fred könnte ja selbst definieren, welche Rolle sie übernimmt.

»Du«, sagt Fred zu Leyla, »eine Frage!«

Leyla schaut sie an. Nicht gerade fasziniert, aber was erwartet Fred denn, sie steht an der Bar. Hier ist Zuhören Dienstleistung. Sie ist sich sicher, wenn sie jetzt nach dem Sinn des Lebens fragt, gähnt Leyla verstohlen und bietet ihr einen Schnaps an.

»Sag. Ist das eigentlich normal, weißt du, ich weiß auch nicht, aber stell dir vor: Eine Freundin von dir bekommt ein Kind.«

Leyla lächelt. Ihr Lächeln ist eine perfekt ausgerichtete Wasserwaage: Die Mundwinkel sind keinen Millimeter nach oben gezogen, aber auch keinen Millimeter nach unten. Leyla wartet ab. Such's dir aus, sagt ihr Blick, ich bin für alles offen. Mitgefühl oder Begeisterung, alles da.

»Wahrscheinlich gibt's irgendwo einen Erzeuger, aber er ist nicht präsent, keine Ahnung, die Details, ich kenn sie nicht. Aber. Frage. Wenn die Freundin dich dann fragt, ob du die Sache mit ihr gemeinsam durchziehen willst … Ist das normal?«

Leylas Gesichtsausdruck legt sich immer noch nicht fest. Fred strengt sich extra an, um nicht in Marlis' Richtung zu schauen. Wer weiß, vielleicht hat die schon wieder die Hand auf ihrem Bauch. Sie schaut Leyla verschwörerisch an und sagt: »Ich frage für eine Freundin.«

Leyla zieht ihre präzise gezupften Augenbrauen in die Höhe und grinst, während sie mit dem Stift auf die Bar klopft.

»Ja. Sicher. Co-Parenting. Ist total in.«

»Hm«, sagt Fred und fühlt sich sehr alt, »okay.«

Sie vergisst das manchmal. Milla ist ein Baby im Vergleich zu ihr. Aber auch Marlis ist deutlich jünger. Vielleicht ist ihr Vorschlag gar nicht so verrückt, ich meine, natürlich ist der Vorschlag völlig crazy. Hier geht es um ein Kind! Aber vielleicht sind die Gründe für Marlis' Vorschlag gar nicht so verrückt.

»Hey«, sagt Marlis und winkt, bis Fred sich zu ihr stellt, »schau mal, was wir entdeckt haben!«

Connie strahlt sie an und tippt auf ihrem Laptop herum.

Stellt sich raus, Eva Zilcher und Dorothea Neff, von beiden hat Fred noch nie gehört, aber egal, haben jede eine Wikipedia-Seite und teilen sich ein Ehrengrab auf dem Wiener Zentralfriedhof.

»Ist voll interessant«, sagt Marlis, »die beiden waren Schauspielerinnen. Das Ehrengrab ist für Dorothea Neff, aber Eva Zilcher war ihre Partnerin und liegt auch dort.«

»Sie steht am Grabstein und so«, mischt sich Connie ein, »genau darum geht es uns. Auf der Seite von Eva Zilcher steht Dorothea Neff nur als hilfreiche Gefährtin und Kollegin!«

Fred lacht. Leyla geht mit vollen Gläsern an ihnen vorbei und murmelt: »Hilfreiche Gefährtin, jaja, schon klar!«

»Immerhin haben sie einen Park und eine Straße nach ihr benannt, hey, Marlis, die Straße ist in Meidling, schau mal nach, was wir noch finden!«

Marlis tippt schon. Und ja, Schwangerschaft und alles, aber das ist halt Marlis. Wie sie sich begeistern kann, wie sie sich einsetzt. Wie sie strahlt. Okay, oft schlägt es sehr schnell um, und dann muss jemand einen Kamillentee kochen und vielleicht ist es das, was Familie ist, vielleicht ist es das, was Marlis sucht, was Fred sucht, was alle Menschen suchen.

»Hey«, sagt Marlis und steht auf. Sie flüstert nicht, aber das Gespräch ist privater als vorher.

»Morgen Abend«, sagt sie zu Fred, »lass uns gemeinsam kochen, irgendwas mit Kichererbsen und Brokkoli und dann reden wir.«

Wie sie lächelt. »Was meinst?«, sagt sie, und Fred denkt, du und ich, keine Ahnung.

»Morgen?«, sagt Connie und schaut zerstreut vom Screen hoch, die Augen ein bisschen gerötet vom Starren auf den Bildschirm und vom Rauch im Lokal. »Morgen geht nicht.«

»Warum nicht?«, fragt Marlis, aber ihr Blick sagt: Woher weiß Connie, was du morgen machst und was geht sie das überhaupt an?

Es gibt keine Abmachung, die besagt, dass Fred ihre Wochenenden mit Marlis absprechen muss, nein, die gibt es nicht. Fred hat das Kleingedruckte im Mietvertrag gelesen. Aber als Fred Marlis' Lippen sieht, bekommt sie kurz Angst. Gefühle, die volle Dosis, ist schon klar, in einer Schwangerschaft ist man besonders leicht verletzbar. Das wissen alle, das kann man in jedem Schwangerschaftsratgeber nachlesen. Aber Fred ist versprochen für morgen, Fred und ihr Fiat Panda haben was vor.

»Immer mit dem Finger in den Starkstrom, Baby«, singt Connie am Beifahrersitz und bürstet ihre Haare aus.

»Immer mit der Nase in den Gatsch«, antwortet ein unbekanntes Girl of no Importance vom Rücksitz. Daneben Milla, die gequält schaut. Das Auto ist vollgepackt. Milla und Fred waren geplant, Connie und Whoever kennen Leute. Wir haben einen eigenen Schlafplatz, können wir mitfahren? Kein Problem. Let's do it!

Es geht ins nördliche Waldviertel. Kann sein, Fred ist nicht ganz unbeteiligt an der Buchung. Kann sein, sie hat ihren Freundinnen Barbara und Ines bisschen zu oft von Milla erzählt. Ines wiederum hat im Waldviertel ein paar Frauen zusammengetrommelt, die sich regelmäßig zum gemeinsamen Schreiben treffen. Einmal im Jahr legen sie zusammen und gönnen sich einen Act, den sie toll finden. Kann sein, Fred hat ein bisschen zu oft von Milla geschwärmt.

Connie und das unbekannte Gör haben ihre Wanderschuhe dabei. In der Gegend gibt es jede Menge Wald und auch ein Moor, kurz gesagt, genau das, was es in der Großstadt zu wenig gibt: Landschaft.

Sie haben vor, ein paar Tage zu bleiben. Sie wollen sich unbedingt am Abend vor der Wanderung Millas Gig ansehen.

Milla schaut aus dem Fenster. Im Waldviertel ist das Grün immer ein bisschen grüner als anderswo. Die Gegend hat die satte Feuchtigkeit einer Gurkenmaske.

Der Gig findet in einer ehemaligen Textilfabrik statt, die zu einem Mehrzweckraum umgestaltet worden ist. Kultur, ein Zweck unter vielen.

Aber der Raum ist auch richtig cool. Milla und Connie haben höflich gelächelt, als Fred davon erzählt hat. Sie wird das Wort cool nie wieder verwenden, beschließt sie. Aber die Location ist cool!

Ines steht beim Eingang, eine Tasse Kräutertee in der Hand. Wo können wir parken? Was ist das für eine Frage? Überall, wir sind hier nicht in der Großstadt!

Connie erinnert sich an ihre Aufgabe und trägt das Merch in den Keller, Milla nimmt endlich die Stöpsel aus den Ohren. Ines schaut auf die Uhr, es ist so weit, Zeit für den Soundcheck, irgendwas koppelt und pfeift, dann wird's besser.

Marlis hat geschmollt, natürlich.

»Danke für die Einladung«, Milla strahlt. Sie sieht ausgeruht aus, die Kopfhörer haben sich gelohnt.

Ines erklärt, wie es laufen wird. Blick auf die Uhr, »ich habe Backstage ein paar Kleinigkeiten zum Essen vorbereitet, vor deinem Auftritt, Milla, gibt's eine kurze Lesung von unserer Schreibgruppe. Wir freuen uns, dich kennenzulernen, wir sind schon sehr gespannt.«

Wo sind eigentlich Connie und Du-gehst-mir-schon-den-ganzen-Tag-auf-die-Nerven hin? Das Girl schmollt ein bisschen, weil Connie darauf besteht, dass sie beim Merch-Stand hilft.

Lass gut sein, Fred. Eigentlich kann es ihr egal sein, aber sie hat sich immer schon über Menschen geärgert, die Arbeit einfach nicht sehen.

Es ist schon ziemlich voll. Es liegt ein Kribbeln im Raum, kann sein, es ist die Nervosität, schließlich ist Milla heute nicht die einzige Frau, die auf die Bühne geht!

Es geht los. Dann entfaltet sich die altbekannte Magie: Frauen, die zusammenkommen, um von sich zu erzählen. Als Milla die Bühne betritt, ist klar: Das hier wird ein Heimspiel.

Pass auf: Es gibt nichts Besseres, als dich selbst zu kennen
So in der Art, hör auf zu rauchen, lass die Lunge nicht mit Absicht hängen
Mei' Art zu rappen ist wie Geld verbrennen
Doch ich check, was ich leist, wenns dir reicht, kannst du wegrennen
Wer sagt hier: Bitch? Bitte, ich bin Königin!
Spar dir den Hate, ich bin gewöhnt an ihn
Ich hab gesagt: Ich krieg Gage, weil ich Profi bin!
Du hast gesagt: What the fuck? Das Weib ist nur fürs Geld im Game!
Doch ich mein, was ich sag
ist nicht geheim, der Betrag
Fair Pay oder hinterfrag die Welt, in der du lebst
Es ist nur billig, wenn dus billig machst
Du hast nicht recht, nur weil du lauter lachst
Egal ob Kunst oder Care-Sektor
Geld her oder dein Porsche verschrottbar
Die Welt ist wert, dass wir sehr schnell was verbessern
Weltweit oder bald ist kein Leben hier mehr messbar

Immer mit dem Finger in den Starkstrom, Baby!
Immer mit der Nase in den Gatsch!
Ich scheiß auf Erwartungen, ich mags so, Ladies,
Immer Nummer sicher ist so fad.

Pass auf: Es wird so viel über uns getalkt
ich sag: Ich will! Doch die Welt sagt: Wart!
Bleib lieber klein, weil sonst der Platz nicht reicht
Bleib doch daheim, weil sonst der Schutz ausbleibt
Wir hab'n die Warnung ignoriert und wir sind losgesprintet
Das freie Feld liegt vor uns, und in der Ferne blinkt es
Hat wer gefragt, wo das Tutorial verlinkt ist?

Ist doch egal, Plug 'n' Play, freier Fall und schon gelingt es
Ich hab den Starkstrom parat, keine Angst vor dem Gatsch
Du willst mir sagen, wer ich bin, ich hab dich gar nicht gefragt
Am Ende vom Tag werden viele was gesagt haben
alle wollen mitreden, niemand will was Eig'nes wagen oder was Eig'nes sagen
alle wollen Fangirls haben, niemand will die Königin
Milla Yolobitch, ich bin, wer ich bin, ich mach mein eigenes Ding

Immer mit dem Finger in den Starkstrom, Baby!
Immer mit der Nase in den Gatsch!
Ich scheiß auf Erwartungen, ich mags so, Ladies,
Immer Nummer sicher ist so fad

Wunden haben mit Blicken gemeinsam, dass sie offen sein können

Fred ist alleine unterwegs. Milla ist mit Wie-heißt-sie-nochmal, Connie und ein paar jüngeren Frauen aus der Schreibgruppe weitergezogen. Sie gehen in das eine Lokal, das um diese Uhrzeit noch offen hat. Fred ist das nur recht. Zeit mit Ines ist ihr kostbar, und als diese sich verabschiedet, bleibt Fred noch. Sie kann sich nicht losreißen: In aller Würde wütend gebliebene Feministinnen sind die beste Gesellschaft.

Worüber geredet wurde:

Der Zustand der eigenen Pensionen im Vergleich zur Pension des Exmannes.

Können wir jetzt bitte endlich die Hymne korrekt singen?

Und die Väterkarenz normal machen?

Der Kanzler schweigt rechtschaffen, der Kanzler schweigt lächelnd, der Kanzler schweigt mit großer Ausdauer. Aber wo hat er es denn gelernt, der Bub?

Wo er es gelernt hat, der Kanzler? Na ja, bei seinem Mentor natürlich!

Wer hat denn den Durchrechnungszeitraum für Pensionen von den besten 15 Jahren auf 40 Jahre verlängert? Wem schadet das denn, wenn nicht Frauen, die Kinder bekommen, Care-Arbeit leisten und Teilzeit arbeiten? In Abhängigkeit vom Partner oder vom Staat, so sollen sie sein, die Frauen, alles andere ist nur lästig. Wann das passiert ist? Das

Jahrtausend war neu, die Stimmung optimistisch und die Regierungsparteien waren die gleichen wie heute.

Rechts, dann wieder links, dann die große Freude: den schweren Schlüssel zum Hotelzimmer aus der Tasche kramen und Tür auf zu einem Zimmer mit gestärkter Bettwäsche und sauberem Holzboden. Es riecht nach altem Öl: entweder Heizung oder Fritteuse. An der Wand hängen mutlose Kunstdrucke, dabei gibt es in der Gegend sicher eine lokale Künstlerin, die Mengenrabatt geben würde, wenn sie ihre Bilder hängen dürfte.

Fred schaltet den Fernseher ein, aber ohne Ton. Sie will bewegte Bilder, aber sie will nicht beim Denken gestört werden. Soll sie sich ein Bad einlassen? Eine Gesichtsmaske auflegen, weil, daheim vergisst sie das immer?

Ausspucken, spülen, Zahnseide. Blick in den Spiegel. Alt schaut Fred aus und müde. Und glücklich.

Fred hat es, so gut es geht, wie Pippi Langstrumpf gemacht und sich eine Welt gebaut, wie sie ihr gefällt. Aber die andere Welt ist nicht weg, nur weil man ihr den Rücken zudreht. Eine Welt voller Dienstwägen, mit kurzen Amtswegen, man kennt sich. Sie ist immer da, drückt wie ein Schuh, der nicht und nicht passen will. Die Füße bleiben, wie sie sind, sie können nicht anders, aber sie werfen Blasen: ewiges Prekariat, ewiges Hocken zwischen den Stühlen, in den Nebenräumen, die wir trotzig in Freiräume umbenannt haben, Selfcare, weil sonst kümmert es ja niemand, und immer die Angst vor dem Alter.

Allein und in Armut. Unsichtbar.

Sie denkt an Milla. Ihr Glanz ist zu groß für das Land. Wir mögen es nicht, wenn eine strahlt und reden kann. Wir nehmen es übel, wenn uns der Mund offenbleibt, wegen dem, was eine alles kann, die doch eine von uns sein sollte, eine, die mit uns im Gatsch lebt. Was bildet die sich denn ein? Glaubt die, sie ist besser als wir? Exzellenz importieren wir aus dem Ausland und auch dann ist sie uns nicht geheuer.

Und jetzt steht diese Göttin mitten unter uns. Ist aus dem Olymp zu uns herabgestiegen und vertreibt sich die Zeit in einem Dorfgasthaus? Ob das gut geht? Ist bierseliger Sexismus für Milla vielleicht pittoresk?

Das Fernseher flimmert, die Gedanken rasen. Mit der Hand greift Fred nach den Brüsten, eine oft geübte Mischung aus Abtasten und Streicheleinheiten. Brüste machen Spaß. Macht nichts, wenn es die eigenen sind.

Am Gang hört Fred leises Lachen. Ist das Milla? Alleine? Mit Connie und Whoever? Oder nicht alleine? Nützt sie die Gelegenheit und irgendjemand aus dem nördlichen Waldviertel hat das ganz große Los gezogen?

Die Tür fällt zu, ja, Fred täuscht sich nicht. Neben ihrem liegt Millas Zimmer. An der Wand zwischen ihnen hängt ein Kreuz.

Geräusche des Heimkommens. Schuhe aus und Stöhnen. Kleider ab und BH ausziehen und Stöhnen? Trägt Milla überhaupt einen BH heute? Fred hört Musik von nebenan, die kommt sicher vom Handy. Eine soulige Stimme mit großer Ausdruckskraft, *you make me … uuuuuu uuuu uuuuuu.*

Aber die Musik ist leise. Fred krault immer noch ihre Brüste, sie streichelt ihren Bauch, aber eigentlich würde sie jetzt gerne schlafen.

Was sind das für Geräusche aus dem Nebenzimmer? War das grad ein Stöhnen? *Yes! Geil! Genau so!*

Ist das Millas Stimme? Wenn ja, mit wem redet sie? Zu wem sagt sie: *Yes, genau so*!

Das Stöhnen wird lauter. Fred ist ihre eigene Hand plötzlich peinlich, es fühlt sich übergriffig an, sich selbst zu berühren, während Millas Stimme neben ihrem Bett steht. Als hätte Milla sich zu ihr ins Bett gelegt, aber ohne Absichten. Fred versucht, nicht hinzuhören.

Oh yeah, singt die Stimme aus Millas Handy, *oh oh yeah yeah yeah*, singt der Chor. Milla stimmt ein.

Wieso klingt sie so nah? Sind die Wände eingestürzt? Fred macht die Augen auf und sieht nach, aber nein. Da ist noch eine Wand und da hängt immer noch das Kreuz. Soll sie es runternehmen und in die Schublade des Nachttischchens legen, in der, Fred würde darauf wetten, eine Bibel liegt?

Sind Wände nicht dazu gemacht, damit man eben nicht alles hört, als würde man neben dem Bett stehen, in dem Milla liegt, aber mit wem?

Warum klingt sie, als hätte sie grad Gold gefunden?

Yes! Ja! Oh yeah!

Fred kann nicht behaupten, sie hätte tief und fest geschlafen. Die Wirtin stellt Teller mit abgezählten Wurst- und Käsescheiben vor sie hin und bringt Filterkaffee, der so dünn ist, wie die Wirtin wahrscheinlich gerne wäre. Es gibt so einen Blick, der sagt: Viel fehlt nicht und ich bin eine Essstörung.

Sie fragt, ob jemand ein weichgekochtes Ei will. Connie und das Girl nicken angetan und verteilen dick geschnittene, ungeschälte Gurkenscheiben auf ihren Käsesemmeln.

»Gut geschlafen?«, fragt Connie, als Milla auftaucht.

Wie taufrisch sie aussieht! Dabei weiß Fred doch, wie spät sie nach Hause gekommen ist. Die Haut knitterfrei, das Gesicht entspannt, keine Spur von den Polstern um die Augen, die man ab vierzig in der Früh auch dann hat, wenn man früh schlafen gegangen ist.

»Super geschlafen«, sagt Milla, »alles premium.«

Sie schaut alle verschwörerisch an. Falls sie die Wirtin gesehen hat, ist es ihr egal. Sie ist unter Freundinnen, sie kann sein, wer sie will.

»Ich sag's euch, ich hab nach dem Gig nicht gewusst wohin mit dem Adrenalin. Also hab ich's mir nach dem Heimkommen so richtig schön besorgt. Nur ich und das hier«, Milla wedelt mit dem Handy rum. Die Geste verwirrt Fred, bis Milla ergänzt:

»Ich sag's euch, niemand macht mich glücklicher als ich selbst. Angie Stone ist so eine Königin. Sie liefert den besten Soundtrack dafür, um mit sich selbst zu schmusen.«

Connie nickt anerkennend. Das Girl schaut unbeeindruckt. Fred und die Wirtin schauen angestrengt aneinander vorbei. Dann lächelt die Wirtin.

»Wollts noch was? Darf ich euch noch einen Kaffee bringen?«

Wieder zurück in Wien, hat Fred seltenes Glück bei der Parkplatzsuche. Es sind nur ein paar Schritte bis zur Wohnung.

Dort ist es dunkel. Der Fernseher läuft, Nachmittagsprogramm. Menschen wie du und ich reden über Themen, die alle betreffen: Fremdgehen, Gesundheit, Geld, Neid, Angst, Liebe, Ernährung, such's dir aus.

Der Ton ist leise, aber nicht stumm gestellt.

Marlis weint. Die Vorhänge sind zugezogen, vermutlich braucht Fred deswegen mehr Zeit, um es überhaupt zu bemerken. Sie stellt ihre Tasche ab und setzt sich aufs Sofa.

»Alles okay?«

Marlis antwortet nicht. Neben ihr liegen zerknüllte Taschentücher, sie weint also schon länger.

Die Menschen im Fernseher sind aufgebracht. Fred fragt nochmal nach, bekommt wieder keine Antwort, also holt sie Wasser und Gläser aus der Küche, dann setzt sie sich zu Marlis. In den Beinen ein Kribbeln. Sie hat Angst vor dem, was jetzt kommt. Aber das hilft nicht.

Besser ist es, nicht allein zu sein, wenn du weinst. Besser ist es, wenn jemand neben dir sitzt und dich nicht nervt.

»Soll ich was kochen?«, fragt sie schließlich.

Marlis weint stärker. Als könnten die Schleusen sich endlich öffnen, jetzt, da Fred bei ihr ist.

»Wann hast du denn das letzte Mal was gegessen?«

»Ist doch egal«, sagt Marlis, aber man hört sie kaum. Ein Polster ist ein ziemlich solider Schallschutz, das wissen nicht nur die Leute, die die Drehbücher zu den ganzen Fernsehkrimis schreiben. Immerhin hat Marlis was gesagt. Fred bleibt einfach sitzen. Sie schweigt. Hoffentlich knurrt ihr Magen nicht. Magenknurren ist ein profanes Geräusch.

»Er findet, dass ich dick bin!«, sagt Marlis schließlich.

»Was?«, sagt Fred, dann verbessert sie sich und fragt: »Wer?«

»Ich hab ihn angerufen, du hast doch gesagt, dass ich das soll, aber am Telefon wollte ich das nicht besprechen.«

Vorhin hat Fred noch gehofft, dass Marlis sich aufsetzt und sie anschaut. Jetzt, wo sie es macht, ist es gar nicht mehr so toll. Sie kann sich nicht erinnern, ihr empfohlen zu haben, zum Telefon zu greifen.

»Also haben wir was ausgemacht. Ich hab mir gedacht, vielleicht in einem Lokal, in dem's nicht ganz so voll ist, aber er meinte, komm doch zu mir. Also bin ich zu ihm.«

Fred macht ermutigende Geräusche.

»Ich wollte eigentlich gar nicht, es gibt ja wirklich viel zu bereden, aber du weißt eh, wie das ist, eins führt zum anderen.«

Fred weiß eigentlich nicht, wie das ist. Aber immerhin hat sie jetzt eine Ahnung, wovon Marlis redet. Besser gesagt: von wem.

»Lieber wär's mir gewesen, er hätte gar nichts gemerkt. Oder doch, er hätte ja auch draufkommen und mich fragen können, was es Neues gibt. Er hat mich eh was gefragt.«

Marlis macht eine Pause.

»Wir haben uns geküsst und ausgezogen. Dann hat er mich gefragt, ob ich zugenommen hab.«

Als sie weiterredet, bricht ihre Stimme.

»Dann hat er gemeint, komm ins Bett, lass uns ein paar Kalorien verbrennen.«

Es ist nicht ideal, aber Fred muss lachen. Immerhin, Marlis springt über ihren Schatten und lächelt ein bisschen. Sie schaut ganz schön verheult aus.

»Wie hat er denn reagiert, als du's ihm gesagt hast?«

»Ich hab's ihm nicht gesagt.«

»Na ja«, sagt Fred mit einem sehnsüchtigen Blick auf den Fernseher, »immerhin habt ihr ein paar Kalorien verbrannt.«

Marlis richtet sich auf, nimmt den Polster und wirft ihn in Freds Richtung. Das ist freundschaftlich gemeint, aber wie soll Fred nicht an den Rotz denken? Wie lang heult Marlis eigentlich schon?

»Was würdest du denn kochen?«

Fred seufzt. Aber als Marlis sich später für die Spaghetti mit Kirschtomaten, Basilikum und Pinienkernen bedankt, entspannt und sichtlich getröstet Gabel für Gabel verschlingt, freut Fred sich doch.

Wir sind Problemwölfe

Dicke Luft im Schöpfgeierhorst. Oder dünne Luft. Jedenfalls ist jeder Atemzug Extremsport. Wo ist das Sauerstoffgerät, wenn man eins braucht? Nicht nur die Isi ist sauer, auch die Mama. »Das bringst du in Ordnung«, hat sie gesagt, bevor sie in den Nachtdienst verschwunden ist.

Es ist ungerecht, wie ungeschoren Konrad immer davonkommt. Wieso darf ausgerechnet er Isi zu Beginn der Trauung nach vorne führen? Wie kommt er zu seinem Ehrenplatz am Familientisch direkt neben der Braut? Und wo soll die Mama sitzen?, fragt Laura. Direkt daneben, so die Antwort, aber dort sitzt ja schon Konrads aktuelle Ehefrau.

Lass dir was einfallen, sagt Isis Blick, aber das war noch bevor sie aufgehört hat, mit Laura zu reden. Jetzt ist Funkstille. Wegen ein paar Fotos, die jahrelang niemand angeschaut hat. Gibt es einen besseren Anlass zum Begleichen alter Rechnungen als eine Hochzeit? Jedenfalls straft Isi Laura mit Schweigen.

Das fällt gar nicht weiter auf, weil Hubert ihr verlässlich ausrichtet, was Isi ihr zu sagen hat. Das Angebot für den Blumenschmuck passt nicht, Isi kann sich nicht für ein Catering entscheiden, bitte, Laura, schau nochmal nach, ob es weitere Angebote gibt. Letztes Wochenende waren wir bei diesem oder jenem Event, da hat eine Band gespielt, bitte bring in Erfahrung, ob die auch Hochzeiten machen.

Die ganze Sache steigt eh erst im August, aber Laura ist genervt. Sie ist nicht die einzige. Hilde ist auch genervt.

»Wir sind eine Kanzlei, keine Agentur für Hochzeitsplanung«, murmelt sie manchmal, wenn sie in der Büroküche an Laura vorbeigeht, die gerade frischen Kaffee aufsetzt. Das ist inzwischen die einzige Tätigkeit, die noch einen gewissen Bezug zu den juristischen Kernaufgaben der Kanzlei hat. Laura zieht den Kopf ein. Sie hat sich das nicht ausgesucht, aber dieser Rechtfertigungsversuch bringt ja auch nichts.

Schreibt sie lieber Kuni eine SMS nach der anderen.

Du musst raus, kommt schließlich die Antwort, *ab in die Berge mit dir.*

Gute Idee. Aber alleine?

Kommst mit?

Es dauert.

Morgen? Ok.

Dann wieder Schweigen. Kuni ist im Lesesaal auf der Uni, und wenn sie dort ist, stellt sie ihr Handy nicht nur auf lautlos, sie macht es aus. Nervt. Aber ist verständlich. Laura probiert's bei Melanie. Die Antworten tröpfeln. Seit Melanie mit Matti zusammen ist, reagiert sie zeitverzögert.

Egal. Laura hat selbst zu tun. Seit dem Abend im Atelier sprudelt es nur so aus ihr raus. Sie zeichnet, was sie sieht: Berge, Wolken, Bäume, Aktenordner und Kaffeetassen. Es ist schwer, dem Durcheinander der Natur auf einem Blatt Papier gerecht zu werden. Mehrdimensionalität mit Schattenspielen vorzutäuschen, zu zeichnen, was sie sieht. Doch es braucht mehr als das, das Unsichtbare gehört ins Bild, wie in »Herr der Ringe«. Ohne das Unheimliche ist ein Bild irgendwie unvollständig. Etwas muss dich anschauen, auch wenn kein Mensch auf dem Bild zu sehen ist. Aber woher soll sie wissen, ob das, was sie ahnt, was sie sich in ihrem

Kopf ausmalt, überhaupt auf ihrem Bild gelandet ist? Wie viel kann sie weglassen, damit man die Salige, eine von diesen scheuen, hilfsbereiten, weisen Frauen aus den Geschichten der Amraser Oma, zwar erahnen kann, aber nicht hinzeichnen muss? Weil: Eine Frau mit langen Haaren und wallendem Kleid zu zeichnen, die sich hinter einem Baum versteckt, ist doch fad.

Sogar im Büro hat sie ihren Skizzenblock immer dabei, Hilde ist ja nicht immer wachsam. Plus: Niemand kontrolliert ihre Browserhistory. Sie liest sich in die Tiroler Anderswelt ein. In ihrem Zimmer liegen Bücher zu den weißen Gletscherfrauen, dem Murzoll und seinen Töchtern, der wilden Innschifffahrt oder dem Pfeifer Huisile. Doch die Kunst ist nicht nur in Büchern zu finden, auch die Welt muss man sich anschauen. Wo besser kann man Bäume zeichnen als in der Natur?

Kuni lässt sie einfach im Stich. Laura ist noch nicht mal richtig wach, da kommt schon die SMS. *Sorry, kann nicht. Codename RED.* Ach, Bullshit. Regelschmerzen. Wie *lame* ist diese Ausrede, bitte? Sag doch, wenn du keine Lust hast.

Also bricht sie alleine Richtung Berg auf. Wenn Kuni keine Zeit hat, muss Laura auch nicht Richtung Telfs fahren. Natters oder Thaur und dann immer bergauf, das tut's auch. Hauptsache, aus der Stadt raus. Alles kann man sich schönreden. Sie hat keine Absage in letzter Minute kassiert, sie hat die Einsamkeit gesucht, denn die guten Ideen sind menschenscheu. Sie ärgert sich nicht darüber, dass Melanie nur noch Augen für Matti hat, sie hat selbst nur Augen für ihren Skizzenblock. Sie hat sich nicht verlaufen, sie hat keine Lust mehr, weiterzugehen. Was ihr Ziel ist, definiert sie selbst. Heute ist so ein Tag, da ist eine schattige Almwiese besser als jeder Gipfelsieg. Auf dem Rücken im Gras liegen und in die Wolken schauen, bis der Schwindel sich legt und die Augen sich an die Weite gewöhnt haben. Dann aufsetzen und schnell zeichnen, was ihr ins Auge gefallen ist: Bäume, Sträucher, Wolken, Wesen.

Auf der Suche nach Motiven ist Laura mit Absicht vom Weg abgekommen. Sie hat sich treiben lassen. Die gute Fee GPS wird den Weg zurück schon wissen. Plus: Auf der Nordkette gibt es ohnehin nur zwei Richtungen: bergauf und bergab. Das Gehen macht Spaß, bis es keinen Spaß mehr macht und Laura immer noch mitten im Nirgendwo steht. Sie ist müde und durstig. Es gibt nur mehr eine Richtung: bergab.

Das ist ihr schon öfter aufgefallen. Es gibt keinen Übergang zwischen Berg und Stadt. Einen Schritt aus dem Wald und du bist sofort wieder in einer hellen Welt voller Häuser, Carports und Gartenzäune. Laura folgt der Straße. Sie hat Durst. Die Wasserflasche ist leer. Es ist noch weit bis ins Tal und ihr Handy schweigt sich über die nächste Bushaltestelle aus. Mit wilder Entschlossenheit hebt Laura jedes Mal, wenn sie ein Auto hört, den Daumen. Die ersten vier Autos bremsen nicht. Ein silbergrauer Sportwagen kommt näher, zu schnell, findet Laura. Trotzdem hebt Laura den Daumen. Der Fahrer bremst abrupt, dann lässt er das Fahrzeug ausrollen, an Laura vorbei, aber er hat gebremst. Sie schultert ihre Stofftasche, sammelt Speichel im Mund und übt ihr Lächeln. Sie ist so durstig, ihre Zunge klebt am Gaumen. Hinten hat er Bumper Sticker angebracht: Rafting im Ötztal und eine stilisierte Berglandschaft, die sich der Seite entlangzieht. Alles am Auto sagt: Ich bin ein wilder Hund.

Sie hat die Beifahrertür fast erreicht, da gibt der Fahrer nochmal Gas und das Auto hüpft nach vorne. Filmt er sie im Rückspiegel? 1000 Likes für die verarschte Autostopperin?

Was tun? Ihm nachlaufen? Ihn zur Hölle schicken? Stolz ist eine tolle Sache, aber Laura ist müde. Nur noch ein paar Schritte. Wenn er nochmal Gas gibt, soll er zum Teufel gehen. Dann hat sie die Tür erreicht und beugt sich Richtung Beifahrersitz. Wenn sie den Rücken krumm macht, kann sie dem Fahrer ins Gesicht schauen. Sein Blick ist tiefergelegt wie sein Auto. Braune Haare, die ihm in die Stirn fallen. Blaues Poloshirt, drahtige Arme. Anstelle einer Begrüßung zieht er die Mundwinkel hoch. Laura entschließt sich, das als Lächeln zu deuten.

»Hallo, ich bin die Laura. Fährst nach Innsbruck?«

Er nickt, das ist Antwort genug. Laura steigt ein. Kaum sitzt sie, beschleunigt er. Der eigene Schweißgeruch riecht fremd, wenn man mit einem Unbekannten im Auto sitzt. Laura wirft einen Blick auf den Fahrer. Sie zerlegt ihn in Flächen und Linien, ein Trick, den ihr Gregor beigebracht hat. Sein Gesicht ist kantig, das macht es leichter zu zeichnen. Über seiner Brust kreuzt sich der Sportgurt. Eine Hand am Lenkrad, mit der anderen raucht er. Er hat nicht gefragt, ob es okay ist, wenn er raucht. Stimmt schon, ist ja sein Auto. Er hat nicht gefragt, ob sie auch eine will.

Er hat noch kein Wort gesagt.

Er raucht mit hohem Aufwand. Fasziniert beobachtet Laura das Spiel seiner Hände: Die Zigarette hängt lässig aus dem Mund. Wie Gassi gehen mit der Tschick, kurze Wege, aber nie verwendet er die gleichen Finger: Mal packt er die Tschick zwischen Mittel- und Ringfinger, greift zum Lenkrad, fasst die Zigarette zwischen Daumen und Zeigefinger, dann zwischen Zeige- und Mittelfinger. Er ascht in ein leeres Packerl, lehnt sich in ihre Richtung und schmeißt es aus dem Beifahrerfenster.

»Hey«, sagt sie, »weißt du, wie giftig so ein Tschickstummel ist?«

Na ja, auch nicht grad ein perfekter Ice-Breaker. Er sagt nichts, Überraschung, und schaut Laura an. Wobei – schaut er wirklich Laura an?

Der Gurt schneidet ein Tal zwischen ihre Brüste. Auto-Bondage. Full disclosure: Du musst nicht schreien, um mir Angst zu machen. Es reicht, wenn du sehr laut schaust. Woher wissen Typen eigentlich so genau, wie lang sie starren müssen, um uns zu freaken? *Creepy*. Wie eine moderne Legende. LSD-getränkte Klebetattoos, die gratis an Schulen verteilt werden. Die Spinne, die im Ohr des Flugreisenden den Atlantik überquert. Aufwachen im Bad mit Eiswasser und einer Niere weniger. Geschichten, die wir uns erzählen, wenn wir mit Taschenlampe und Schlafsack im Freien übernachten.

Er nimmt ein Red Bull aus dem Getränkehalter, trinkt es aus, zerknüllt die Dose und schmeißt sie ebenfalls aus dem Fenster.

Er sagt nichts.

Laura sagt nichts.

Ob er langsamer fährt, wenn sie ihn darum bittet? Nein, dann drückt der noch extra aufs Gas! Soll er rasen. Wenn sie es überlebt, ist sie schneller in Innsbruck und wieder aus dem Auto raus. Weil's schon egal ist, wie sie stirbt, macht Laura die Augen zu. Denkt an den Wald. Durchs Dickicht, die Waldwege entlang und dann eine Wiese mit Bankerl und die heiße Luft flimmert. Als sie die Augen wieder aufmacht, pickt ihnen der Traktor fast schon auf der Windschutzscheibe.

»Hey, brems doch! Siehst du das denn nicht?«

Er lässt sich extra Zeit, bis er reagiert. Schaltet. Beschleunigt. Überholt. Dann sagt er doch was. Seine Stimme ist nicht unangenehm, was er sagt, ist es schon.

»Da stehst nicht so drauf, wenn einer fährt wie ein Profi? Traust du mir nicht zu, dass ich Auto fahren kann? Hast Angst? Oder bist am End so eine, die Autos verbieten lassen will, weil: Naturschutz? Dann hätt ich dich aber nicht mitnehmen können? Dann würdest immer noch am Straßenrand stehen.«

Erst hat er nichts geredet, dann hört er gar nicht mehr damit auf. Er ist wütend, aber warum eigentlich? Hat Laura zu wenig gelächelt? Hätte sie sein Schweigen durchbrechen müssen? Eine Tür in der Mauer suchen, mit der er sich umgibt? Das macht man halt so, dafür ist sie zuständig, war es immer schon. Aber er hat sie doch provoziert, ist nochmal weitergefahren, damit sie ihm hinterherlaufen musste. Was denkt er sich eigentlich? Dass der Andreas Hofer etwas ins Trinkwasser gekippt hat und seither sind die Mander magnetisch, und wenn eine Frau in ihre Nähe kommt, isch es Zeit und die Weiber können gar nicht mehr anders, als zu lächeln und dahinzuschmelzen?

Er steckt sich einen Kaugummi in den Mund und macht die Musik an. Neben dem Lenkrad ist eine Halterung fürs Tablet montiert. Youtube-Schauen beim Cruisen, vorbei an Häusern mit Balkon und Blumenschmuck. Hier werden Kredite abgezahlt, sonst nichts. Gegend of Lost Dreamz und sehr großen Carports.

Laura mag HipHop, aber das hier ist unangenehm. Typen, die nur von Koks, Nutten und vom Babosein rappen. Das Tablet ist so groß, es ist unmöglich, das Video nicht zu sehen. Kamerafahrt über alte Bäume. Streicher aus der Dose. Dann der Beat. Alter Adel trifft neues Geld. Falsch. Der alte Adel gehört jetzt dem neuen Geld. Laura packt es nicht, ihr Fahrer schweigt nicht mehr, er dreht lauter und rappt den Text mit. Jaja, schon klar, Tommy Gun reimt sich auf Dobermann, *Nutte, keiner fasst mich an, als wär ich ein Hologramm.*

Er nimmt eine Hand vom Lenkrad und legt sie auf seinen Oberschenkel. Immerhin: auf den eigenen. Seine Finger krallen sich in den Stoff. Nur in den Stoff? Oder hat er mehr in der Hand? Laura sucht krampfhaft nach einem unverfänglichen Gesprächsthema. Das hier ist doch nicht normal!

Was für ein Aggro-Flow und dazu dieses Video. Ihre Hand ist schwer, als sie sie hebt. Wie unter Wasser. Sie tippt mit dem Finger aufs Tablet. Pause. Endlich Stille.

Die Stille macht nichts besser. Obwohl er viel zu schnell fährt, schaut er nicht auf die Straße. Er schaut in ihre Richtung. Nicht gut. Gar nicht gut.

»Immer alles gleich antatschen. Geht dich nichts an, was ich mit meinem Müll mach und welche Musik ich hör! In meinem Auto!«

Sein Atem riecht nach Tschick und Red Bull. Dass sie die Hand auf den Türgriff legt, ist eigentlich ein Reflex. Wenn die Musik noch laufen würde, hätte sie das Geräusch vielleicht gar nicht gehört. Er hat das Auto zentral verriegelt.

»Spinnst du? Willst aus dem fahrenden Auto springen? Schaust du zu viele Filme?«

Laura sucht in der Tasche nach ihrem Handy. Sie tippt eine SOS-SMS an Kuni: *Autostopp, silbergrauer Sportwagen mit Bergen draufgeklebt.* Warum hat sie sich das Kennzeichen nicht gemerkt?

»Bleib stehen. Ich will aussteigen.«

Er bremst scharf und fährt rechts ran. Er schaut sie kopfschüttelnd an.

»Was soll denn das?«

Er greift nach ihrem Handy, schaut dabei gar nicht aufs Display, sondern fuchtelt damit in ihrem Gesicht rum.

»Checkst jetzt selbst, dass das nicht so nice ist, wenn jemand ohne zu fragen an deinen Geräten rummacht, oder?«

Die Tür ist immer noch verriegelt, aber beim zweiten Ziehen entriegelt sich die Tür von selbst. So schnell ist Laura noch nie aus einem Auto ausgestiegen. Er wirft das Handy auf den Beifahrersitz, legt die Hände aufs Lenkrad. Atmet durch. Lehnt sich Richtung Beifahrersitz. Schaut zu ihr hoch.

»Was soll das eigentlich?«

Laura weiß nicht, was sie antworten soll. Sie starrt auf ihr Handy am Beifahrersitz.

»Was bist denn du für eine? Bist du nicht ganz richtig im Kopf? Du bist ja völlig verrückt!«

Er starrt sie an. Kaut auf seinem Kaugummi rum. Schließlich greift er nach ihrem Handy und lehnt sich damit in ihre Richtung. Als sie danach greift, gibt er Gas. Satz nach vorne, Laura kennt das Spiel jetzt schon. Soll sie einfach drauf scheißen? Heim, Sim-Karte sperren lassen und nie wieder dran denken? Aber sie kann nicht schon wieder ein neues Handy kaufen.

Sie hängt sich die Tasche um, schluckt ihre Wut runter und geht extra langsam die paar Schritte, dem Auto hinterher. Sie wird gedemütigt, aber sie muss nicht mitspielen. Er sitzt da wie zuvor, ihr Handy in der Hand und in ihre Richtung gelehnt. Er schaut sie nicht an. Laura greift nach dem Handy. Fast ist sie überrascht, als er es loslässt. Sie steckt es ein und schaut ihn an.

»Arschloch«, sagt sie.
Er lacht und gibt Gas.

Später, als sie Kuni davon erzählt, liegt sie in der Badewanne, Kuni ist bei sich daheim, zum Glück gibt's facetime. Jetzt erst fällt ihr ein, was sie noch alles hätte sagen können.

»Verstehst, der war total aggro. Wie unter Strom.«

Kuni stimmt ihr zu. Gut, dass nichts passiert ist, man kann nie wissen, es ist besser, ihn nicht zu reizen, weil wenn er auszuckt, da hast du ja dann auch nichts davon.

»Er hat mich verrückt genannt! Mich!« Lauras Stimme zittert vor Wut.

»Der nimmt eine Frau mit, die er nicht kennt, sagt nicht Hallo, sagt nicht Hi, sagt einfach nichts, aber Pornorap läuft.«

Dramatische Pause.

»Und macht an seinem Schwanz rum, oder, ich mein, weiß nicht, jedenfalls ist seine Hand ganz schön weit oben am Schenkel gelegen.«

Kuni macht mitfühlende Geräusche. Sie hat ein schlechtes Gewissen, das sieht man.

»Er ist nur aggro und dann schreit er mich an und tut so, als wäre ich! die! Verrückte! hier!!!«

Laura hat Eistee gemacht, und als sie mit dem Baden fertig ist, ist der kalt genug, um beim Trinken erfrischend zu sein. Zitrone dazu, bisschen frische Minze vom Balkon holen, oder, noch besser: auf den Balkon gehen. Mit der Lieblingskuscheldecke, Keksen aus der Schublade für besondere Anlässe. Laura hat die Duftkerze angezündet, die sie besonders mag, auch wenn das eigentlich Verschwendung ist auf dem Balkon. Es schaut schön aus, es tut ihr gut. Trotz alledem ist ihr schlecht. Oder schwindelig. Zu viel Sonne, zu viel bergauf oder zu viel Adrenalin, eine Überdosis Angst vor dem fremden Mann. Wobei, Angst! Unbehagen. Ärger. Wut. Geierwally müsste man sein, zäher und härter im Nehmen. Sogar nach dem Vollbad kann Laura ihren Schweiß riechen. Er kommt von ganz innen. Von Stellen, an deren Existenz wir ungern erinnert werden. Sogar ihr Skizzenbuch tröstet sie nicht. Sie hat viel gezeichnet, doch die Ausbeute befriedigt sie nicht. Was ihr sonst Freude macht, auch wenn sie die Fehler sieht, ist plötzlich bröselig geworden. Als hätte sie seinen Blick inhaliert, der sie anschaut, aber nicht mal ihre Fehler sieht, weil, um Fehler zu sehen, müsste man sein Gegenüber wahrnehmen, nicht nur ein Objekt, auf dessen Kosten man Witze machen kann. Jetzt komm schon, lach doch auch.

Oder Gregor, dem sie immer wieder gezeigt hat, woran sie arbeitet, der immer wieder fragt: »Wie geht's dir mit der Einreichung, zeig her, ich will nur helfen.«

Aber dann passt es ihm nicht.

Die Kalkulation – »Verkauf dich nicht unter Wert.«

Die Bilder – »Schön, gar nicht schlecht gezeichnet, aber was ist die Story? Wo ist die zündende Idee?«

Das Gesamtpaket – »Ich hab mir mehr von dir erwartet.«

Was für Gregor eine zündende Idee ist? Irgendwas Drastisches. Wenn die Idee zu komplex für ein Plakat ist, mach sie einfacher. Sexy muss sie sein, natürlich, unbedingt.

»Bussard Girl rettet die Welt«, hat Laura gesagt, mehr zum Spaß. Gregor ist sofort Feuer und Flamme.

»Siehst«, sagt Gregor, »jetzt hast du gecheckt, um was es geht.«

Aber als Laura laut darüber nachdenkt, wie Bussard Girl Bussard Girl geworden sein könnte, ist ihm das sofort wieder zu viel Hintergrundstory. Wer ist Laura, dass sie dem etwas entgegensetzt? Sie hat es natürlich versucht. Skizzen von Frauen mit Flügeln und Superheldinnenkostüm. Versucht, sich vorzustellen, wie das ist, sich einfach fallen lassen. Den müden Körper auf ein Luftpolster zu legen, der Aufwind trägt dich. Viel zu steil, alles.

Laura kann sich nur schwer konzentrieren. Wenn sie einreichen will, muss sie es jetzt tun, heute noch die Ideen überarbeiten, morgen Feinschliff, übermorgen Abgabe. Irgendwie ist sie am Zittern. Sie spielt mit dem Handy rum. Sie schaut die Bilder durch, die Nordkette mit einem Tampon als Sternbild, okay, gut, aber was passt da dazu? Das Gleiche gilt für den kiffenden Silldrachen. Ihre Versuche, Bäumen eine Aura zu geben, ein Wesen, das durchscheint, sind: Versuche. Das ist doch alles nicht genug.

Also probiert sie's nochmal mit Bussard Girl. Sie gibt sich Mühe. Ehrlich!

Wieder und wieder zeichnet sie Frauenkörper mit Flügeln, googelt nach Bildern von Bussarden, die Flügel müssen ja zu erkennen sein.

Aber egal, was sie macht, wenn sie den Kopf zeichnet, wenn sie Bussard Girl ein Gesicht gibt, ist es immer das von Isi.

Laura checkt das Hochzeits-Spreadsheet. Immer noch kein Hakerl beim Namen von Huberts Schwester.

Wie das ist, so eine Distanz zur Schwester?

Hat Isi eigentlich den Job in München bekommen?

Plötzlich hält Laura das Schweigen zwischen ihnen nicht mehr aus. Sie springt auf, greift nach dem Skateboard und rollt Richtung Stadt. Sie ist todmüde, aber für eine Fahrt ins Zentrum reicht's.

Isi ist im Pyjama, als sie die Tür öffnet.

»Was ist los?«, fragt sie, als sie Laura sieht. In ihrem Gesicht spiegelt sich Sorge, dann erinnert sie sich daran, dass sie Streit haben, und in ihrem Gesicht spiegelt sich nichts mehr.

Laura schaut sie an. Ihre Hände sind verschwitzt, aber auf die kalte Art, auf die Art, die uns hoffen lässt, dass niemand unsere Hand nimmt, weil das peinlich ist. Im Bauch ein Gefühl wie bei einem Sturz aus der Felswand.

»Wie war's in München?«, fragt Laura schließlich. Noch immer keine Regung. Isi macht die Tür weiter auf und verschwindet in der Wohnung, ohne sich umzudrehen. Kurz zögert Laura, dann folgt sie ihr.

Isi sitzt schon auf der Couch. Vor sich eine Familienpackung Double Salted Caramel Eis, Lauras Lieblingssorte. Isis Lieblingseis ist Zitrone.

»Wo ist Hubert?«

Isi hat einen Löffel Eis im Mund, die Antwort hat dementsprechend wenig Vokale.

Laura schaut auf den Fernseher. Eine Folge »Gilmore Girls« läuft, am Pegel in der Familienpackung Eis gemessen, wahrscheinlich nicht die erste. Isi hat alle Staffeln auf DVD daheim. Früher haben sie sie oft gemeinsam geschaut, zuerst auf Deutsch, aber irgendwann war Laura alt genug für die englische Fassung. Lorelai liegt hellwach neben Luke im Bett, der schläft. Sie versucht mit aller Kraft stillzuliegen, sie will ihn nicht wecken, weil sie weiß, dass er morgens extrem früh rausmuss. Du kannst nicht beides haben: den verlässlichen Luke, der immer in seinem Diner steht und frisch gebrühten Kaffee, den er selbst nicht trinkt, bereithält, und einen Boyfriend, der mit dir bis spät in die Nacht bingewatcht und bestelltes Essen verdrückt. Letzteres war immer Rorys Job, aber Rory ist jetzt an der Uni.

Isi hat schon wieder einen Löffel Eis im Mund. Mit der anderen Hand deutet sie auf den Fernseher.

»Weißt du, früher hab ich mir immer ausgemalt, das wären wir. Ich: Lorelai, du: Rory, Mama: Emily.«

Lorelai bewegt sich im Bett und schaut Richtung Decke. Mit aller Kraft versucht sie stillzuliegen.

»Absurd eigentlich, Mama ist natürlich Lorelai und die Amraser Oma ist Emily Gilmore«, findet Laura.

Isi muss lachen. Zwischen der Amraser Oma und Emily Gilmore gibt es keinerlei Parallelen.

»Aber es war halt so attraktiv. Es war halt viel cooler zu denken, ich bin viel zu früh schwanger geworden und schlage mich alleine mit Witz und strahlender Lebensfreude durch, als zu sagen, der Papa hat eine neue Familie und ich muss meine Babyschwester betreuen, weil die Mama immer Nachtdienst hat.«

Isi schaut Laura an.

»Ist doch egal, wegen den Fotos. Papa ist, wie er ist, da ändert auch ein Diavortrag bei der Hochzeit nichts.«

Laura nickt. Erwachsen wäre, sich jetzt ebenfalls zu entschuldigen. Aber Isi kennt sie, denkt sie sich, Isi weiß, dass mitten in der Nacht Sturm zu läuten de facto eine Entschuldigung ist.

»Freust du dich auf die Ehe mit Hubert?«

Isi wirft ihr einen Blick zu, der sagt: Natürlich freue ich mich! Was denkst du denn, kleine Schwester?

»Ich weiß, du magst den Hubert nicht, nein, Laura, lüg nicht. Ich bin nicht blöd und der Hubert ist es auch nicht. Mir machst du nichts vor, ich kenn dich, seit dein gesamtes Skillset aus Schlafen, Schreien und Kacken bestand. Aber ich sag dir, du unterschätzt den Hubert. War ja klar, dass der

Konrad sich ziert wegen der Hochzeit und dem Geld. Ist ja auch egal, mir geht's nicht ums Geld, mir geht's ums Prinzip. Hubert hat einfach gesagt, ist doch egal, Hauptsache, er kommt. Lass uns Laura anstellen, die checkt alles, dann ist die Hochzeit billiger, weil die Kanzlei Laura zahlt, und für sie ist es auch gut. Und niemand muss wegen dem Geld streiten.«

Laura fällt nichts ein, was sie sagen könnte. Dann doch.

»Die Geschichte mit der Hilde und der Kopfmassage war also erfunden?«

Isi grinst sie an. Sie lacht leise. Dann nickt sie.

»Du weißt aber schon, dass ich dem Hubert den Kopf massiert hab?«

Jetzt lacht Isi laut.

»Ja, klar, also ich mein, die Geschichte mit der Hilde war erfunden, aber das heißt nicht, dass sie dem Hubert den Kopf nicht massiert hat. Aber warum sollte mich das stören?«

Laura schaut Isi an. Ihr fallen jede Menge Gründe ein, warum Isi das stören sollte. Nicht so wichtig. Geht Laura eigentlich nicht viel an.

»Weil du wegen München gefragt hast, das Vorstellungsgespräch war super. Fantastisch, ich bin sicher, sie machen mir ein Angebot.«

Wieder ein Löffel Eis.

»Oder ich steig doch beim Hubert ein, eigentlich wird's Zeit.«

Laura hat sich einen Polster auf den Bauch gelegt und überlegt, ob noch genug Eis da ist, damit es sich lohnt, aufzustehen und einen Löffel aus der Küche zu holen.

»So oder so. Der Hubert wird meine Entscheidung mittragen, so wie er den Konrad mitträgt und dich. Entschuldige, so war das nicht gemeint, du bist keine Last. Aber es ist ein Traum, wenn es gelingt. Wenn du jemanden findest, der deinen Ballast sieht und einfach die Ärmel hochkrempelt und für dich da ist. Also ja, Laura, ich freue mich auf die Ehe mit dem Hubert.«

Isi nimmt noch einen Löffel Eis, dann schaut sie angewidert in den Becher und gibt ihn samt Löffel an Laura weiter. Sie seufzt.

»Mehr als auf die Hochzeit.«

Sie lehnt sich zurück und legt Laura ihre Beine auf den Schoß.

»Wir hätten einfach abhauen sollen. Mit dem Geld, das wir jetzt ausgeben, hätten wir eine Weltreise machen können, na ja, eine kleine. Amerika mit Zwischenstopp in Las Vegas. Und erledigt! Oder eine Kreuzfahrt und der Kapitän kümmert sich um alles.«

Isi kichert. Wenn man sehr lange vor allem Rohkost gegessen hat, ist Zucker eine mächtige Droge.

»Soll ich dir ein Glas Wasser holen?«, fragt Laura.

Isi winkt ab.

»Aber Huberts Mama wäre uns durchgedreht. Für den Sohn darf's nur das Beste sein, und wenn man dem Sohn das Beste ermöglicht, dann ist es wichtig, dass die Nachbarn das auch alle sehen. Sie hat uns sogar verboten, dass wir uns Geld schenken lassen.«

Isi ahmt die Stimme ihrer zukünftigen Schwiegermutter nach.

»Mein Hubert bettelt nicht um Geld, das haben wir gar nicht nötig.«

Isi lacht.

»Na ja, und jetzt sind wir pleite, dafür haben wir nach der Hochzeit jedes Stück Hausrat, das man sich überhaupt nur vorstellen kann. Du solltest die Hochzeitsliste sehen.«

Laura räuspert sich. Sie hat die Hochzeitsliste nicht nur

gesehen, sie hat die zahlreichen Fragen der Gäste beantwortet. Isi nickt und legt ihr die Hand auf den Unterarm.

»Die Schwester vom Hubert kannst du übrigens abhaken, die kommt. Huberts Mutter hat sie erreicht.«

Laura nickt. Das Eis explodiert auf ihrer Zunge. Fett und Zucker und Geschmackstoffe tanzen voller Übermut in ihrem Mund. Isi grinst sie an.

»Schön, dass du gekommen bist, Laura. Hast dir aber ziemlich Zeit gelassen. Du kannst ganz schön stur sein, warst du schon immer.«

Laura will sich wehren, aber ihre Schwester winkt ab.

»Das ist nichts Schlechtes, Laura, Sturheit hat auch gute Seiten. Solang man sich die Fähigkeit behält, über den eigenen Schatten zu springen.«

Die Schauspielerin, die Lorelai Gilmore spielt, heißt Lauren Graham. Gemeinsam mit ihrer Serientochter Alexis Bledel wird sie bei Interviews immer wieder gefragt, ob das echt ist, ob sie wirklich so essen, so unbekümmert und ungesund, wie's in der Serie zu sehen ist. Ihr Lachen ist verbindlich und ein bisschen müde, als sie antwortet: Nein, wir essen nicht so.

Isi weiß das. Es ist nicht so, dass sie Rohkost lieber hat als Double Salted Caramel Eiscreme. Aber es stimmt nun mal, wir sind die Summe unserer Entscheidungen. Unter ihrem Kinn zieht es die Haut nach oben wie einen Paraglider im Aufwind. Sie hat Brüste, das schon, aber Bauch hat sie keinen. Ein Energiebündel, so wird sie oft genannt, weil sie nach der Arbeit meistens direkt ins Crosstraining geht, eine echte Powerfrau. Stimmt ja, sie hat viel Willenskraft, aber der unbedingte Wille, sich die Anstrengung nicht anmerken zu lassen, führt nicht dazu, dass die schweren Einkaufstaschen die Arme nicht langziehen, er führt nur dazu, dass dir niemand beim Tragen hilft. Plötzlich ist Laura voller

Euphorie über die Existenz von Hubert, das ist kein Gefühl, mit dem sie sehr vertraut ist.

Isi ist drahtig, konzentriert und, wenn sie sich die Zeit dafür nimmt, witzig und weise. Vor allem aber ist sie mir nicht mehr böse, denkt Laura.

»Ich weiß nicht, was ich machen soll, wegen der Einreichung. Mir fällt nichts Gescheites ein, aber die Mama ist so stolz, dass das mit dem Gregor was bringt und überhaupt.«

»Hast du gezeichnet?«, fragt Isi.

»Viel.«

»Aber noch nichts fertig?«

»Ja.«

»Nächstes Jahr ist auch noch ein Jahr. Es ist kein Wettrennen, Laura, auch wenn alle immer so tun. Solang du dir nicht selbst Bremsklötze bastelst, ist es egal, wie schnell du bist.«

»Laura?«

»Mmh?«

»Ich weiß, wie sehr dich das nervt, dass die Mama und ich immer fragen, wann du mit der Uni anfängst.«

Oh no, nicht schon wieder.

»Aber eigentlich geht's nicht um die Uni. Es geht darum, dass du keine Angst hast, dass du dich traust. Entscheidungen treffen, ausprobieren, nichts ist für immer. Die Mama und ich, wir wollen einfach nicht, dass du stecken bleibst.«

»Jaja, schon gut«, sagt Laura und schaut in den Eisbecher. Der ist leer. Am Bildschirm steht Lorelai in der Küche ihres Inns und diskutiert irgendwas mit Sookie, der Küchenchefin und Lorelais bester Freundin. Das Telefon läutet, Rory ruft an.

»Und du«, fragt sie schließlich, »Isi, was willst du?«

Isi deutet auf den Fernseher. Rory versucht, nicht zum wöchentlichen Familientreffen bei den Großeltern gehen zu müssen. Sie hat ein Date. Schneller Schlagabtausch zwischen Mutter und Tochter.

»Ich will das.«

Isi kaut an ihrer Nagelhaut. Das hat sie früher oft gemacht, aber schon lange vor den Hochzeitsvorbereitungen für immer aufgegeben. Heute gelten keine Regeln, wie es scheint.

»Der Job in München würde mir sehr taugen, das wäre toll. Eine Bestätigung, eine totale Herausforderung. Aber was ich wirklich will, ist das.«

Erst jetzt, als der Knoten im Bauch sich gelöst hat und sie entspannt neben Isi auf der Couch sitzt, merkt Laura, wie sehr ihre Mama recht gehabt hat. Es geht nicht um richtig oder falsch, mit Isi Streit zu haben, ist inakzeptabel.

Familie ist, was wir daraus machen

Fred hat kaum Familie, schon lange nicht mehr. Alle heiligen Zeiten träumt sie noch von der Oma und zu Weihnachten trudelt eine Karte von der Lieblingscousine ein. Sie rufen sich gegenseitig zum Geburtstag an. Das war's. Aber Fred hat Gefährtinnen, Menschen, die sie begleiten, die sie in ihrem ganzen Wesen erkannt haben und zu ihr stehen. Nicht alle sind Teil ihres Alltags, Ulrike lebt in London, Ines im Waldviertel, aber was bedeutet Distanz im Zeitalter der Netzwerke? Sie sind da und derzeit eilen sie herbei, als hätten sie sich verabredet.

Sabrina meldet sich öfter als sonst.

Ulrike schickt ein T-Shirt aus London mit dem Aufdruck: »You know what's better than kids? Sleeping in.«

Marlis nimmt das persönlich, dabei ist sich Fred fast sicher, dass Ulrike gar nichts von der aktuellen Situation weiß. Alles Zufall, beteuert sie, aber es nützt nicht viel. In der Wohnung herrscht ein eigenes Mikroklima: frostig mit starken Windböen. Fred hat gehört, dass Wirbelstürme mit Frauennamen deshalb tödlicher sind, weil sie von der Bevölkerung als weniger bedrohlich eingestuft werden. Gönnt sie allen, die nur deshalb ohne Vorräte in einem Keller sitzen oder auf dem Dach, falls sie noch eins haben, weil sie sich beim besten Willen nicht vorstellen konnten, dass ein Sturm namens Sandy, Audrey oder Katrina ernstzunehmende Probleme machen könnte. Aber auch sie sitzt, metaphorisch gesprochen, auf dem Dach und wartet darauf, dass der Wasserspiegel sinkt.

Barbara eilt zur Hilfe. Barbara hat so früh und so überzeugend ein Kind bekommen, dass ihre Tochter es ihr nachgemacht hat und jetzt ist Barbara Oma. »Bester Job der Welt«, sagt sie, »das wär's, eigentlich, das Muttersein einfach auslassen und direkt Oma werden.«

Dann lacht sie. Fred erinnert sich, wie eng es war, wie hart Barbara arbeiten musste, um an der Uni zumindest ihr prekäres Anstellungsverhältnis zu behalten. Wie sehr sie sich damals aufgerieben hat, an den unmöglichen Ansprüchen, die die Welt an sie stellte. So allein sollte niemand sein müssen. Auch Marlis nicht, da kann sich Fred noch so sehr über sie ärgern, das wünscht sie ihr nicht.

Sie kommen zu dritt. Als Barbara mit Tochter und Enkelin vor der Wohnungstür steht und sich auf Kaffee, Kuchen und Kräutertee für die stillende Tochter einlädt, schleicht Marlis aus ihrem Zimmer, wirft ein paar Schatten ab und verwandelt sich vor Freds Augen in eine strahlende Gastgeberin.

»Kommt rein!«, sagt sie zu Barbara und ihrem Anhang. Familie ist, was wir daraus machen. Marlis holt das gute Geschirr der Erbtante aus dem Schrank. Sie hört Barbara zu, aber nur so lange, bis sie eine Frage stellen kann, deren Antwort sie nicht abwartet. Ihr Gesicht leuchtet. Fred kommt zum wiederholten Mal nicht dazu, Barbara zu fragen, was der Anlass für den Besuch ist, weil sie von Marlis unterbrochen wird, die dasselbe fragt. Barbara wirft ihr Blicke voller Empathie zu.

Fred könnte schreien. Marlis schleckt Milchschaum vom Löffel. Von Kopf bis zu den manikürten Zehennägeln ist sie ein Unschuldsengel, der es schwer hat. Aber schaut mich an, wie tapfer ich meine Lasten trage. Wenn sie sich unbeobachtet fühlt, friert ihre Mimik ein, nur die Lippen kräuseln sich unruhig.

Aber Marlis ist nicht das einzige Mastermind im Raum. Kurze Zeit später ist Barbara mit Tochter, aber ohne Enkelin Richtung Stadt verschwunden. Im Kühlschrank lagert eine Notfallration abgepumpte Milch. Barbaras Tochter hat mit einer Mischung aus Geduld, Resignation und Euphorie auf den Vorschlag reagiert, ohne Baby ins Museum zu gehen.

»Ich hab das Handy zwar auf lautlos, aber Vibra-Call ist so stark an, dass es mir die Tasche fast von der Schulter reißt. Wenn irgendwas ist, ruft einfach an.«

Dann lässt sie sich von Barbara aus der Tür schieben.

Wie Marlis das Baby anschaut. Mit Verzückung (weil's ein Baby ist) und Hass (weil es nicht ihres ist). Sie versucht Fred zu ignorieren, aber es stellt sich rasch raus, dass ein Baby etwas ist, für das man Hilfe braucht. Fred lässt sich also hin und her scheuchen, bis die Ausrüstung für eine Expedition zum Südpol reicht, dann verlassen sie die Wohnung für einen Spaziergang. Fred schiebt den Kinderwagen. Marlis kommt ihr ständig vor die Füße, weil sie sich über den Wagen beugt, um die Decke zu richten oder das Baby anzustrahlen.

Klar, Kindchenschema. Wem geht das nicht zu Herzen, wenn eine Haut so streichelweich nach Berührungen schreit. Wer ein schlafendes Kind, das auf dem Rücken liegt, die Arme seitlich neben dem Kopf, als wäre die Welt ein Ort, dem man im Schlaf bedenkenlos seine Weichteile präsentieren kann, nicht um die lockeren Schultern und den friedlichen Gesichtsausdruck beneidet, der hat nie einen Bürojob gehabt. Oder Angst.

Marlis wendet sich vom Baby zu Fred und es ist, als hätte sie in ihrem Hirn einen Schnürboden und ließe jetzt einfach einen neuen Gesichtsausdruck runterrasseln. Peripetie, plötzlicher Umschlag, alle in Deckung. Was für ein Theater!

»Es ist lächerlich, was du aufführst!«

Erstaunlicherweise kommt dieser Satz von Marlis. Fred kann ihn vollinhaltlich unterschreiben. Ehrlich gesagt, ein Streit ist schlimm genug, wenn man weiß, worum es geht.

»Glaubst echt, ich überleg mir das mit dem Kinderwunsch nochmal, nur weil Barbara ihr Enkerl bei uns abstellt?«

Fred schaut auf das friedlich schlafende Baby. Zuckersüß, so ein kleines Wesen mit Urvertrauen und frisch gewechselten Windeln.

»Ich weiß doch selbst, dass Babyscheiße stinkt! Was willst du denn beweisen? Dass Muttersein am Anfang vor allem fad und anstrengend ist?«

Fred will antworten, aber sie weiß nicht, was sie sagen soll. Es geht hier nicht um dich, es geht um mich! Aber Marlis dreht gleich durch. Alle Anzeichen sind da. Die gekräuselten Lippen, die unruhigen Augen, alles. Hier fallen gleich Wörter, die nie mehr zurückgenommen werden können. Fred beißt sich auf die Lippen. Später ist auch noch Zeit. Besser erstmal nichts sagen und dann später ganz ruhig bei einem Glas Eistee alle Karten auf den Tisch legen. Das Problem ist, dass Fred selbst nicht weiß, welche Karten sie in der Hand hat.

Marlis starrt sie an, dreht sich um und geht. Was heißt: geht. Sie stürmt davon. Ob's einen Orkan gibt, der Marlis heißt? Über ihr hängt ein Knistern in der Luft. Sie ist so aufgeladen, dass alle, die sich ihr nähern, einen elektrischen Schlag bekommen.

Und jetzt?

Besser, Fred spaziert nicht sofort heim. Manchmal hilft es, Marlis Zeit zu geben, sich abzureagieren. Aber wohin?

Fred schiebt den Kinderwagen. Die Gehsteige sind zu schmal, aber das hat Fred vorher gewusst. Was sie überrascht, ist das Wohlwollen, das ihr plötzlich entgegenschlägt. Das sind doch die gleichen Straßen, die sie sonst auch entlangspaziert?

Wer sind diese fremden Menschen, die sie plötzlich anlächeln und ihr unaufgefordert ausweichen?

Nicht alle. Natürlich nicht. Wir sind in der Hauptstadt des Grants. Wir sind hier bitte immer noch in Wien, der Stadt, die sich etwas darauf einbildet, für die Unfreundlichkeit ihrer Kaffeehauskellner bekannt zu sein. Aber ein paar Straßen weiter zieht Fred ein verwirrtes Fazit: Während die Menschen üblicherweise, ohne die Miene zu verziehen, an ihr vorbeihasten, wird sie jetzt plötzlich angelächelt. Sie schiebt den Kinderwagen zum nächsten Park und setzt sich auf eine Bank. Soll sie sich trauen und das Baby aus dem Wagen rausheben? Lieber nicht. In Abwesenheit der Mutter ist ein schlafendes Baby besser als ein schreiendes Baby.

Fred atmet durch und versucht damit zurechtzukommen, wie sehr alle plötzlich einverstanden mit ihr sind. Wie sehr sie ins Bild passt, wenn sie ein Baby vor sich herschiebt.

Sorgfältig wiegt sie den Kinderwagen hin und her. Das Baby schläft. Dann ist es wach und schaut sie an. Sie beugt sich über das Kind, winkt ihm, beobachtet, wie es jede ihrer Regungen interessiert verfolgt. Was für Backen es hat! Die Wange zuckt, die Lippen arbeiten, aber es schreit nicht, es wirkt zufrieden. Fred lächelt. Das Baby zieht sein Gesicht in alle Richtungen. Ständiger Testlauf. Schauen, was passiert, wenn ich an diesem Muskelstrang ziehe. Dann lächelt es auch. Freds Zwerchfell entspannt sich. Ihr war gar nicht bewusst, wie angespannt sie gewesen ist. Sie lächelt dem Baby zu. Keine Sorge, ich bin für dich da. Es dreht den Kopf hin und her. Dann macht es die Augen wieder zu. Es hat Nerven aus Stahl. Mama nicht da, Oma nicht da, über ihm schwebt ein fremdes Gesicht, alles egal, ich schlaf jetzt noch eine Runde.

Fred setzt sich. Sie starrt in den Himmel. Sie starrt auf die Häuserwände. Sie starrt in die Baumkronen. Es ist ein Vergnügen, es ist ein Privileg, es ist eine große Verantwortung. Es ist eine Freude. Es ist nicht, was ich will, denkt sie. Ich will das nicht.

Wildes Leuchten

Jetzt bist du da. Vor dir liegt ein Stück Zukunft, wie eine Torte, die drauf wartet, angeschnitten zu werden. Kein Tag wie jeder andere. Gestern hat Isi im Schöpfgeierhorst geschlafen.

»Es fühlt sich einfach falsch an, vom Hubert zur Hochzeit und wieder zum Hubert zu fahren«, hat sie gesagt, »außerdem will ich den letzten Tag als ledige Frau mit meiner Familie verbringen.«

Klingt romantisch, aber Laura hat den Verdacht, dass Isi vor allem sichergehen will, dass Laura nichts vergessen hat. Es ist eine allgemein anerkannte Tatsache, dass die Hochzeit der stressigste Tag im Leben einer Braut ist.

»Na ja«, sagt ihre Mama nachdenklich, »vielleicht wird's einfacher, wenn man's öfter macht.«

»Mama!«, ruft Isi empört, »du kannst doch nicht am Vorabend meiner Eheschließung von der zweiten oder der dritten Hochzeit reden.«

Ihr Blick wird misstrauisch.

»Ist was mit dem Gregor?«, fragt sie im gleichen Moment, in dem Laura alarmiert ruft: »Kommt Gregor jetzt doch?«

Laura würde sich freuen, wenn Gregor kommt, aber die Sitzordnung hat wenig Spielraum, schon gar nicht am Familientisch. Trotzdem ist es ihr ein Dorn im Auge, dass ihre Mama ohne Begleitung zur Hochzeit gehen muss.

»Nein!«, die Mama lacht nur und sagt: »Machts euch keine Sorgen, ich hab ihn gar nicht gefragt!«

»Warum?«, fragt Laura.

»Das ist mein Tag morgen«, sagt ihre Mama, »tschuldige, Isi, es ist natürlich dein Tag und der vom Hubert, aber mein Tag ist es auch. Da brauch ich keinen am Arm, dem ich alles erklären muss. Wer zu wem gehört und warum was lustig ist.«

So schwer von Begriff ist Gregor eigentlich nicht, aber Laura lässt die Erklärung gelten.

Isi trinkt warmes Zitronenwasser. Sie schaut glücklich aus und so, als würde sie hoffen, dass sie diese Nacht ein bisschen schlafen kann. In der Früh kommt zuerst eine Stylistin für Haare und Make-up. Dann kommt der Konrad und holt sie. Der Termin am Standesamt ist schon am Vormittag.

Danach fahren sie mit den angereisten Gästen rauf zum Hafelekar, Lauras Idee und auch ihre Verantwortung, aber Kuni hat gesagt, sie übernimmt das. Melanie ist immer noch bei Matti auf der Alm. Laura hätte nicht gedacht, dass sie es dort so lange aushält. Zwar bittet sie regelmäßig um Updates aus der Stadt, aber die Selfies, die sie schickt, zeigen eine zufriedene Melanie: braungebrannt und müde. Auf die gute Art müde.

Ab Nachmittag wird gefeiert.

Der Fiat Panda schnurrt. Die Strecke zwischen Linz und dem Voralpenkreuz hat Fred immer geliebt: Wiesen, Felder, Straßen und Häuser und am Horizont reihen sich die Gipfel aneinander. Marlis muss schon wieder aufs Klo, was verständlich ist. Der Bauch drückt auf die Blase, aber es nervt. Raststätten-Hopping. Es ist noch weit bis Innsbruck.

Marlis kaut ihren speziellen Mix aus Nüssen und Trockenfrüchten, sie kann keine großen Portionen mehr essen, aber ihr Körper braucht Energie. Eilig haben sie es nicht. Ins

Zimmer können sie auch später noch einchecken. Fred hätte gern noch ein bisschen was von Innsbruck gesehen, bevor die offiziellen Feierlichkeiten morgen losgehen, aber das wird sich ausgehen. Sie sind später losgefahren als geplant. Gestern hat Fred eine Schicht im Joplin übernommen, Leyla ist ausgefallen. Rosa war mit ihr zufrieden, was gut ist, weil Fred immer Geld braucht. Aber ist sie nicht viel zu alt, um im Gastgewerbe zu arbeiten, selbst in einem so freundlichen Gastgewerbe wie dem Joplin?

Marlis hat die Augen geschlossen und scheint an nichts zu denken. Der Gurt schneidet in ihren Bauch, sie hat deshalb einen Polster dazwischengeschoben. Im Auto ist es heiß. Aber wenn sie jetzt das Fenster öffnet, macht der Fahrtwind Lärm. Auf der Rückbank sitzt jede Menge Ungesagtes: Was will Marlis? Was will Fred? Wer sonst könnte etwas wollen?

Am Haltegriff der Rückbank hängt Kleidung. Marlis hat ein Kleid aus grünschimmernder Seide gefunden, das Platz für ihren Bauch hat. Das Baby ist jetzt so groß wie ein Butternusskürbis. Marlis' Schuhe haben hohe Absätze, ich kann mich ja setzen, wenn mir die Füße wehtun. Die Füße tun ihr immer weh, für die Schuhe braucht sie einen Waffenschein, und Fred hat den Verdacht, das ist auch so gemeint.

Fred hat ihren schicksten Hosenanzug eingepackt. Sie begleitet Marlis gern zur Hochzeit ihres Bruders, aber sie will sich nichts Neues dafür kaufen und sie will es auch nicht geschenkt. Entweder ist sie gut genug, so wie sie ist, oder sie geht in Innsbruck auf ein Eis statt auf eine Hochzeit. Es ist nur ein Fest, denkt sie sich.

Vielleicht gibt es Gedankenübertragung ja doch, vielleicht überträgt sich der Satz auf Marlis, wenn sie ihn nur oft genug denkt.

Der Blumenschmuck ist schön. Check. Die Sängerin ist bereit. Check. Sie spielt später mit ihrer Band auch auf der Hochzeit, aber hier am Standesamt beim Goldenen Dachl singt sie unverstärkt, nur begleitet von ihrem Gitarristen. Nach der Trauung wird Sekt ausgeschenkt. Das Wetter schaut stabil aus, was gut ist, sie haben zwar Regenschirme für den Ernstfall dabei, sich aber darauf verständigt, auf gutes Wetter zu hoffen oder den Sektempfang abzublasen. Die meisten Gäste – die wichtigen Gäste, wie Huberts Mutter sagt – kommen ohnehin nachher zum Fest.

Huberts Mutter trägt sehr viel echten Schmuck und den Kopf hoch. Laura hat da an und für sich nichts dagegen. Hoffentlich geht alles gut. Das wünscht sie sich für ihre Schwester, aber sie wünscht es sich auch für sich. Sie hat keine Lust auf eine Feedbackrunde mit dem engsten Kreis der neu zusammengeschweißten Familie.

Sie schaut auf die Uhr. Die Gäste versammeln sich. Über ihren Alltagsgesichtern schwebt ein zweites Gesicht, feierlich und gut gelaunt. Wir haben nicht viel gemeinsam, sagen sie, uns eint nicht viel außer die Freude darüber, dass sich wer traut. Frau Ladurner redet mit Hilde. Immer mehr Gäste trudeln ein, es wird geplaudert, viele haben sich schon ihren Sitzplatz gesichert. Auch ihre Mama hat schon Platz genommen. Ihr Gesicht ist entspannt. Sie sieht glücklich aus.

Trennung überstanden. Check. Töchter großgezogen. Check. Niemandem was schuldig. Check. Nicht allein, aber selbst davor keine Angst. Check. Und bald gibt's Torte. Vergiss Bussard Girl, denkt Laura, ihre Mama ist die Superheldin. Hoffentlich weiß Gregor das. Aber an Gregor denkt Laura nur wegen Bussard Girl. Gregor kann gar nichts dafür, dass er heute so unwichtig ist. Neben ihrer Mama sitzt Kuni. Die hat vorher gefragt, wo sie helfen kann. Alles unter Kontrolle, hat Laura gesagt und sich dabei sehr erwachsen gefühlt.

Hubert steht ebenfalls schon bei seinem Sitzplatz in der ersten Reihe. Er unterhält sich mit seinen Eltern. Seit sie für ihn arbeitet, hat sie gelernt, seine Körpersprache zu lesen. Er hat Migräne. Er hat keine Lust, sich davon den Tag kaputtmachen zu lassen, aber er hat Schmerzen. Plötzlich greift seine Mama an ihre Kette und ihr Mund formt ein … Es ist kein Wort, aber es ist deutlich mehr als ein Ausruf!

Ist Isi schon da? Laura schaut auf die Uhr, das wäre ein bisschen zu früh, aber wer sollte bei einer Hochzeit sonst so einen Ausruf des Erstaunens hervorrufen, wenn nicht die Braut?

Sie dreht sich um.

Dort steht eine große Frau, die sie nicht kennt. Sie trägt ein weites Kleid aus grünschimmernder Seide. Ihr Lippenstift ist so orange wie die hochhackigen Schuhe. Sie steht sehr grade. Der Ausschnitt ist asymmetrisch. Ihre Brüste rufen einen Verdacht hervor, die völlige Abwesenheit einer Taille zerstreut den letzten Zweifel. Die Frau ist schwanger. Sehr.

Neben ihr steht noch eine Frau. Sie trägt einen Hosenanzug, den Laura toll finden würde, wenn die Schuhe nicht so betont praktisch wären, die Haare so kurz, das Gesicht so ungeschminkt und ohne jedes Lächeln.

Neben ihr ist Kuni aufgestanden und hat sich ebenfalls umgedreht. Laura geht im Kopf die Gästeliste durch. Warum ist Huberts Mutter so erschrocken?

»Nein!«, sagt Kuni neben ihr und versucht, ein nervöses Lachen zu unterdrücken.

Oh my god, denkt Laura.

Hubert fängt sich als Erster. Er knöpft sein Sakko zu und geht auf die beiden Frauen zu. Laura kann nicht hören, was sie sagen. Ihr reicht, was sie sieht. Die Gäste haben sich voller Erwartung umgedreht. Hinter den dreien taucht eine schimmernde Gestalt auf. Isi trägt nicht Weiß, das hat sie von Anfang an ausgeschlossen. Aber ihr Kleid ist hell, je nach Licht schimmert es golden bis moosgrün, ausgerechnet grün, aber wer rechnet schon damit, dass vor ihrem Auftritt ein anderer Auftritt den Eingangsbereich blockiert, wer rechnet schon damit, dass der Bräutigam in letzter Sekunde seinen Posten verlässt, wer rechnet schon damit, dass seine Mutter so sichtlich um ihre Fassung ringt, dass niemand Augen für die Braut hat. Oder den Brautkonrad, der neben ihr steht und ebenfalls nicht weiß, wohin mit sich.

Perfekter Auftritt ruiniert. Check.

Die Sängerin sieht die Braut und trifft eine Entscheidung. Sie nickt ihrem Gitarristen zu, dann beginnt sie zu singen. *I heard there was a secret chord, that Jesus played and it pleased the Lord, but u don't really care for music, do you.* Als sie beim Refrain angekommen ist, *Halleluja, Halleluja*, sind alle im Raum erleichtert.

Hubert findet am schnellsten in seine Rolle zurück. Er schüttelt Konrad die Hand und klopft ihm auf die Schulter. Der nickt. Dann nimmt Hubert Isi an der Hand und sie gehen gemeinsam nach vorn. Isi strahlt. Vorne angekommen begrüßt sie Huberts Eltern. Seine Mutter lächelt, aber sie kann nicht verbergen, dass sie mit den Gedanken woanders ist. Isi blinzelt Laura, Kuni und der Mama zu. Das Gute, sagt ihr Blick, das Gute ist, wenn alles schiefgegangen ist, dann geht's einfach weiter.

Dass Konrad um seinen stolzen Gang nach vorne mit der Braut am Arm gekommen ist, ärgert Laura nicht.

Fred schaut durch ein Fenster, auf dem steht: »Das Tal der Sorgen ist umgeben von Bergen des Glücks.« Daneben ein Zitat von T. S. Eliot, eins von Nietzsche, eins von Einstein, eins von Luis Trenker, Kontrollblick, nein, keins von einer Frau. Dafür gibt es einen Pappaufsteller: eine Gondel, aus der ein Pärchen in Tracht mit ausgeschnittenen Köpfen winkt, bester Selfie Point. Hier endlich ist Platz für eine Frau: Gesichtslos, aber mit einem Dekolleté, tief wie das Inntal, das hinter den Fenstern in die Tiefe stürzt.

Marlis ist mit ihrer Familie unterwegs (was Fred hofft) oder zurück ins Zimmer gegangen (was wahrscheinlich ist).

»Look«, ruft eine begeisterte Touristin. Wo sie hinzeigt, ist nicht wichtig. Spektakuläre Blicke bieten sich in allen Richtungen.

»Ich bin Kuni«, hat sich die junge Frau, die ihre Gruppe begleitet, vorgestellt. Sie ist eine gute Freundin der Familie der Braut und hat die Aufgabe übernommen, eine Handvoll touristisch interessierter Gäste auf die Nordkette zu begleiten. Fred hat sich ihnen angeschlossen, sie braucht dringend Abstand.

Aber als sie sich bei Kuni gemeldet hat, war ihr Name auf keiner Liste. Fred hat sich suchend nach Marlis umgesehen, die war aber keine Hilfe.

»Wir werden schon ein Platzerl für dich finden«, hat Kuni schließlich lächelnd erklärt, aber trotzdem. Fred kocht innerlich.

Wo kann man besser sein Mütchen kühlen als auf über 2000 Höhenmetern? Schon der Blick von der Seegrube ist atemberaubend. Als Fred oben am Hafelekar aussteigt, fällt für einen Moment alles von ihr ab. Zwar stimmt, dass alle anderen in losen Zweierreihen aus der Gondel treten, als wär das hier die Arche Noah. Aber als ein Mann seiner Frau mit Kennerblick die Namen der umliegenden Berggipfel von der Panoramatafel vorliest, Hintere Brandjochspitze, Vordere Brandjochspitze, Zwiefelbacher Rosskogel, Lüsener Fernerkogel, Schrankogel, Ruderhofspitze, Wilder Freiger,

Habicht, … und hinzufügt: »Die haben alle dreieinhalbtausend Meter, das ist ned wenig«, muss Fred zwar ein Lachen unterdrücken, aber auch zugeben: Sie sieht das genauso.

Seine Frau geht ein paar Schritte weiter und sagt: »Schau, das da ist die Serles.«

Fred schaut. Sie denkt so wenig darüber nach, woher die beiden das Hochzeitspaar kennen, wie sie hofft, dass die anderen bei ihr darüber nachdenken. Das Kern des Problems ist nicht die Kernfamilie, sondern die laute Einigkeit darüber, wie so eine Kernfamilie auszusehen hat. Aber wenn Fred ehrlich ist, ist das gar nicht das Problem. Hat Marlis wirklich laut und mehrfach darum gebettelt, dass Fred sie auf diese Hochzeit begleitet, und gleichzeitig niemandem Bescheid gegeben, dass sie mitkommt?

Eröffnungstanz. Check. Ungeladene Gäste, die trotzdem kommen, irgendwo untergebracht. Check. Bei Konrads Rede ganz kurz ganz dringend aufs Klo gegangen, aber so, dass es niemand mitbekommt. Check. Kurz mit Anna und ihrer Mutter geplaudert. Check. Unfassbar stolz auf die eigene Mutter, die mit Hubert tanzt, mit Isabella tanzt, mit Huberts Vater und mit sich selbst tanzt, mit allen redet und lacht und nie irgendjemandem im Weg steht, sich nie in den Vordergrund drängt und trotzdem auf vielen Fotos zu sehen sein wird. Check.

Sich die Grenzen des eigenen Widerspruchs eingestehen, als Isi sie auffordert, sich zum Brautstraußwerfen zu den Frauen zu stellen. Check. Verblüfft sein, als Huberts Schwester hochschwanger zu einem Strecksprung ansetzt, um den Strauß zu fangen, was aber misslingt, weil ihr der Strauß im letzten Moment aus der Hand fällt und vor Annas Füßen landet. Check. Wenn man eine offizielle Rolle hat, ist es gar nicht so schwer, alle so zu begrüßen, als würde man sich über ihr Kommen ehrlich freuen.

Huberts Schwester ist übrigens das Gegenteil von Lauras Mama. Ihr Lippenstift ist zu grell, sie lacht zu laut, sie steht unter Strom. Ihr Lachen klingt, als ob Gläser gerade darüber nachdenken würden, zu zerspringen. Aber vielleicht ist Laura ungerecht. Sie hat wirklich oft, oft, oft versucht, Huberts Schwester zu erreichen, um die Details zu klären. Dass sie jetzt einfach unangekündigt in Begleitung kommt, nimmt Laura persönlich. Dass sie schwanger ist, ist Laura egal, aber dass sie es ihrer Familie im Vorfeld offensichtlich nicht gesagt hat, findet sie blöd, weil es auf Isis Kosten geht.

»Gut gemacht!« Kuni bringt Laura einen frischen Weißsauer. Eigentlich ist das nicht Kunis Job, für die Versorgung der Gäste wird jemand bezahlt, aber gut, so geht's auch. Sie prosten sich zu, dann schaut Laura auf die Uhr. Eine Gruppe aus der Hochzeitsgästekategorie »Beruf« hat ein Ehetauglichkeitsquiz für das Brautpaar vorbereitet, vor dessen Unterhaltungswert Laura Angst hat.

Bringen wir's hinter uns! Im Spiegel hat sie geübt, wie das Lächeln die Augen erreicht, auch wenn's nicht von Herzen kommt.

Ein früherer Kollege von Huberts Vater spricht sie an. Er ist irgendwas Wichtiges, seine Platzierung war Gegenstand von einigen Gesprächen, leider schaut er jetzt nicht sehr zufrieden aus. Er hat Fragen nach dem Ablauf, seine Frau steht neben ihm und nickt, wenn er spricht. Laura erklärt ihm, was geplant ist.

»Du redst aber viel«, fragt er verwundert, »ich mein ja nur, weil wir haben nämlich was vorbereitet.«

Natürlich, denkt Laura, rede ich grad, du hast mich ja was gefragt. Sie spricht weiter.

»Siegst, die lasst mich gar nicht reinreden, dieses Luader. Wegen unserem Geschenk ist es, wir wollen das ja auch offiziell überreichen, weil, eine Kleinigkeit ist es ja nicht.«

Er hat leise gesprochen, aber Laura kann nicht glauben, was sie grade gehört hat. Sie deutet auf den Geschenktisch und dreht sich zu Kuni.

Die hat ihr Handy in der Hand.

»Ich hab das auf Kamera. Musst nur Bescheid geben und ich mache es öffentlich.«

Laura lacht.

»Lass gut sein, die Isi bringt uns um. Aber heb's auf.«

Als Vorspeise gibt's frische Feigen mit Ziegenkäse und Honig oder Datteln im Speckmantel. Fred sitzt an dem Tisch, der im Eck steht, der mit den wild zusammengewürfelten Gästen. Dass sie mit dem Rücken zur Ehrentafel sitzt, ist wahrscheinlich besser so. Sie hat wirklich keine Lust, freie Sicht auf Marlis zu haben. Sie stellt sich den anderen Gästen vor. Die nicken ihr zu und stellen sich nicht vor. Na gut, dafür gibt's Tischkärtchen. Nur bei ihrem Platz steht keins. Die Gespräche am Tisch sind zäh, ganz im Unterschied zum Filet vom Österreichischen Almochsen an Thymianjus mit Kartoffelgnocchi und frischem Gartengemüse.

»Ich bin Hilde«, die Frau auf Freds linker Seite stellt sich schließlich doch vor, »Sie sind aus Wien?«

Die anderen am Tisch reißt es bei diesem Satz, Wien scheint ein Reizwort zu sein.

»Ja«, sagt Fred, »ich bin mit Huberts Schwester Marlis gekommen, aber ich kenne die Familie nicht, deshalb hab ich die Freude, bei euch zu sitzen.«

Fred merkt selbst, dass das jetzt irgendwie ironisch klingt. Na ja, sie hat ohnehin weder etwas zu verlieren noch etwas hier verloren. Das Pärchen gegenüber redet aufeinander ein, sie haben den Hotelschlüssel verlegt oder etwas Wichtiges im Hotel vergessen und jetzt gilt es, die Schuldfrage zu klären.

»Ah«, sagt Hilde, »Marlis.«

Drei Silben, die klingen wie ein mehrbändiger Fantasyroman mit ein paar Ungeheuern.

»Ja«, sagt Fred mit Nachdruck, »Marlis.«

Das Pärchen gegenüber wirft ein, was für ein perfektes Wetter das Hochzeitspaar doch bekommen hat. Aber Hilde ist noch nicht fertig. Bei der Rede des Trauzeugen, Inhalt: warum das Paar so gut zusammenpasst, blablabla, Fred, reiß dich zusammen, weder Hubert noch Isabella haben dir etwas getan, haben alle einen Grund, ungeniert zur Ehrentafel zu schauen. Hildes Blick bleibt konsequent auf Marlis gerichtet. Sie lehnt sich zu Fred und flüstert gut hörbar: »Exquisit, was Marlis heute trägt, wie immer eigentlich, das war auch schon früher so, dass sie ein Auge für das Außergewöhnliche hatte. Wo sie den Schmuck immer findet?«

Fred antwortet lächelnd: »Ja, einen ganz eigenen Stil, das hat sie, das ist ihr wichtig. In Wien kann man toll einkaufen, aber viel bestellt sie auch im Internet.«

Sie setzt an, um mehr zu erzählen, von der Wichtigkeit kleiner Labels, über Upcycling und überhaupt: immer nur Fast Fashion wie bei H&M, das macht ja die Welt kaputt. Aber da wird sie von Hilde unterbrochen, die wissend nickt und sagt: »Ah, natürlich, sie bestellt im Internet.«

Die Frau gegenüber lehnt sich hinüber und sagt: »Ja, stimmt, ich erinnere mich, da ist Marlis etwas über den Kopf gewachsen, damals, mit dieser Mitbewohnerin … Hat sie nicht in deren Namen in Versandhäusern bestellt und alle Mahnungen aus dem Postkasten geholt und verschwinden lassen?«

»Ja«, mischt sich ihr Mann ein, »da war sowas. Das hätte böse ausgehen können. Zum Glück hatte sie ja eine Familie, die sich kümmert.«

Seine Frau wirft einen abwägenden Blick auf Marlis, dann sagt sie zögernd: »Es scheint ihr gut zu gehen. Wo ihr Mann wohl ist? Dass sie in ihrem Zustand alleine so weit reist und zur Hochzeit kommt … Aber es wird schon einen guten Grund geben.«

»Hm«, sagt Hilde.

Fred sagt nichts. Warum auch. Wenn sie was sagen würde, dann am ehesten: Wien ist gar nicht so weit weg. Das ist keine Weltreise, man muss keine großen Strapazen auf sich nehmen, um mal vorbeizuschauen.

Als alle Torte gegessen haben und sich die Sitzordnung langsam auflöst, macht sie sich auf die Suche nach Marlis. Die ist nirgends zu sehen.

Da lässt Laura die Braut keinen Moment aus den Augen, um zu verhindern, dass sie gestohlen wird, schließlich ist sie nicht nur Weddingplanerin, sie ist auch die Trauzeugin, aber dann ist es der Hubert, der weg ist. Eben war er noch da, jetzt ist er nicht zu finden. Dabei wollen sich die ersten Gäste verabschieden. Isabella steht in ihrem Glanz in der Nähe des Geschenktischs und umarmt und dankt und schüttelt Hände.

»Wo Hubert ist? Ach, wahrscheinlich kurz vor die Tür, ich richte es ihm aus!«

Dazwischen wirft sie Laura hektische Blicke zu. Mach was, sagen die.

Aber was?

Fred langweilt sich. Sie kennt hier niemand, und Marlis bleibt verschwunden. Vorhin hat sie ein älterer Herr auf dem Weg zur Toilette aufgehalten und angesprochen:

»Junger Mann!«

Kauf dir eine Brille, hat sie sich gedacht, jung ist auch falsch. Der genauere Blick auf Fred war für den Herrn so verwirrend, dass das Gespräch gleich wieder vorbei war. Fred war das durchaus recht. Die Liveband ist nicht schlecht, aber momentan spielt sie vor allem verhatschte Liebeslieder, die anwesenden Pärchen kommen der Aufforderung zum Kuscheln vor Publikum motiviert nach. Die Hochzeit ist ein Erfolg, es wird gelacht und geplaudert. Die Leute, die keinen Spaß haben, sind selbst schuld. Leider gilt das auch für Fred.

Die Eltern des Bräutigams tanzen, das rührt Fred. Der Bräutigam ist so wenig zu sehen wie Marlis. Die Braut plaudert mit ihrer Schwester. Die Mutter stellt sich dazu. Obwohl sie sich nicht besonders ähnlich sehen, vor allem die Braut kommt eher nach dem Vater, ist die Familienzugehörigkeit nicht zu leugnen.

Sie ist schön. Ihr Kleid ist lang und schmal geschnitten. Vorne und hinten ein tiefer Ausschnitt, ein Einsatz aus Tüll sorgt dafür, dass sich die Braut unbekümmert bewegen kann. Goldschimmernde Spitze, den hauchdünnen, bodenlangen Rock aus Organza hat sie nach dem Eröffnungstanz abgelegt. Das Kleid hat das Essen und die Spiele überstanden, ohne Flecken zu bekommen. Keine schlechte Leistung, findet Fred. Ob sie immer so dünn ist, oder ob sie sich darauf freut, endlich wieder normal zu essen?

Ein Pärchen stellt sich zur Braut. Hände werden geschüttelt, Blicke werden geworfen. Die Braut zuckt mit den Schultern und lächelt. Strahlend, doch ihr Blick bleibt suchend. Sie wirft Schwester und Mutter Blicke zu, die beiden nicken und gehen in unterschiedliche Richtungen davon.

Fred schaut auf ihr Handy. *Wo bist du?*, hat sie vor geraumer Zeit an Marlis geschrieben. Keine Antwort. Wenn Marlis in den nächsten 15 Minuten nicht auftaucht, fährt Fred ins Hotel. Was soll's, sie geht sofort. Hier gibt es nichts für sie.

Das Hotel ist kein Hotel, es ist ein Apartment in der Nähe vom Tivoli, dem Freibad, in dem Marlis früher trainiert hat. Nicht weit von der Autobahnabfahrt. Bei der Ankunft in Innsbruck war Marlis in Plauderlaune. Sie hat von ihrer Jugend erzählt. Schwimmtraining, Freundinnen, Reisen nach Südtirol zum Törggelen, alles Idylle. Die erste WG, eine große Wohnung im Villenviertel, sie hat die Leute beim Einziehen nicht gekannt, aber das Zusammenleben genossen. Am Ende hätte es Reibereien gegeben, du kennst die Geschichte eh … Hilde fällt ihr ein.

Marlis hat nie ein Geheimnis draus gemacht, dass es vor ihrem Weggehen in Innsbruck Probleme gegeben hat. Ihre Mitbewohnerinnen hätten ihr Vorwürfe gemacht, haben behauptet, sie hätte die Miete kassiert und dem Vermieter nicht weiterüberwiesen. So viel Misstrauen! Bedeutungsvolles Schweigen, Fred hat nicht nachgefragt. Fred ist immer davon ausgegangen, dass alles ein großes Missverständnis gewesen war, dass die Vorwürfe nicht gestimmt haben.

Streit halt.

Die Familie hat unbedacht reagiert, vielleicht im ersten Moment die falschen Fragen gestellt. So hat sich Fred die Funkstille immer erklärt. Eigentlich hat sie nie wirklich darüber nachgedacht. Marlis ist nach Wien gezogen, zur Großtante, so ist das. Wenn sie ehrlich ist, hat sich Fred auch nie besonders für die ganze Geschichte interessiert. Warum auch? Sie wohnt bei Marlis. Sie überweist die Miete. Mit dem Geld kann Marlis machen, was sie will.

Wir werden nicht durch unsere Fehler definiert, höchstens dadurch, wie oft wir sie machen.

Fred seufzt. Sie ist müde. Gestern den ganzen Tag im Auto, heute den ganzen Tag unterwegs mit Leuten, die sie nicht kennt. Sie zieht sich aus. Wenn sie müde ist, stört es sie, dass alles weniger straff ist als früher. Ein ausgeleiertes Leben, scheint es ihr dann. Ausgetretene Pfade und für einen Spurwechsel fehlt ihr die Energie. Ist sie deshalb so zögerlich? Weil sie unzufrieden ist und Marlis ihr eine Veränderung nicht nur anbietet, sondern richtiggehend aufdrängt? Das sind Fragen für morgen. Heute ist nichts mehr wichtig, sie will nur noch ins Bett. Der Pyjama ist flauschig und wenn sie beim Zähneputzen die Augen schließt, ist alles schon weniger schlimm. Wie gestern macht sie es sich auf der Ausziehcouch bequem.

Aber dass Marlis einfach abhaut… Fred ist doch keine Requisite, die man ins Eck stellen kann, bis man sie wieder braucht!

Fred schläft tief, als die Tür aufgeht und Marlis reinkommt. Sie macht das Licht an. Fred setzt sich auf.

»Da bist du!«

»Wo denn sonst?«

»Ich hab dich überall gesucht!«

Fred starrt Marlis einfach nur an. Aber Marlis redet schon weiter.

»Auf der Hochzeit, ich hab nach dir gefragt, aber niemand hat dich gesehen gehabt.«

»Niemand hat mich gekannt, wie sollen sie mich denn dann sehen?«

»Stimmt nicht. Wie heißt die Schwester von der Isabella? Die Laura, sie hat sofort gewusst, von wem ich geredet hab.«

Fred zuckt mit den Schultern.

»Ich war die ganze Zeit auf der Party. Wo warst du denn?«, sagt sie müde.

Marlis macht die Tür hinter sich zu und setzt sich aufs Bett. Auch sie wirkt abgekämpft.

»Du weißt doch, wie mich die Hochzeit gestresst hat. Das war alles so konventionell. Und überhaupt. Der Hubert und ich, wir haben uns ja ewig nicht gesehen, ich hab mir gedacht, was ist schon dabei, wenn wir mal alles anders machen und nicht die Braut geklaut wird, sondern der Bräutigam.«

»Aber warum hast du mir denn nicht Bescheid gegeben?«

»Du hättest es mir ausgeredet.«

»Vielleicht. Vielleicht wäre ich ja auch mitgegangen.«

»Es war spontan.«

Marlis zieht sich die Schuhe aus. Ihre Füße sind geschwollen, die Riemen der Sandalen haben tief eingeschnitten. Fred will was sagen, aber sie will nicht sagen: Ich habe dich doch gewarnt. Marlis massiert sich die rechte Schulter.

»Es war unerträglich. Ich bin da alleine an der Ehrentafel gesessen und alle haben mich angeschaut wie ein Alien. Bis auf die Mama, die hat mich gar nicht angeschaut.«

»Hast du ihnen denn gesagt, dass du mit Begleitung kommst?«

»Ich hab dir doch gesagt, wie das war!! Mama hat mich ja gar nicht gefragt, sie hat mich einfach herbeordert, wie die brave Tochter, die ich immer sein muss. Und dann komme ich und statt einer Begrüßung …«

Marlis schreit fast. Es war ein langer Tag, denkt Fred, aber wenn sie ehrlich ist, war es das für sie selbst auch.

»Hast du ihnen denn nicht gesagt, dass du schwanger bist?«

Marlis schüttelt den Kopf.

»Hättest du dich nicht wenigstens gestern schon mit ihnen zum Abendessen verabreden können?«

Marlis schüttelt wieder den Kopf. Die Bewegung ist gleichzeitig halbherziger und vehementer als davor. Sie vergräbt das Gesicht in ihren Händen. Als sie Fred wieder anschaut, hat sie Tränen in den Augen.

»Auf welcher Seite bist du denn?«

Jetzt schüttelt Fred den Kopf.

»Nein, Marlis. Auf welcher Seite bist denn du? Hast du irgendwann heute auch mal an mich gedacht?«

Das Gespräch, das folgt, ist unerfreulich. Fred hat gewusst, dass Marlis laut werden kann. Sie hat nicht gewusst, wie laut sie selbst werden kann.

Es endet damit, dass Fred ihr Zeug in ihre Tasche stopft, die Schuhe ohne Socken anzieht und im Pyjama zu ihrem Fiat Panda läuft. Es gibt kein Gesetz, das besagt, dass man nicht im Pyjama auf der Autobahn fahren darf. Es gibt kein Gesetz, das besagt, dass man nicht auf dem Rastplatz schlafen darf, wenn man Angst hat, dass das Weiterfahren zu gefährlich ist.

Aber Fred schläft nicht.

Das war jetzt hässlich. Aber es muss nicht viel heißen. Fred hat schon Schlimmeres erlebt. Sie kann sich entschuldigen. Marlis kann sich entschuldigen. Na ja, unwahrscheinlich, aber vielleicht kann sie eine Entschuldigung annehmen. Aber will Fred sich überhaupt entschuldigen? Wofür? Dass sie nicht auf einer Hochzeit, zu der sie nicht eingeladen war und auf der sie niemanden kennt, sitzen gelassen werden will? Dass sie nicht überrumpelt werden will mit der Tatsache, dass Marlis schwanger ist und Unterstützung braucht? Nicht Freds Unterstützung, sondern einfach Unterstützung, und Fred steht grad zufällig in der Nähe. Das ist nicht, wie sich Fred Familie vorstellt.

Sie greift in ihre Tasche und fischt ihren BH raus. Sie ist noch beweglich genug, ihn unter dem Pyjama anziehen zu können, dann zieht sie das Oberteil aus und sucht nach einem T-Shirt. Sie findet Socken und zieht sie an. Die Pyjamahose kann bleiben. Als Fred jung war, war es ohnehin Mode, mit Großvaters Pyjamahose auf der Straße rumzulaufen, und sie läuft nicht, sie fährt. Wer sieht sie denn schon? Bei einer Tankstelle kauft sie sich Mineralwasser und ein Red Bull. Sie hört Musik. Die Playlist hat Milla für sie zusammengestellt. Als Angie Stone singt, muss Fred trotz allem lächeln.

Es ist Hochsommer, es dauert nicht lang, bis es hell wird.

In Sankt Pölten bekommt sie eine SMS: *Ich bleibe ein paar Tage hier. Wenn ich zurückkomme, hast du dein Zeug gepackt und bist aus der Wohnung draußen.*

Kahlschlag

Fred ist schon seit langem völlig verblüfft, was Menschen als leistbar betrachten, wenn es um die Realisierung ihrer Wohnträume geht. Die Wohnungspreise sind auch in Wien ins Rutschen gekommen, wie ein Hang bei Starkregen. Vierstellige Beträge im Monat, überhaupt kein Problem. Als wäre eine schöne Wohnung ein Garant für Gesundheit und eine gelungene Karriere. Gib mir ein Penthouse und schon läuft's bei mir! Schon vor Jahren hat Fred eine klare Rechnung gemacht. Niedrige Fixkosten = großer Spielraum. Aber dass sie den Spielraum jetzt braucht, um überhaupt irgendwie über die Runden zu kommen, ist eine Niederlage. Noch so ein bodenloses Gefühl.

Das Fenster geht auf den Gürtel. Drei Spuren Stadtautobahn, eine U-Bahn, die überirdisch fährt, Radwege, Bäume, danach die Stadtautobahn in die andere Richtung. Viel Sonnenlicht, obwohl sie im ersten Stock wohnt. Dank Lärmschutzfenstern kann man schlafen, versichert die Vermieterin. Ein Zimmer mit Platz für einen Schrank, ein Bett, mehr als 120 cm breit darf es nicht sein, einen Tisch und ein Bücherregal.

»Mit der Zeit wird das Bücherregal ziemlich dreckig, aber na ja, wenn sie länger bleiben, dann müssen S' halt alle paar Jahre gründlich putzen«, sagt die Vermieterin. Die schätzt das korrekt ein. Sie muss die Wohnung nicht schönreden, damit Fred den Vertrag unterschreibt.

Nach Marlis' SMS ist sie erstmal heimgefahren und hat ein paar Stunden geschlafen. Dann hat sie Sabrina angerufen. Die hat sie sofort auf einen Kaffee eingeladen und den Kopf geschüttelt.

»Hast keinen Mietvertrag?«

»Doch, aber das bringt doch nichts.«

Sabrina nickt zustimmend. Sie denkt kurz nach, dann holt sie ihren Filofax raus, Sabrina schwört auf ihren Filofax, das ganze Digitale, das ist ihr zu unübersichtlich. Sie blättert, ihre Stirn wirft Falten, sie kratzt sich hinter dem Ohr. Dann schreibt sie Fred zwei Telefonnummern auf und sagt: »Ruf da an.«

Nach einer kurzen Pause fragt Sabrina: »Hast du Geld?«

Fred schweigt. Schließlich winkt sie ab. »Kommt drauf an. Ob das Auto repariert werden muss. Und wie hoch die Kaution ist. Welche Möbel ich brauch.«

»Du hast also kein Geld.«

Fred lächelt: »Sabrina. Das sagt man so nicht.«

Sabrina lacht. »Wenn ich immer nur gesagt hätte, was man halt so sagt … Hast du die Bilder noch, die von mir?«

Fred nickt.

»Alles klar. Lass uns gehen.«

Sie schüttelt den Kopf, als sie das Kellerabteil sieht. Aber als sie die Kisten sieht, in denen Fred die Bilder gelagert hat, beruhigt sie sich wieder. Zum Glück hat das Haus einen Lift. In Marlis' Wohnzimmer macht Sabrina jedes Licht an, das sie finden kann. Dann nimmt sie die Bilder der Reihe nach in die Hand und begutachtet sie. Am Ende des Prozesses zeigt sie auf drei Bilder.

»Die bringst du zu mir, ich verkauf die für dich. Mit denen«, sie zeigt auf die große Mehrzahl der Bilder, »kannst du machen, was du willst. Behalten, verschenken, auf willhaben verschrotten, übermalen, deine Entscheidung.«

Sie schaut Fred an.

»Kannst dich erinnern?«, sie zeigt auf ein Bild, abstrakt, in Grautönen, »das ist von Elfe Koplinger. Wie sie nach der Vernissage erzählt hat, dass sie fast Häkelfräulein geworden wäre? Häkelfräulein, was für ein Wort! Das war einmal ein Beruf. Eine einzige Lehrerin wollte, dass sie weiter auf die Schule geht, vielleicht auch studiert.«

Fred kann sich erinnern.

»Wie sie ihren Mut zusammengenommen hat und es am Esstisch zur Sprache gebracht hat? Weißt noch, wie sie das erzählt hat? Eine Handbewegung vom Vater und die Sache war gegessen. Zum Glück haben sich die Zeiten geändert, ein bisschen zumindest.«

Sabrina legt das Bild zur Seite und zeigt auf ein anderes.

»Pass auf, das ist wichtig. Das Bild hier behältst du, ganz egal, was passiert. Und wenn du es nicht mehr behalten kannst, kommst du zu mir. Dieses Bild ist deine Altersvorsorge.«

Das Bild schaut relativ unscheinbar aus. Es ist nicht besonders groß und auf den ersten Blick hat Fred Schwierigkeiten zu sagen, was es eigentlich darstellt. Sabrina schaut sie streng an: »Vertrau mir. Noch ist es nicht viel wert, aber sie ist ein Geheimtipp bei den richtigen Leuten. Ich sag's dir, in ein paar Jahren bekommt sie den Pavillon auf der Biennale.«

Das Bild hängt jetzt über Freds Bett. Daneben ein Foto von Milla. Das hat Milla bei ihrem ersten Besuch selbst dort hingeklebt.

»Damit du nicht vergisst, meine Musik zu hören. Wenn ich erst mal auf Spotify bin, brauch ich jeden einzelnen Stream.«

Als Milla das sagt, sitzt sie auf Freds Bett, das diese jeden Tag mit Polstern und Tagesdecke in eine Couch verwandelt.

Fred wird heiß. Dann ist sie schon wieder alleine in ihrer Wohnung.

Den ständigen Strom von Autolichtern in der Nacht findet Fred beruhigend, die Krankenwägen mit Blaulicht, die die letzte Chance zur Beschleunigung nützen, bevor sie in die Einfahrt des Allgemeinen Krankenhauses abbiegen, hingegen nicht. Gegen die Beschallung durch die Disko im Keller helfen auch die Lärmschutzfenster nicht. Das Schlimmste in der Wohnung ist allerdings die Kochplatte. Fred hat es immer gehasst, für sich alleine zu kochen, wahrscheinlich hat sie auch deshalb so lange mit Marlis zusammengewohnt. Aber hier, in dieser Wohnung, gibt es keinen Platz für Gäste. Hinter der Kochplatte im Vorzimmer montiert Fred einen Spiegel, auch wenn sie weiß, dass sie das jedes Mal beim Putzen bereuen wird. Aber was ist die Alternative? Der Spiegel stemmt sich gegen die Enge.

Fred denkt lieber nicht darüber nach, ob sich die Patina aus Abgasen vom Gürtel bald auch auf ihrer Lunge finden wird. Auf ihrer Haut, in ihren Gelenken und in ihrem Herzen hat sich auf jeden Fall etwas verkrustet. Aber so ist es jetzt. Was nützt es, darüber verzweifelt zu sein? Sie hat sich Sabrinas Lieferwagen ausgeliehen. So wenig kann man gar nicht besitzen, dass es in einen Fiat Panda passt. Die Gesamtsumme ihrer Existenz hat sie zuerst in Sabrinas Lager gebracht und die nächsten Nächte bei Freundinnen geschlafen, bis sie ihre Miniwohnung am Gürtel beziehen konnte. Als sie alles in die Wohnung gebracht hat, hat sie die Hälfte gleich wieder rausgetragen. Wer braucht Bücher, wenn die Hauptbücherei ein paar U-Bahn-Stationen entfernt ist? Wenn sie die breiten Stufen zur Bibliothek hochsteigt, denkt sie an Marlis. Nachdem sie die Bücherei betreten hat, nicht mehr.

Im Schrank muss nicht nur ihre Kleidung Platz finden, sondern auch alles andere. Immerhin ist das Bad groß genug für eine Waschmaschine, aber wenn sie den Wäscheständer aufstellt, ist die Wohnung voll. Staubsauger hat sie keinen. Aber hey, Kehren und Feuchtwischen spart Platz und macht auch sauber. Wenn sie jedes Mal etwas wegschmeißt, wenn sie was Neues kauft, kann sie in der Wohnung ein paar Schritte machen.

Sie hat Marlis die Schlüssel in einem Kuvert in den Postkasten geworfen. Was für ein Jahr, denkt sich Fred, ständig werfe ich Kuverts mit Schlüsseln in einen Postkasten und dann nimmt mein Leben eine neue Wendung. Zuerst wollte sie nicht mal eine Karte beilegen.

Marlis braucht nicht glauben, dass sie die Einzige ist, die wütend ist.

Aber als sie sich in ihrem leergeräumten Zimmer umsieht, wird ihr klar, dass es das war. Da kommt nichts mehr. Das ist abgeschlossen. Was gesagt ist, ist gesagt, was ungesagt ist, bleibt ungesagt. Es geht ein Ruck durch sie. Das hier hat nichts mehr mit Fred zu tun. Das hier ist fertig.

Sie kramt in der Wohnung, bis sie eine bunte Karte findet, gut gelaunt und ohne tiefere Bedeutung. Irgendein Blumenbouquet, wahrscheinlich war sie dem Spendenaufruf einer NGO beigelegt. *Dir alles Gute*, schreibt sie. Dann ergänzt sie: *Euch beiden alles Gute.* Fast hätte sie hinzugefügt, dass Marlis sich an sie wenden kann, wenn sie was braucht. Bloß nicht in alte Gewohnheiten verfallen. Fred zieht die Tür hinter sich zu. Es hat nicht geklappt mit dem Platz im Leben, mit dem vorsichtigen Wurzelnschlagen. Worüber soll sie sich ärgern? Dass sie es versucht hat? Dass sie sich getäuscht hat? So viele Leute haben Angst vor Entscheidungen, vor allem vor falschen. Die Leute denken, Fehler machen ist wie: alles zu Ende, alles abgetan, das war's. Jeder Tag ein Endspiel, jede Kleinigkeit hat so viel Bedeutung, als hätte man alles auf eine Karte gesetzt. Freds Motto: Keine Angst vor Reue, keine Was-wäre-wenn-Nostalgie, der Blick in den Spiegel allerdings, der ist wichtig. Könnte ja Zahnpasta auf der Wange kleben.

Fred hat ein neues Kapitel aufgeschlagen, aber in der Nacht liegt sie oft wach und kann nicht schlafen vor Wut.

Neuer Tag. Bevor Fred die Wohnung verlässt, sucht sie im Spiegel hinter der Kochplatte zwischen den Fettspritzern sich selbst: Du kannst das. Es ist zu schaffen. Schau dich an, wie verwittert du bist, und das ist die gute Nachricht. Dich wirft nicht so schnell etwas um. Du hast Freundinnen, die haben Küchen, in denen du kochen, backen und bewirten kannst. Du wirst gebraucht. Wenn dir die Wohnung zu klein ist, kannst du dich immer in deinen Fiat Panda setzen und einfach drauflosfahren.

Es geht nicht um heute, es geht um das große Ganze. Es geht um den nächsten Schritt. Wer hilft dir, wenn du es brauchst? Du selbst!

Milla spielt heute im Werk, einer Location am Donaukanal mit Bühne im Gastgarten. Als Fred das Haus verlässt, ist die Hitze wie eine Wand. Der Sommer treibt alle, die Zeit haben, in die Freibäder und an die Alte Donau, und alle, die arbeiten müssen, in die Verzweiflung. Auch am Abend liegt die Luft schwer über der Stadt. Als wäre Wien Teil eines ökologischen Experiments, Biosphere Vienna – Dunstglocke mit Walzerklang.

Bei der U-Bahn-Station ein Kebabstand, davor stehen Menschen und trinken Bier. Das Fleisch dreht sich schwitzend und ist schon ziemlich knusprig gebraten. Bewundernd beobachtet Fred den … Koch? … Verkäufer? … Standler? Was für eine harte Arbeit: im Winter kalt, im Sommer heiß und immer in Kontakt mit den Menschen, die Wien legendär gemacht haben. Diese grantigen, besserwisserischen, vor sich hin schimpfenden Menschen, die ihr Herz auf der Zunge tragen und die diese Zunge, wenn sie bisschen rauschig am Gürtel stehen, dringend jemandem in den Hals stecken wollen.

Hupen ist das neue Blinken und dann die nächtlichen Straßenrennen mit geleasten Angeberautos. Tagsüber ist in den Rotphasen die Kreuzung verstopft, weil, ob Platz ist, ist mir egal, ich fahr bis zum Anschlag und dann steh ich halt dem Querverkehr und seiner Grünphase im Weg. Du willst mir deppert kommen? Kein Ding, ich dreh das Autoradio auf laut und dann gangstarap ich dir meine Meinung ins Gesicht, bis du mit den Wangen schlackerst. Phonetisch gibt die Stadt echt was her. Ein Auto hupt. Ein Mann hebt sein Bier und schreit dem Auto hinterher.

»Was wüllst, Gschissener!«

Daneben ein Dude, der mit sehr kurzen Shorts bekleidet, dafür mit Boombox, Bier und roten Ledersneakers am Gürtel sitzt und laut »I am from Austria« hört.

Schnell weiter. Am Donaukanal wird Fred es aushalten können, vorausgesetzt, sie hat den Gelsenspray nicht vergessen.

Sie ist verschwitzt, als sie ankommt, aber egal, alle anderen sind es auch. Connie ist da, das Mädchen, das im Waldviertel mit dabei war, ist da. Sogar Rosa ist gekommen. Sie sitzt neben … ist das die Bloggerin, die mit Milla das Interview im Joplin gemacht hat? Sie ist erleichtert, als Connie ihr zuwinkt.

»Setz dich zu uns. Milla ist drinnen und bereitet sich auf den Gig vor.«

Fred bestellt einen weißen Spritzer. Es ist einfach zu heiß für Weizenbier. Das Leben geht weiter.

Alles auf Anfang

»Und jetzt?«, fragt Hilde, als Laura ein paar Tage nach der Hochzeit in die Kanzlei kommt. Isabella und Hubert sind auf Hochzeitsreise, die Kanzlei hat eigentlich zu. Hilde hält die Stellung. Laura will sichergehen, dass alles korrekt abgewickelt wurde und alle ihr Geld bekommen haben. Sie will nicht, dass Isi und Hubert von ihrer Reise zurückkommen und von einem Stapel Mahnungen überrascht werden. Aber Hilde hat natürlich recht, es gibt hier nicht mehr viel für Laura zu tun.

»Jetzt mach ich mal Kaffee«, sagt Laura.

Hilde nickt. Ihr Blick bleibt fragend. Laura weiß selbst nicht, ob sie gekündigt ist oder ob Hubert weiterhin Beschäftigung für sie hat. Was sie sicher weiß: Sie hat genug.

Zeit für was Neues. Sie ist stolz. Sie will es selbst schaffen und sich dabei nicht in die Karten schauen lassen. Ob sie ihren Lebenslauf um »Erfahrung als Wedding Planerin« erweitern soll? Eher nicht, bei Nachfrage würde schnell klar werden, dass die Braut ihre Schwester war. Teilzeit in der Administration einer Anwaltskanzlei klingt langweilig und seriös, da fragt niemand nach.

Dann ruft Kuni an. Sie grüßt nicht, sie kommt gleich zur Sache: »Baggersee?«

»Fix«, sagt Laura und greift nach ihrem Longboard.

Zum Glück gibt's Fahrtwind. Langsamer darf sie nicht werden, denn dann hat sie die Haare im Gesicht. Sie taucht an und der Rückenwind hilft ihr beim Schwungholen. Was gibt's Besseres, als wenn deine Bewegungen entspannt und fließend aus der Körpermitte kommen? Der perfekte Moment.

Das Rattern der Räder ändert sich. Der Asphalt ist nicht überall gleich glatt. Der Fahrtwind kühlt ihren Schweiß, aber Lauras Gänsehaut kommt daher, dass sie sich freut. Der Sommer ist noch nicht ganz vorbei. Alle, die sagen, dass sie sich etwas überlegen muss, haben recht, aber jetzt, nach der Hochzeit, kann Laura endlich den Sommer genießen, ein letztes Mal lange Sommerferien haben, oder, wie Kuni sagt: »Das sind keine Ferien, das ist vorlesungsfreie Zeit.«

Welches Eis? Die eine Sorte weiß Laura noch nicht, die andere ist Pistazie.

Kuni wartet schon. Sie ist braungebrannt. Den ganzen Sommer schon ist der Baggersee ihr Wohnzimmer. Wie immer liegt ein Stapel Bücher neben ihr. Vorlesungsfreie Zeit heißt in ihrem Fall nicht, dass nichts gelesen wird. Ohnehin geht die Uni bald wieder los. Laura legt ihr Badetuch neben das der Freundin.

»Ich muss erstmal ins Wasser.«

Kuni bleibt im Schatten. Als Laura aus dem Wasser kommt, tropft sie absichtlich auf Kunis Rücken. Die quietscht, aber als Laura ihr die Hand auf den Rücken legt, um das Wasser wegzuwischen, stellt sie fest, dass Kuni ganz schön glüht!

»Du verbrennst ja!«

Kuni dreht sich um und lächelt sie an.

»War niemand da, der mir den Rücken einschmiert. Jedenfalls niemand, dessen Angebot ich annehmen wollte.«

Sie drückt Laura die Sonnencreme in die Hand. Den Kopf hat sie auf die Unterarme gelegt. Laura verteilt Creme auf ihrem Rücken.

»Hast du's mitbekommen?«, Kuni hebt den Kopf und schaut Laura an.

»Was?«

»Bei dem Dings, wo du einreichen wolltest, die Katharina Cibulka hat dort ein Projekt bewilligt bekommen.«

Laura hat völlig auf die Einreichung vergessen. Sie hat selbst nicht mitgemacht, sie hat nicht verfolgt, wie das dann weitergegangen ist.

»Wer ist das?«

»Die Cibulka? Das weißt du doch, Laura, ich erzähl dir doch immer über sie. Die Künstlerin mit dem Dürerblick im Innufer. Die, die letztes Jahr den Dom mit dem Spruch ›Solange Gott einen Bart hat, bin ich Feminist.‹ verhängt hat, in Kreuzstich. Wir waren doch dort!«

»Ach, die.«

Laura verschmiert die restliche Sonnencreme auf Kunis Waden. Ihre eigene Haut ist noch zu nass dafür.

»Ich hab mich entschieden, ich schreib meine Bachelorarbeit über sie. Hab meine Professorin schon um einen Termin gebeten, damit ich ihr das Thema vorstellen kann.«

»Hm«, sagt Laura, aber sie ist nicht ganz bei der Sache.

»Melanie kommt bald wieder.«

»Hätt ich nie gedacht, dass sie es so lange auf der Alm aushält.«

»Ja, die Liebe!«

»Kommt Matti auch schon?«

»Nein, der bleibt bis zum Ende. Aber fast drei Monate sind genug, hat Melanie gesagt.«

Laura legt sich auf den Rücken und starrt in den Himmel. Sie setzt sich auf und sieht sich um. Manche Leute kennt sie, aber sogar, wenn du immer in Innsbruck gelebt hast, gibt es hier noch jede Menge zu entdecken. Sie holt Stift und Skizzenblock aus der Tasche und beginnt zu zeichnen. Irgendwann gelingt ihr die Nordkette.

»Wann ist dein Bewerbungsgespräch?«

»Ich steh vor der Tür.«

»Das schaffst du locker!«, sagt Isabella. Sie ist noch in den Flitterwochen, aber sie hat versprochen, erreichbar zu sein, wenn Laura sich vorstellen geht. Die Idee für den Job kommt von Gregor. Teilzeit arbeiten und nebenbei Zeichenkurse, vielleicht auch eine Ausbildung zur Graphic Designerin. Die Firma ist nicht direkt eine Werbeagentur, aber viel fehlt nicht.

»Du bist toll, die Firma kann froh sein, wenn sie dich anstellen dürfen.« Beste Schwester. Nur eben keine Ahnung mehr, wie schwer das alles ist. Erfolgsverwöhnt ist Isi. Das Angebot aus München war so attraktiv, dass sogar der Hubert dafür war, dass sie es annimmt, zumindest vorerst.

Laura versucht, das Lächeln in Isis Stimme in das eigene Gesicht zu transferieren. Sie atmet durch und öffnet die Tür. Das Büro liegt in einem Gewerbegebiet am Fuß des Berg Isel. Nebenan gehen Frauen mit besorgten Gesichtern zum MRT. Gegenüber ein Parkplatz, daneben die Autobahn.

Erster Eindruck: ganz schlimmer Teppich. An der Wand hängt »Kunst«. Die Zimmerpflanzen vibrieren, als stünden sie unter Strom. Hier hat jemand einen grünen Daumen. Die Sekretärin trägt Seidenstrümpfe und sehr vernünftige Hausschlapfen und lächelt Laura an.

Eine Tür öffnet sich und eine Frau im Business-Zweiteiler mit sorgfältig gelegten Wellen kommt raus. In ihrem Rücken eine Stimme: »Wir melden uns bei Ihnen, Frau …«

Gutes Zeichen! Der Chef hat sich ihren Namen nicht gemerkt. Oder ein schlechtes Zeichen: Er hat schon so viele Interviews mit hochqualifizierten Menschen geführt und ist klug genug, ein potentielles Fettnäpfchen zu vermeiden. Lauras Knie sind ein bisschen weich. Es ist ein Erfolg, dass sie zum Gespräch eingeladen wurde, aber was, wenn sie nur eingeladen wurde, weil Gregor ihr die Tür aufgemacht hat?

Im Zimmer des Chefs riecht es nach Raumparfum. Er erinnert Laura sofort an ihren Chemielehrer in der Oberstufe. Der hat sie gehasst. Sie atmet flach und verheddert sich, als sie der Chef, Karl-Manuel Mair, nach Details in ihrem Werdegang fragt.

Reiß dich zusammen, Laura. Wenn du so rumstotterst, glaubt er dir nie, dass du richtig gut darin warst, Kiachln und Glühwein am Christkindlmarkt zu verchecken! Neben anderen Highlights! Von Hubert hat sie ein hymnisches Empfehlungsschreiben bekommen. Kein Wunder. Sie hat es selbst geschrieben und dann Hilde gefragt, ob das so passt. Aber die Stadt ist klein. Wahrscheinlich weiß Karl-Manuel Mair, dass der Hubert ihr Schwager ist. Vielleicht auch nicht, bei der Hochzeit war er nicht.

Verzweifelt lässt sie ihren Blick durch den Raum wandern. Irgendwo muss doch ein Hebel sein. Sie will gar nicht viel. Sie will einen Aufschub. Sich noch nicht für immer entscheiden müssen, was sie macht. Zeichnen und dabei nicht der Mama auf der Tasche liegen. Dem Konrad sein Geld würde sie nehmen, aber da liegt kein Angebot vor. Aber das kann Karl-Manuel Mair ja egal sein. Seine Hosen sind akkurat gebügelt, dabei ist es schon nach Mittag. Seine Hände sind ausgesprochen gepflegt. Er blättert in den Unterlagen. Dann schaut er hoch. Er mustert Laura.

Auf seinem Schreibtisch steht ein Obstkorb. Weit und breit keine Fruchtfliege. Die Kabel zu den Verteilersteckern sind sauber zusammengerollt und mit bunten Kabelbindern verschnürt. Die Zimmerpflanze schaut auch hier bestens versorgt aus. Der Chef räuspert sich. Das läuft das Gegenteil von gut. Laura ist schon abgeschrieben, da ist sie sich sicher, aber dann findet sie den Hebel doch noch.

»Ist die Broschüre bereit für den Druck?«

Sie zeigt auf die farbig ausgedruckten Seiten, die neben dem Obstkorb liegen. Vielleicht eine Broschüre zu einem Firmenjubiläum, jedenfalls liegt ganz oben eine Seite, die nach Vorwort aussieht. Mit dem Bild von Herrn Mair, der im Bürosessel sitzt. Genau wie jetzt. Er lächelt herzlich in die Kamera. Sie lächelt zurück.

»Weil ›okay‹ draufsteht … Ich wollt nur fragen …«

Ihr Gegenüber schaut sie abwartend an.

»… na ja, da, in Ihrer Hand, das ist doch eine Banane?«

Die Hose im Bild hat den gleichen Farbton wie die Hose, die er heute trägt. Ein Beige, zu dem Laura nichts einfällt. Die Hand, die stolz eine Banane hält – stimmt, eine Banane ist ein sehr vernünftiger Snack für zwischendurch –, die Hand liegt in seinem Schoß. Die Banane sieht aus wie ein sichelförmiger gelber Penis. Der Mann, von dem Laura sich wünscht, dass er ihr Chef wird, schaut sie an. Laura wird rot. Er schaut aufs Bild. Dann wird er rot.

Die Sekretärin im Vorzimmer heißt Rita. Karl-Manuel Mair stellt Laura mit den Worten vor: »Rita, das ist Laura. Sie hat einen frischen Blick fürs Detail. Ich bin sicher, sie wird uns eine große Unterstützung sein.«

Laura fühlt sich ein bisschen betäubt, als sie vor der Tür steht. Ihr Blutzucker stürzt ab. Sie hat jetzt wirklich Lust auf eine Banane.

Diesmal trifft sich die Familie nicht im Schöpfgeierhorst. Isabella und Hubert sind aus den Flitterwochen zurück. Das wöchentliche Familienessen findet in ihrer Wohnung statt.

»Hoffentlich gibt's nicht nur Rohkost«, murrt Laura.

»Sicher nicht«, lacht ihre Mama, »die Hochzeit ist vorbei, die Isi isst jetzt wieder normal.«

Im Wohnzimmer ist der Esstisch festlich gedeckt.

»Wir müssen schließlich das ganze Geschirr verwenden, das wir zur Hochzeit geschenkt bekommen haben.«

Isabella schaut erholt aus. Hubert fragt sie nach den Getränkewünschen, danach schickt er Isi in die Küche, Getränke holen.

Laura und ihre Mama fragen nach der Reise.

»Schon klar, eine Hochzeitsreise nach Sizilien, das klingt nicht so kompliziert. Aber wir hatten nur eine Woche Zeit, wir wollten keinen mehrstündigen Flug auf uns nehmen, das ist ja sinnlos.« Hubert holt beim Erzählen gern ein wenig umständlich aus.

»Ach, komm, Hubert. Amerika holen wir nach, aber, ihr wisst ja, München ruft ...«, Isabella lächelt unbekümmert. Es scheint kein heikles Thema zu sein.

Vor Planung der Flitterwochen hat Isabella bei ihrem neuen Arbeitgeber nachgefragt, ob sie ihren Arbeitsantritt zwei Wochen nach hinten verschieben könnte. Das könne sie halten, wie sie wolle, aber sie müsse sich überlegen, welchen ersten Eindruck sie im Team hinterlassen wolle, so die Antwort. Ob Isabella zuerst den Hubert oder das Reisebüro angerufen hat, ist nicht überliefert.

Hubert ist unruhig und gibt seiner Frau deutliche Signale. Isi steht auf und holt ihm ein frisches Bier aus der Küche.

»Ich lass dich ja gehen«, sagt Hubert und legt den Arm um ihre Hüften, »aber an den wichtigen Terminen kommst mir schön heim, oder, Schatzerl?«

Er stellt das Bier, das Isi ihm gerade in die Hand gedrückt hat, ab und legt seine Hand auf ihren Bauch. Sein Lächeln ist vielsagend und auf eine gesellschaftlich sehr anerkannte Art lüstern. Isi legt kurz ihre Hand auf seine, dann dreht sie sich aus der Umarmung und setzt sich auf ihren Platz.

»Apropos, Arbeit«, sagt sie dann gedehnt und schaut Laura an. Dann macht sie eine Pause und blickt hilflos zwischen Hubert und ihrer Mutter hin und her.

»Meinst du meine Arbeit?«, fragt Laura.

Isabella überlässt die Antwort ihrem Gesicht. Dort zuckt es. Ist Isi nervös? Hat die Mama ihnen noch gar nichts gesagt?

»Meinst du meine Arbeit beim Hubert?«, fragt sie schließlich.

»Ja, weißt du«, Hubert ist das Gespräch so unangenehm wie seiner Frau, »jetzt, wo die Hochzeit vorbei ist, nochmal vielen Dank für deine tolle Arbeit, es war …«

»Ja, toll war es, Laura, du kannst wirklich stolz auf dich sein«, Isabella lächelt, »aber …«

»Wollt ihr mich kündigen?«

Isabella wird rot.

»Beim Familienessen?«

Hubert räuspert sich.

»Na ja, nicht direkt, wir müssten halt schauen, ob und wie wir dich in die Abläufe der Kanzlei einbinden können. Hilde hat das ja schon sehr gut im Griff, insgesamt.«

Laura lacht. Das gibt's doch nicht? Die wollen sie kündigen? Beim Essen?

»Jetzt sei nicht so«, meint Isi, »es war doch klar, dass das nicht für immer ist.«

»Was Laura sagen will …«, greift ihre Mutter vermittelnd ein.

»Du inskribierst? Auch Jus? Dann kannst du deine Praktika natürlich beim Hubert machen!«

Ach, Isi. Das Telefonat schon vergessen? Oder gar kein Vertrauen in die kleine Schwester.

»Ich hab doch schon einen neuen Job«, murmelt sie.

»Was?«

Aber das bleibt nicht das einzige Fettnäpfchen, in dem Lauras Schwester an diesem Abend landet. Vor dem Dessert überreichen Isi und Hubert Laura ganz feierlich einen Umschlag.

»Das ist für dich.«

Laura macht ihn auf. Ein Gutschein, natürlich. Echt jetzt? Weiß Isi eigentlich, wer ihre Schwester ist?

Alle tun immer so, als wäre Wien eine Melange aus Grant und Gemütlichkeit. Von wegen gemütlich! Alle haben es immer überall eilig. Auch Fred steht unter Strom. Sie ist in der Stadt unterwegs. Sie ist überall, wo es Schatten gibt: Alte Donau, Innenhof des WUK, mit einem Buch in der Tasche im Park, sie treibt durch die Stadt. Wie auch nicht, wenn man in einer Schuhschachtel mit Blick auf eine Autobahn lebt. Wenn es gar nicht auszuhalten ist, setzt sie sich in ihren Fiat Panda und fährt aus der Stadt raus. Wie das im Winter werden soll, wenn es draußen kalt und grau ist? Wenn Freizeit wieder Geld kostet?

Aber der Winter ist eine Sorge von morgen, jetzt ist Herbst.

Dass Sabrina sich herablässt, mit ihnen im Auto nach Kärnten zu gondeln, ist ein Zeichen dafür, wie neugierig sie auf Milla ist. Ihr normaler Style ist ÖBB, erste Klasse. Hier im Fiat Panda fällt sie beinahe auf, mit ihrem pistazienfarbenen Jumpsuit, der, da ist Fred sich sicher, so knitterfrei ist wie ihre Haut. Am Rücksitz sitzen Milla und Connie und blödeln rum.

An der Raststation am Semmering machen sie die erste Rauch- und Pinkelpause. Es wird nicht die letzte sein. Milla raucht voller Genuß.

»Ma, ich sag's dir«, meint sie, »das wird schwierig, wenn im November jetzt das Gesetz kommt. Ich versteh's eh, ich bin eigentlich sogar dafür, aber nach einem Gig keine mehr rauchen können?«

»Kannst ja vor die Tür gehen«, sagt Sabrina. Fred freut sich drauf. Sie hat überhaupt keine Lust mehr, ihre Kleider nach jedem Lokalbesuch waschen zu müssen, weil sie nach kaltem Rauch stinken. Aber das ist eine Meinung, die sie gern für sich behält. Sie hat keine Lust auf Diskussionen. An heute will sie nur gute Erinnerungen haben. Freds Freundin Silvia und Sabrina haben sich zusammengetan, um Großes möglich zu machen. Milla tritt im Rahmenprogramm einer Ausstellung auf, von der Sabrina einen Teil kuratiert hat. Silvia hat sich schlaugemacht und beim Kulturamt nicht nur das Geld für Fahrtkosten, Hotel und Gage aufgetrieben, sondern sogar genug Geld für einen Auftragstext.

Der Auftritt ist in einem Park in der Innenstadt, aber Milla will davor unbedingt zum Wörthersee.

»Smile«, schreit Connie. Milla grinst, Fred schaut hoch und muss lachen. Manchmal hat sie den Eindruck, bei Milla und Connie ist das Handy angewachsen. Aber heute hat Connie eine gute Ausrede. Sie hat Millas Insta-Account übernommen. Content, Content, Content, lass die Herzen fliegen.

»Hm«, sagt sie und lässt die Finger über den Display fliegen, »was schreib ich? Ah, ich weiß: Nur Liebe für Freddie-alles-checkt.

Auf der Fahrt vom Wörthersee in die Stadt sitzen Milla und Connie auf dem Rücksitz über ihre Handys gebeugt. Sie unterhalten sich leise.

»Darf ich dich was fragen, Fred?«, sagt Connie.

Fred nickt.

»Haben Marlis und du Streit?«

Sabrina dreht sich um und macht verzweifelte Zeichen: Falsches Thema, bitte gehen Sie weiter, hier gibt es nichts zu sehen. Aber Sabrina täuscht sich. Es ist ein heikles Thema, aber Fred ist froh, dass jemand fragt.

»Wie kommst du darauf?«

»Na ja, sie hat alle Fotos geliked, außer das eine, auf dem du drauf bist.«

Sabrina hustet leise. Vielleicht lacht sie auch. Vielleicht beißt sie sich auch mit aller Kraft auf die Zunge, um nicht damit rauszuplatzen, was sie denkt. Über Marlis, zum Beispiel.

»Ja, wir haben Streit«, sagt Fred, »es ist eine lange Geschichte.«

»Fred wohnt nicht mehr bei Marlis«, mischt sich Sabrina ein, »und ich persönlich finde, das ist eine gute Sache.«

Wie Fred das sieht? Sie vermisst die Küche, sie vermisst das gemeinsame Essen. Vermisst sie Marlis? Wahrscheinlich auch. Im Moment nicht. Im Moment kocht sie vor Wut. Was für ein selbstgerechtes Zurschaustellen der eigenen Verletztheit! Was für ein Reinziehen der Bekannten in den Streit! Ich hab Connie zuerst gekannt, ich hab dich überhaupt vorgestellt, was fällt dir ein, mich auf Insta zu blocken und dann mit deinen Likes Connie zu zwingen, über uns nachzudenken!

Es hilft nicht, dass es im Auto viel zu heiß ist. Sie muss einen Parkplatz mit Baumschatten finden, aber in der Innenstadt? Da kann man schon froh sein, wenn man überhaupt wo parken kann. Aber wenn sie vor dem Gig was essen wollen, muss sie in die Stadt reinfahren. Alle aussteigen lassen und dann cruisen, bis sie einen Schattenparkplatz gefunden hat? Nein, Auto parken, wo auch immer und dann erst wieder einsteigen, wenn die Nacht Abkühlung gebracht hat.

Später steht sie neben Sabrina im Schatten und trinkt eine eiskalte Limo, die ihr Silvia gebracht hat. Milla und Connie bereiten alles für den Gig vor. Siehst du, will Fred sagen, ich bin nicht die Einzige, die sich kümmert. Die sich umschaut und überlegt, wer braucht grad was. Das ist doch so bei Freundschaften, das ist doch keine Einbahnstraße. Süß und kalt prickelt es auf ihrem Gaumen. Aber so war das mit Marlis. Ihr Interesse an Fred war immer nur Oberfläche. Camouflage für ihre Egozentrik. Es ist nicht nur Kohlensäure, die in Freds Bauch kribbelt. Es ist ein Gefühl, das sie gut kennt, aber das eine neue Facette hat: Scham.

Wie sie sich einspannen hat lassen. Wie nötig sie es gehabt hat, gebraucht zu werden. Da steht Sabrina in ihrer ganzen Schönheit. Neben ihr fühlt sich Fred immer ein wenig verschwitzt, nicht nur in diesem Herbst, der sich immer noch nach Hochsommer anfühlt. Wenn sie groß ist, will sie so gelassen werden wie Sabrina. Aber, ganz ehrlich jetzt, lang dauert's nicht mehr, dann ist Fred fast fünfzig. Wär's nicht langsam an der Zeit, dass sie mit dem Großwerden fertig wird?

Aber egal, bald geht Milla auf die Bühne und dann ist alles für eine Stunde gut. Das Publikum ist zahlreich, aber in großer Distanz zur Bühne. In Liegestühlen liegen sie im Baumschatten. Der Abstand zu Milla ist kleiner als ein Fußballfeld, aber groß ist er schon. Der Sommer dauert schon lang, niemand stellt sich freiwillig in die Sonne, die unbarmherzig runterknallt. Immerhin ist der Sound gut. Milla macht das schon. Sie nimmt die Gitarre in die Hand und fängt an zu reden.

»Es wird uns immer erzählt, jede von uns sei alleine gegen alle. Alle tun immer so, als wären wir die große Ausnahme, wir sind die, bei denen jetzt alles anders wird, die anderen, die vor uns da waren, die sind einfach nicht gut genug gewesen, um sich durchzusetzen. Nach jedem Gig kommt einer und sagt, dass ich ihm so viel besser gefallen hab als … und dann sagt er immer den Namen einer anderen Frau. Meistens von der Frau, die grad mit mir auf der Bühne war. Er will sagen, lass dir nichts einreden, bei dir wird alles anders, du bist besonders, du bist die Ausnahme, du bist besser als die anderen, deshalb ist es okay, dass man von den anderen nie was sieht und nie was hört.«

Milla macht eine Pause.

»Das Fiese ist, dass es ja zum Teil stimmt: Du bist die Ausnahme, du bist besonders«, sie nimmt Blickkontakt mit jeder Einzelnen im Publikum auf.

Fred ist absurd stolz, als sie sieht, dass sie dabei auch Silvia und Sabrina nicht vergisst, »jede von uns ist besonders, und ganz besonders wichtig ist, dass wir uns nicht gegeneinander ausspielen lassen, dass wir merken, wenn jemand uns sein Lob wie ein Lasso um den Hals hängen will, um uns von der Herde wegzuziehen. Deshalb hab ich extra für heute, extra für euch einen Text geschrieben, der Frauen feiert, der von Frauen erzählt, die von der Welt erzählen. Mit besonderem Blick auf Kärnten, danke für die Gelegenheit.«

Nochmal Pause. Blickkontakt. Lächeln.

Fred schaut sich um. Silvia steht selbstvergessen da und hört zu. Sogar Sabrina ist gefangen in dem Sog. Dass Milla vor ihren Freundinnen besteht, bedeutet Fred mehr, als sie sich eingestehen will.

»Ich habe Wurzeln hier in Kärnten, väterlicherseits. Aber ihr wisst wahrscheinlich, wie das ist, Wurzeln können beides sein: ein fester Stand im Leben, aber auch eine Fessel, die uns kleinhält, die uns hindert, fortzugehen, weiterzugehen. Es kommt jetzt ein Song, den ich extra für euch geschrieben hab und den noch niemand kennt.«

Milla zupft die Saiten der Gitarre, die Melodie ist melancholisch und aufwühlend zugleich.

»Strahl aus, rappe, oder werde still.«

Fred klopft mit den Knöcheln auf das Holz, Sabrina lehnt sich zu ihr und schaut voller Anerkennung Richtung Bühne.

»Strahl aus, rappe, oder werde Stein.«

Milla stoppt den Klang der Gitarrensaiten mit der Hand, Pause, warten, reagiert das Publikum? Immer redet wer hinten an der Bar. Milla schaut. Verhaltenes Feedback, da ein kurzer Klatscher, der verebbt, weil niemand ihn aufgreift, dort leises zustimmendes Murmeln.

Dann legt Milla los.

Strahl aus, rappe oder werde still
Strahl aus, rappe oder werde Stein
Strahl aus, rappe oder schau in den Spiegel wie Medusa
Schau, Spuren im Sand, trotz mehr als an Bikini an
Das ist Können, kein Wunder

Fred verliert sich im Augenblick, das hier ist neu, Milla hat keinen Song geschrieben, sie erzählt. Ballert, würde Milla sagen, der Text ballert ordentlich. Ein dichtes Gewebe aus Hinweisen, Spuren, die ausgelegt werden, sie hat Vertrauen zu uns gefasst, sie vertraut darauf, dass wir mitgehen. Jössas. Jetzt hat Fred kurz nachgedacht, und schon ist Milla Lichtjahre weiter. Wo sind wir? Milla rappt:

Ich bin aus dem Hinterland, les Christine Lavant
Die davon schreibt, was sie sieht
Sie fragt: »… ist, was uns geschieht, nur das Versäumte eures Lebens?«
Ingeborg-Bachmann-Klinik: Es schmerzte sie alles
Genug davon, sie soll lieber genesen und bis dahin willst nix von ihr lesen?
Jeder Tag ein Neuanfang, Wut aufgestaut wie ein verdammter Damm
So viele Frauen schau'n auf uns, hör uns zu, wir sind kein Opfer, doch du hast was getan
Was die Ahninnen ahnten, ist für uns Vorsprung und der Rahmen,
ich weiß, woher wir kamen, kenn Geschichten, sag die Namen
und ich hör, wie sie fragen: wer kommt uns nach, wer greift das Zepter auf?
Burg der Hochkultur, Brücke runter, Türen auf und jetzt verbeugt euch vor der Königin, Oida!

Aufwind beim Absprung

Die Luft ist kalt, es ist besser, durch die Nase zu atmen. Tut weh, aber die Luft ist wärmer, wenn sie die Lunge erreicht. Neben dem Parkplatz türmt sich zusammengepresster Schnee. Die harte Eisschicht auf dem Asphalt wurde mit Rollsplitt bestreut. Als hätte die Straße Mohnstrudel gegessen und jetzt lacht sie ohne Scheu, dass man den Mohn zwischen den Zähnen sieht.

»Kommst du?«, schreit Anna. Sie ist schon ein paar Schritte vorausgegangen.

Es war ja schlimm genug, dass Isi und Hubert Laura einen Gutschein für ein paar Tage in einem Hotel am Arlberg geschenkt haben. Weil Laura ja so bekannt dafür ist, ein Wintersportfan zu sein. Für das Geld hätte Laura alles Mögliche machen können. Zum Beispiel gibt es da diesen Lehrgang für die Illustration von Kinderbüchern. Der ist sicher super, aber er ist nicht in Tirol. Als sie Isi darauf anspricht, druckst die zuerst rum, dann rückt sie raus mit der Geschichte. Natürlich! Der Konrad hat zwar die Hochzeit nicht gezahlt, aber ihnen einen Gutschein geschenkt. Ein paar Nächte am Arlberg. Aber die Reise nach Sizilien war schon gebucht und so schnell bekommt Isi keinen Urlaub mehr, jetzt, wo sie nach München pendelt. Also hat sie Laura darauf eingeladen. Sie war unvorsichtig, sie hat das im Gespräch mit dem Konrad auch gesagt.

»Der fand das genial. Er hat gleich gemeint, da können ja die Laura und die Anna gemeinsam fahren. Damit die

Schwestern mehr Zeit miteinander verbringen. Was hätte ich denn sagen sollen?«

Aber nicht nur das. Anna war nicht nur Feuer und Flamme, sie hat auch gleich einen Wunsch geäußert. Nicht snowboarden, das machen ja alle. Lass uns Ski fahren gehen, lass uns einen Skilehrer buchen und das so richtig lernen. Snowboarden ist schon total out, alle wollen jetzt Freeriden, aber wenn du die Basics nicht kannst… Am Arlberg sind nur Touristen, da ist nichts dabei, wenn wir wie die ärgsten Anfänger den Hang runterrutschen.

Ein Skikurs am Arlberg, das ist, mit Verlaub gesagt, Geldverschwendung. Aber Laura ist es egal. Es sind nur ein paar Tage. Das geht vorbei, wie von selbst.

Laura schultert die Ski. Alles kommt ständig ins Rutschen! Wie macht Anna das? Sie balanciert sie auf der Schulter, als wäre nichts dabei. Im Gesicht trägt Anna zwei neonfarbene Streifen. Ihre Lippen sind fast weiß, vor lauter Sonnenschutz. Funkelnde Vorfreude und ein kälterotes Gesicht. Also nochmal. Ski wieder auf die Schulter. Los geht's!

Wenn das so weitergeht, hat Laura einen Krampf in den Fingern, bevor sie bei der Gondel ist.

»Los geht's. Auffi mit uns.«

Na großartig. Die Tage liegen vor ihnen wie eine glitzernde Neuschneedecke.

Die Sonne knallt runter. Von den Dächern hängen Eiszapfen. Dort, wo die Sonne sie erreicht, kann man ihnen beim Schmelzen zusehen. Der Wind ist kalt. Lauras Laune schmilzt mit den Eiszapfen um die Wette. Anna läuft zielsicher auf einen Mann in rot-weißem Anorak zu. Seine Haare sind schwarz, sein Gesicht ist gebräunt, aber um die

Augen ist die Haut fast weiß. Wie ein Waschbär. Also, genau umgekehrt. Wie ein Waschbär im Fotonegativ.

»Grüß dich, Anna.«

Dann dreht er sich zu Laura: »Hallo, ich bin der Toni. Ich bin heute euer Skilehrer.«

Als er lächelt, geht in Annas Gesicht die Sonne auf. Ist das ihr Kletterlehrer oder heißt der nur gleich? Na bravo. Danke! Grad noch gebraucht! Können wir jetzt bitte zur Abfahrt übergehen? Im Schuss ins Tal runter, dann zurück in die Pension und die Badewanne volllaufen lassen. Laura stellt sich neben Anna und streckt Toni die Hand hin: »Ich bin Laura!« Toni schaut sie an, den Kopf zur Seite gelegt. Wie eine ganz seltene Spezies. Er nickt ihr vorsichtig zu. Er lächelt Anna an.

Laura lässt die Hand fallen. Hände schütteln mit Fäustlingen ist tatsächlich völlig bescheuert. Aber muss er sie das so spüren lassen?

Die Ebene vor der Bergstation ist ziemlich groß. Toni sieht sich um. Sie stehen niemandem im Weg. Anna hat ihre Ski schon angeschnallt. Toni schaut Laura zu, dann bückt er sich und hält ihr die Ski, damit sie in die Bindung einsteigen kann, ohne dass sie ihr wegrutschen. Mit dem Snowboard ist das überhaupt kein Problem. Da gibt es nur ein Brett, da rutscht nicht der andere Ski weg, während man sich mit dem einen beschäftigt. Nachdem er ihr geholfen hat, steigt er in seine Bindung. Er hebt ein Bein an, bis er die Ski mit der Hinterkante in den Schnee rammen kann. Ziemlich solider 90°-Winkel. Die Stöcke hat er locker neben sich in den Schnee gesteckt. Angeber.

»So, sagts doch mal. Was wünscht ihr euch? Seid ihr auch so heiß drauf, dass es losgeht?«

Laura macht kurz die Augen zu. Als sie wieder hinschaut, hat er seinen Balanceakt beendet. Die Stecken allerdings hat er weit vom Körper weg geparkt. Die Füße kippt er nach rechts, die Hüften nach links. Sein Körper biegt sich wie ein S. Dann kippt er Füße und Hüfte in die andere Richtung. Er schaut sie erwartungsvoll an.

»So wärmen wir die Gelenke auf.«

Anna und Laura ahmen ihn nach. Bei ihnen schaut es viel weniger elegant aus, aber immerhin: Im Körper zieht es die Muskeln in ungeahnte Richtungen. Sie kreisen mit den Armen. Sie machen Kniebeugen. Laura lernt etwas über Ski, das sie vergessen hat: Sie haben einen eigenen Willen.

»Ich denke, wir beginnen zur Sicherheit mit der blauen Abfahrt«, sagt Toni.

Anna strahlt ihn an.

Überall Menschen! Manche torkeln, weil sie Muskelkater haben, manche torkeln, weil sie morgen den anderen Kater haben werden. Alles ist ein Stadl oder eine Hütt'n.

»Komm!«, Anna zieht Laura hinter sich her. Fast bewundert sie Annas Unbekümmertheit. Anna lacht viel und gern. Ihre Zähne sind weiß und ebenmäßig, ihre gute Laune fast ansteckend. Dann fällt Laura wieder Konrads Gesicht ein, die vielen Male, wenn die Rede auf Lauras Zahnspange gekommen ist. Er hat seinen Anteil gezahlt, das schon. Aber wie er dabei geschaut hat! Klar, Anna kann nichts dafür. Trotzdem konzentriert sich Laura darauf, ihren Mundwinkeln jedes Lächeln zu verbieten. Schwer ist es nicht. Sie ist hungrig und genervt.

Mit Mühe schaffen sie es, einen Platz an einem dunklen Tisch im Eck zu bekommen. Sie bestellen ein Nudelgericht mit viel Käse. Kohlenhydrate, beste Erfindung der Welt!

Na ja, die Flasche Pinot Grigio, die sie sich teilen, schafft es auch ins Ranking der besten Ideen ever.

Das Gespräch stockt. Anna gibt sich Mühe. Laura gibt sich auch Mühe. Trotzdem, das Ganze ist holprig wie die Buckelpisten ihrer Kindheit.

Abgesehen davon: Das Essen ist gut, die Musik könnte schlechter sein. Haben sich da die White Stripes zwischen die Schürzenjäger geschmuggelt? Aber da wird die Musik schon leise gedreht. Jemand mit Mikro und Lederhosen begrüßt die Gäste.

»Ja, wir freuen uns, dass ihr auch dieses Jahr wieder zu uns gekommen seid. Ihr wisst's ja alle, hier, am Arlberg, sind wir in der Wiege des alpinen Skilaufs. Bei uns hat das Den-Hang-Owibrettern eine echte Tradition. Aber nicht nur das Skifahren hat bei uns eine Tradition, wir waren auch die Ersten, die g'sagt haben, Snowboarden? Ob man da jetzt mit zwei Bretteln oder mit einem Brett den Hang owifetzt, uns is des wurscht! Ihr seids uns willkommen. Bei uns helfen alle zusammen, damit unsere Gäste eine gute Zeit haben, und wir sind nicht nur beim Schnee die Nummer eins, wir haben nicht nur die schönsten Gipfel des ganzen alpinen Raums, ich weiß schon, liebe Schweizer Freunde, euch reißt's jetzt ein wenig, aber simma uns ehrlich: Ihr seid ja heute auch hier, nicht wahr!«

»Mädels! Seids auch hier?«

Das Schlimme ist jetzt: Annas Augen leuchten auf. Tu doch nicht so, denkt Laura ohne Erbarmen, denkst du, ich weiß nicht, dass du dem Toni eine SMS geschickt hast mit der Info, wo wir sind? Laura starrt Toni an. Seine Wangen sind rot. Er hat eine Aura aus kalter Winterluft. Den Anorak trägt er mit der Innenseite nach außen. Sein Lächeln ist breit. Er schaut ihr kurz in die Augen, dann dreht er sich zu Anna.

»Falls ihr zu viel gegessen habt, machts euch nichts draus. Ihr habts es euch verdient und außerdem, der Hans«, er macht eine Handbewegung in Richtung des Mannes mit Mikro und Lederhosen, »lässt jetzt eh gleich den Schnaps verkosten. Da gibt's auch ein Stamperl für euch!«

Tatsächlich hat der Hans hinter sich eine Reihe Flaschen aufgebaut.

»So, jetzt brauchen wir ein paar Freiwillige aus dem Publikum!«, sagt Hans.

»Es melden sich zuerst immer nur Männer«, sagt Toni und setzt sich zu ihnen.

»Warum?«, fragt Anna.

»Ist so«, sagt Toni.

»Magst einen Wein?«, fragt Anna und füllt ihr Wasserglas mit Wein. Sie reicht es ihm. Er lächelt sie an. Sie prosten sich zu. Toni hat gute Manieren. Nach dreimal Prosten fällt ihm auf, dass Laura auch am Tisch sitzt. Also prostet er ihr auch zu.

Toni hat natürlich recht. Sehr schnell stehen drei Männer vorne beim Hans. Der gibt aber nicht nach, bis es auch eine Freiwillige gibt. Als sie nach vorne geht, schreit einer: »Ausse mit die Töpf!«

Die Frau zeigt einen Vogel Richtung Publikum. Hans schaut kurz aus, als wollte er eingreifen, überlegt es sich aber.

»Jetzt hat es natürlich bei uns Tradition, dass man bei einer Verkostung das Etikett nicht sehen darf.«

Das Publikum kennt das Prozedere offensichtlich und skandiert: »Blindverkostung! Blindverkostung!«

»Eben«, nickt Hans bedächtig und winkt eine Kellnerin herbei, die Tücher unter ihrer Dirndlschürze hervorzieht. Außerdem greift Hans zu einem Teil, das aussieht wie eine

Mischung aus Wurzel und Pfeife, füllt oben Schnaps ein und macht sich bereit, es an die Münder der Freiwilligen zu halten.

»Die knien sich echt hin«, murmelt Anna verwundert.

»Die lassen sich sogar die Augen verbinden«, sagt Toni.

»Nicht in echt«, sage Laura.

»Wirst sehen«, sagt Toni.

Toni hat recht.

Laura holt ihr Handy raus und schickt Kuni, Melanie und Matti ein paar Fotos.

Unter dem Johlen des Publikums nähert sich Hans der Reihe nach den Blindverkostern. Er erlaubt sich allerhand. Tut so, als würde ihm der Schnaps auskommen und lässt ihn über die Glatze von einem der Knieenden rinnen. Der macht gute Miene zum Spiel, greift mit der Hand an die Pfütze auf seinem Kopf und schleckt den Finger ab.

»Birne!«, schreit er.

Hans nickt. Das Publikum ist außer sich. Aber da geht noch mehr. Als Hans sich der Frau nähert, hält er sich das Holzteil an den Schritt und fummelt an den Schnüren seiner Lederhose rum.

»Macht er nicht?«, sagt Anna mit fragendem Unterton.

»Macht er nicht«, sagt Toni.

»Kommts mit. Ich weiß eine gute Bar in der Nähe. Ich lad euch auf ein Schnapserl ein. Müsst euch nicht mal die Augen verbinden lassen.«

Er schaut Anna an: »Wär ja schade drum.«

Laura verdreht die Augen. Aber dann bringt der Toni ihnen einen Schnaps und Laura denkt, es ist eh schon alles egal. Morgen wird sie es wie sonst auch machen, ein paar Mal alibimäßig ins Tal fahren, dann Anna und Toni alleine lassen. Die freuen sich darüber. Und Laura macht, was sie gern macht. Sie setzt sich mit ihrem Skizzenblock auf das

Sonnendeck einer Skihütte und beschäftigt sich mit sich selbst.

Neulich hat Gregor eins ihrer Bilder nicht nur mit Schweigen gelobt. Kuni hat ihr versprochen, ihr zu helfen, ein Konzept zu entwickeln.

Sie kann nicht sagen, dass sie einen Masterplan hat. Sie ist jung, sie hat alle Zeit der Welt. Alle sagen, dass die Welt ihr offensteht.

»Alles okay?«, fragt Anna. In ihrem Blick liegt Unsicherheit. Mit Toni fühlt Anna sich wohl, vielleicht ist sie in ihn verliebt, vielleicht ist er ihr nur vertraut. Vielleicht ist er einfach Back-up für den Fall, dass sie nichts zu reden weiß mit ihrer Schwester.

Laura nickt.

»Alles okay.«

Dann lächelt sie.

Gummistiefel für die Apokalypse

Es war Rosas Idee. Für Rosa war die Idee sogar typisch: naheliegend, effizient und völlig over the top. Wie die meisten Ideen von Rosa hat sie ihren Ursprung im Joplin.

Fred hat ihre Excel-Kurse wieder aufgenommen. Milla hat aufgehört. Ob sie Alternativen gefunden hat, um den Vater zufriedenzustellen, oder ob es ihr inzwischen egal ist, weiß Fred nicht.

»Hey, ich kann ein Budget erstellen, das reicht mir.«

Fred reicht es noch nicht. Mit Daten kann man allerhand machen, sortieren, abfragen, filtern, verknüpfen, deren Gültigkeit prüfen, Fred ist ziemlich gefordert. Den Kurs schließt sie noch ab, dann packt sie ihre neuen Zertifikate und macht sich auf Jobsuche. Oder sie fragt Rosa, ob sie fix im Joplin anfangen kann, also regelmäßig.

Aber Arbeit im Nachtleben, das wollte Fred in Zukunft vermeiden.

Milla lehnt an der Bar und sieht unzufrieden aus.

»Es geht einfach nichts weiter. Schau mich an, ein halbes Jahr ist vergangen und nichts ist passiert: kein Album, kein Video, kein Airplay.«

Fred will protestieren. Schon allein, wenn sie die Gigs zählt, die sie vermittelt hat, war ziemlich was los. Aber Milla ist noch nicht fertig.

»Ich hab mir geschworen, das passiert mir nicht mehr!«

Rosa nickt begütigend und fragt Fred, was sie trinken will. Aber Milla on a Mission ist nicht zu bremsen.

»Schaut, dieses Jahr hab ich das Popfest verpasst, weil ich nichts vorzuweisen hab außer ein paar Demos. Dabei wär's meine Chance gewesen, ich mein, Yasmo und Mira, die haben ein so leiwandes Programm zusammengestellt, das war großartig.«

Milla tippt an ihrem Handy rum, dann dreht sie das Display in Freds Richtung. Ihr Blick ist vorwurfsvoll. Fred wirft einen Blick auf das Handy und kennt sich nicht aus. Milla dreht das Handy so, dass Rosa die Überschrift lesen muss.

»Ah«, sagt die und nickt verständnisvoll.

»Nächstes Jahr machen Fuzzmann und Esra Özmen das Booking vom Popfest. Esra, das ist die Rapperin von Esrap. Ich mein, das ist doch aufgelegt, die kommt in meinem neuen Song sogar vor. Jetzt muss sie ihn halt nur noch hören.«

Fred nickt vorsichtig.

»Verstehst du nicht? Das ist ideal.«

Fred schaut abwartend. Aber an Rosas Lächeln ist klar zu erkennen, dass sie Millas Meinung teilt. Sie stellt Fred ihr Getränk hin und verschwindet mit einem Tablett voller Gläser im Lokal. Als sie zurückkommt, ist Milla immer noch nicht fertig.

»Ich brauch ein Album, oder zumindest eine Single und ein Video.«

»Single und Video, das ist besser.«

»Ja, aber ein gutes.«

»Wenn der Song gut ist und die Idee und die Location passen, kannst du auch selbst eins drehen«, Rosa gibt sich selbstsicher. Dann schaut sie Fred an.

»Sag, hast du nicht eine Wohnung in Venedig?«

Fred lacht.

»Schau ich aus wie eine, die eine Wohnung in Venedig hat?«

»Stimmt«, fällt Milla ein, »aber du hast doch erzählt, dass du aus Venedig gekommen bist, an dem Abend, als du bei uns in der WG übernachtet hast.«

»Ich kenne eine Wohnung in Venedig«, sagt Fred. Dann grinst sie: »Okay, ich kenne eine Wohnung in Venedig sehr gut.«

»Venedig«, sagt Milla nachdenklich, »Venedig könnte gehen.«

Sabrina ist sofort einverstanden. Connie kommt mit, schließlich kann Milla ja nicht die ganze Zeit mit Selfiestick rumlaufen und Fred wird keine Kompetenz als Kamerafrau zugetraut. Fred ist das durchaus recht. Sie freut sich auf die geräumige Küche in Sabrinas Wohnung. Sie freut sich darauf, für mehrere Leute zu kochen. Sabrina verspricht, nachzukommen, wenn es sich ausgeht. Die Biennale läuft noch ein paar Tage. Sabrina war natürlich schon dort, aber Venedig im November ist immer schön.

Wie sagt man so schön? Ausnahmen bestätigen die Regel.

Eine Kombination aus Sturm, Starkregen und Vollmond führt dazu, dass am Tag der Abfahrt kurz vor Mitternacht der Pegel auf 187 cm über dem Meeresspiegel steigt. Aqua Alta.

»Fahrt besser mit dem Zug«, meint Sabrina, »aber ich bin froh, wenn ihr runterfahrt, um nachzuschauen, ob alles in der Wohnung in Ordnung ist.«

Als sie losfahren, ist in Venedig der Notstand ausgerufen worden.

»Mach nichts«, sagt Milla, »das passt perfekt zum Song.«

Sabrinas Wohnung liegt im dritten Stock, bei Ebbe kann man das Haus ohne Probleme verlassen. Sie hat mit den Nachbarn telefoniert, es gibt keinen Grund, nicht zu fahren.

»Aber«, sagt Fred, dann fügt sie sich.

Fred läuft den Bahnsteig entlang auf der Suche nach ihrem Abteil. Die Sonne ist schon lange untergegangen, im November ist sie in Wien ohnehin manchmal tagelang nicht zu sehen. Es zeigt sich, dass die Schuhschachtel, die ihre Wohnung ist, auch Vorteile hat. Sie muss nicht schon untertags das Licht einschalten. Aber trotzdem wird sie fast verrückt.

Es wird Winter. Jetzt fällt ihr erst so richtig auf, wie klein der Käfig ist, den sie sich leisten kann. Keine Küche, kein Platz für Gäste. Jetzt ist November. Dann kommt Dezember. Dann Januar, dann das Schlimmste, der Februar. Fred hat Lust, den Planeten zu verlassen, aber zur Not tut es Venedig auch.

Die Bilder sind erschreckend. 45 Prozent des historischen Zentrums überschwemmt. Wasser in der Markus-Basilika. Jede Menge Touristen tummeln sich auf Social Media, posten Selfies davon, wie sie ihre Gummistiefel ausführen.

Milla und Connie warten schon im Abteil auf sie. Das vierte Bett bleibt leer.

Fred hat ihre Gummistiefel angezogen und das Gepäck geschultert. Sie haben Glück. Der Nachtzug erreicht Venedig bei Ebbe. Alles schaut fast normal aus. Die Fahrt mit dem Vaporetto durch den Canale Grande ist berückend schön. Venedig glitzert, als gäbe es keine Probleme auf der Welt. Als stünde uns nicht das Wasser bis zum Hals.

Bei der Haltestelle »San Silvestro« ist das Wasser über das steinerne Ufer getreten. Aber die bereitgestellten Stege sind im Moment nicht nötig. Sabrina hat ihren Schlüssel behalten. Falls sie nachkommt, will sie unabhängig sein. Ein Schlüssel zur Wohnung ist in der Trattoria ums Eck hinterlegt. Der Wirt ist unkonzentriert und händigt Fred den

Umschlag aus, ohne nach ihrem Namen zu fragen. Besorgt starrt er auf sein Handy. Wahrscheinlich checkt er den Wasserstand. Ein paar Mal ums Eck, schon sind sie da.

Das Schloss ist zickig. Dann die Stiegen nach oben, die Wohnungstür aufsperren und endlich: Sie sind angekommen! Milla und Connie legen sich auf eins der Doppelbetten, aber Fred scheucht sie sofort wieder hoch.

»Wir wissen nicht, wie hoch das Wasser wird. Wir brauchen Vorräte!«

Ums Eck ist doch ein Supermarkt, oder nicht? Korrekt. Problem: Er ist geschlossen. Scheiß Aqua Alta.

Planlos laufen sie durch die Gassen. Sie wollen kein Vorratslager anlegen. Okay, Venedig geht unter, aber die Stadt ist in einer Weise auf Tourismus ausgelegt, das hört nicht auf, nur weil das Wasser bis zum Hals steht. Dennoch: Der Notstand wurde ausgerufen. Besser, man hat ein bisschen was daheim.

Außerdem will Fred sich austoben können beim Kochen. Die Wohnung liegt in der Nähe der Rialto-Brücke mit ihrem großen Fisch- und Gemüsemarkt. Der Fischmarkt hat seine Verkaufsstände schon abgebaut, der Geruch dient dennoch als Wegweiser. Gemüse wird in bunten Farben und großer Vielfalt angeboten. Sie kauft Kartoffeln (patate), Zwiebeln (cipolle), Spinat, Fenchel und Tomaten. Mit den gehamsterten Vorräten schickt Fred die beiden anderen zurück in die Wohnung. Denn sie ist noch nicht fertig.

Überall sind Hochwasserstege aufgebaut, die Wettervorhersagen, die Google ihr grammatikalisch fragwürdig, aber inhaltlich zutreffend übersetzt, sind beunruhigend. Also zieht sie trotz Müdigkeit weiter. Sie spaziert über die Brücke. Notstand hin oder her, das ist absurd schön. Es riecht nach Lagune.

Die Supermärkte in der Nähe des Canale Grande sind durchwegs geschlossen. Handschriftliche Zettel verweisen auf geöffnete Filialen in anderen Stadtvierteln. Fred rafft sich auf und folgt den touristischen Trampelpfaden, durchläuft Schleifen, landet in Hinterhöfen und Sackgassen, die in Venedig immer zum Wasser führen. Endlich: ein Coop, der offen hat. Kaffee, Pasta, Oliven, Kapern, Butter, Milch, Joghurt, Grissini und zwei Flaschen Prosecco. Dann in die Schlange stellen, die sich durch den ganzen Mercato zieht.

»Preparare per la guerra«, sagt ein älterer Herr zu zwei älteren Damen. Das versteht sogar Fred.

Niemand schimpft, niemand drängelt. In Wien wäre der Krieg schon im Supermarkt ausgebrochen.

Als Fred mit den Vorräten heimkommt, tut ihr das Kreuz weh. Sie stellt alles in den Kühlschrank, schaut, was Connie und Milla machen, dann fällt sie ins Bett und schläft bis zum Abend. Es regnet. Natürlich regnet es. Wasser von unten und von oben, das ist wirklich das, was die Stadt gerade braucht.

Am nächsten Tag wird das Hochwasser richtig schlimm. Die Sirenen wecken Fred. Langsam schwellen sie auf und ab. Lautsprecher in der Ferne sorgen für ein Echo. Danach ein melodischer Hochwasseralarm, wiederholte Töne, abwechselnd tief und hoch, fünf Mal, wenn sie sich nicht verzählt hat. Mit einem leichten Triller am Ende. In Venedig ist sogar der Hochwasseralarm schön. Milla nimmt den Alarm sofort mit dem Handy auf.

»Das gehört gesampelt.«

Der Klang ist mehr als ein bisschen spooky. Die ideale Begleitmusik für eine Fee, die aus einem dichten Wald tritt, dich mit ihrer Schönheit blendet und deren Absichten zumindest unklar sind.

Während dem Frühstück schauen sie dem Wasser beim Steigen zu. Rialto und Aqua Alta klingen ähnlich, und das ist kein Zufall. »Alto« steht für hoch und oben. Trotzdem erreicht das Hochwasser bald auch den Platz vor dem Fenster. Das Lokal gegenüber hat Metallplatten vor der Tür verschraubt, in der Hoffnung, dass das reicht. Der Betreiber steht im knietiefen Wasser und spricht aufgeregt am Handy. Das Licht brennt. Wasser und Strom, denkt Fred, war da nicht was?

Immer weniger Menschen in immer höheren Gummistiefeln laufen vor dem Fenster vorbei. Der Markusplatz ist gesperrt. 160 cm Hochwasser und Wind. Sie öffnet das Fenster und atmet. Der Besitzer der Trattoria gegenüber begutachtet immer noch den Schaden. Sein Kommentar taugt zur Beschreibung der Gesamtsituation: »Cazzo.«

Die Lage beruhigt sich. Vielleicht werden sie auch nur geübter darin, Ebbe und Flut auseinanderzuhalten. Wenn es möglich ist, laufen sie durch die Stadt. Der Canale Grande ist breiter als sonst, weil der Gehsteig unter Wasser steht. In den Gastgärten vor Luxushotels sitzen Touris mit Sektflaschen und Essen, mit Gummistiefeln stehen sie zum Teil im Wasser. Fred schüttelt angeekelt den Kopf, aber was soll sie sagen, sie ist schließlich auch hier.

Der Markusplatz ist leergefegt. Verstörende Bilder, und jetzt, wo das Wasser sich zurückgezogen hat und die Sonne scheint, sieht man die Wucht der Katastrophe erst so richtig. Die Schutzmauer auf der Flaniermeile vom Markusplatz zum Arsenal ist stellenweise eingedrückt. Am Lido wurde der Sandstrand zu einem Hochwasserdamm zusammengeschoben. Er scheint gehalten zu haben.

Aber was für Bilder. Wenn die Sonne im richtigen Winkel scheint, leuchtet das Wasser trotz allem türkis. Es ist zu hoch, aber spiegelglatt. Dazu die schmalen Gassen und die Hausmauern, ziegelrot oder verputzt in allen Farben von Ochsenblut bis Schmutziggelb mit den typischen Fensterläden aus Holz. Ein hübscher Platz mit großem Kopfsteinpflaster und einem Gastgarten mit Alustühlen, die sich in der Pfütze rund um den Kanal malerisch spiegeln. Dazu ein Licht, das deutlich macht: Wir sind in Italien.

Milla stellt sich immer dann, wenn keine Menschen zu sehen sind, mit Gummistiefeln ins Wasser und performt ihren Song. Ohne Musik.

»Die Lippen müssen nicht synchron sein, es reicht, wenn ich's fühl«, sagt sie und Connie nickt begeistert. Fred ist ebenfalls angehalten, alles zu filmen, was ihr auffällt. Wenn das Wasser wieder steigt, laden sie die Daten von den Speicherkarten runter und sitzen vor dem Computer, bis Fred Bescheid gibt: Essen ist fertig.

Ein paar Tage später ist das Video fertig.

Fred ist es noch nicht.

»Ich bleib noch«, sagt sie. Bringt die anderen zum Zug und winkt, als er den Bahnhof verlässt.

Was sie sich erhofft?

Klarheit.

Sie will nicht zurück in ihre Schuhschachtel. Es ist schlimm genug, dass sie für sich alleine kochen muss, aber wenn sie jetzt sofort zurückfährt zur Kochplatte im Eingangsbereich, dann dreht sie durch.

Marlis hat ihr Kind bekommen, eine Mini-Marlis. Natürlich hat sie das. Eine Schwangerschaft dauert neun Monate, kann kürzer sein, kann ein bisschen länger sein, aber dann passiert etwas.

Rosa weiß es genauer, sie hat sie getroffen und Fred neulich im Joplin davon erzählt, garniert mit den üblichen Details: Gewicht, Name, beide gesund. Gut, gut.

Wäre es besser gewesen, die Infos aus erster Hand zu bekommen? Dabei zu sein? Gebraucht zu werden?

Vielleicht. Aber es macht eben einen Riesenunterschied, ob jemand gebraucht wird oder ob Fred gebraucht wird.

In der ersten Nacht, die Fred alleine in Venedig verbringt, träumt sie von Marlis.

Sie treffen sich in einem Garten. Der Garten liegt im Waldviertel, das Licht ist aber, als wären sie in Italien. Es riecht nach Leben. Frühlingssonne auf Winterhaut. Fred schaut Marlis zu, wie sie Mini-Marlis einen pastellfarbenen Sonnenhut aufsetzt und mit Sonnencreme vor ihr rumfuchtelt, damit sie endlich das süße Foto machen können, auf dem das Baby die Tube anknabbert. Warte, will Fred sagen, der Sommer ist noch lang genug. Es ist kein Wettrennen.

Es riecht nach Leben und nach Grillfleisch. Neben dem Grill steht Walter und schüttet Bier über die Koteletts, als gäb's einen Preis dafür. Im Traum wundert sich Fred nicht, dass sie sofort weiß, wer er ist, oder dass sie seinen Namen kennt, sie wundert sich über die Schürze, die er trägt. Walter ist der Mann von Sabrinas Vernissage, aber im Traum schaut er natürlich ganz anders aus. Auf Brusthöhe steht: »Feminism – noun – the radical notion that women are people«. Die Schürze war ein Geschenk von Ulrike aus London. Fred ist sicher, dass sie sie beim Ausziehen eingepackt hat. Dass Walter sie jetzt trägt, macht Fred sogar im Traum wütend. Wie gut Walter ins Bild passt. Ein Mann steht in der Nähe einer Frau mit Kleinkind, zack, alles klar, das muss der Vater sein.

Was Fred und Marlis geteilt haben, war immer unsichtbar.

Mini-Marlis krabbelt, als gäb's was dafür. Ob Fred es bereut, Marlis Einladung zur gemeinsamen Elternschaft ausgeschlagen zu haben? Nein.

Wir stellen uns Zeit als Strang vor. Von A bis Z, von Alpha bis Omega, von Ursache zur Wirkung. Aber das stimmt nicht. Zeit ist ein Nebeneinander, ein Sowohl-als-auch. Fast jede Geschichte kann man auf mehr als nur eine Art erzählen.

Eigentlich ist alles in Ordnung, denkt Fred, als sie mit klopfendem Herzen aus dem Traum erwacht. Das Problem ist nur: Wie sie dargestellt wird, in der Geschichte, die Marlis erzählt … Das juckt Fred.

Trotzdem ist sie nach dem Wachwerden auf seltsame Art getröstet. Sie schimpft mit ihrem Unterbewusstsein, das einfach einen Vater ins Traumbild zaubert. Wie stark unsere Prägungen sind, wie eindimensional wir die Bilder stricken, wenn wir an ein Happy End denken! Trotzdem hat der Traum sie an etwas Wichtiges erinnert. Es ist okay, wenn sie loslässt. So ist Marlis. Ihre Verbindungen sind nicht für die Ewigkeit, aber das bedeutet nicht, dass sie schlecht ist im Knüpfen von Netzen. Marlis ist okay oder wird es bald wieder sein. Es ist okay, dass Fred das wichtig ist. Streit hin oder her. So ist Fred, das Leid anderer macht ihr keine Freude.

Weniger Kontrolle reicht. Sie hat es nicht in der Hand. Was sie machen kann? Sich einen frischen Kaffee kochen und auf den Platz vorm Fenster starren. Pläne schmieden, aber gleichzeitig wissen, dass es okay ist, wenn sie nicht aufgehen. Schau dich um. Weniger Kontrolle reicht. Das Wasser steigt bei Flut noch über das Ufer, aber es ist eine gewisse Normalität eingekehrt. Natürlich bricht es Fred das Herz, wenn sie bei ihren Spaziergängen an Menschen vorbeikommt, die Tag für Tag ihre Läden und Lokale auspumpen. Natürlich verspürt sie eine diffuse Art von Wut, wenn sie sieht, wie beflissen den Touristen beim Wuchten der Koffer von Hochwassersteg zu Hochwassersteg geholfen wird. Die Menschen hier begegnen dem Hochwasser, als wäre es eine Nebensache. Wieder eine Katastrophe gemeistert, wieder gut durch eine Krisensituation gekommen. Weniger Kontrolle reicht.

Diesen Mut nimmt sie mit heim, beschließt Fred.

Wird schon.

Wirst sehen.

Muss ja.

Sie packt ihren Koffer. Pläne für die Zukunft? Heimfahren nach Wien. Wäsche waschen. Freundinnen treffen. Sich zuerst einen besseren Job suchen und danach eine größere Wohnung. Sich auf Millas Video freuen. Den Fiat Panda zu Josip bringen, damit er den Winter übersteht. Ins Kino gehen. Geld sparen. Vielleicht nach London? Aber dann wieder zurückkommen. Das wäre doch gelacht, wenn es in diesem Wien keinen Platz gäbe für eine wie Fred. Weniger Kontrolle reicht.

Schließlich, sie ist am Leben.

Sie liebt.

Es gibt Menschen, die lieben sie. Auch wenn das Wort etwas anderes bedeutet, als meistens in Büchern beschrieben wird. Mit wem sie Weihnachten feiert? Eine Silvesterparty muss sie sich dieses Jahr wohl aktiv suchen, weil, allein in der Schuhschachtel … Andererseits, wenn sie sich ein paar gute Filme ausleiht …

Das nächste Jahr wird besser oder zumindest anders.

Ganz ehrlich, was kann schon schiefgehen?

Bonus Track

»Strahl aus, rappe oder werde still«, rappt Milla Yolobitch in Kärnten und Fred steht im Publikum, natürlich, und macht sich ihre Gedanken. Das passiert manchmal, du stehst begeistert da und hörst zu, doch dann schweifen die Gedanken ab und schon hast du den halben Song versäumt. Ihr wollt den ganzen Raptext von Milla Yolobitch lesen, ohne dass Freds Gedanken dazwischenreden? Kann ich verstehen. Geht mir genauso. Deshalb gibt's hier den Text als Bonusmaterial vollständig abgedruckt.

Ihr wollt den Text hören? Mit Musik?

Kommt zu einer Lesung oder zu einem Gig von Mieze Medusa oder surft bei www.miezemedusa.com vorbei. Dort findet ihr Videos. Wahrscheinlich auch eine Playlist mit der Musik, die bei »Was über Frauen geredet wird« zwischen den Zeilen wummert. Milla Yolobitchs Musik. Und einen Newsletter. Bleiben wir verbunden.

Aber genug jetzt. Alle Augen auf Milla. Los geht's, »strahl aus, rappe oder werde still«!

Strahl aus, rappe oder werde still

Strahl aus, rappe oder werde still
Strahl aus, rappe oder werde Stein
Strahl aus, rappe oder schau in den Spiegel wie Medusa
Schau, Spuren im Sand, trotz mehr als an Bikini an
Das ist Können, kein Wunder

Bös bis an die Knochen, Gold am Zahn
Du liegst totfalsch, kann sein, dass mein Blick dich töten kann
Ich rede immer noch rum, ganz im Sinn von Lauryn Hill
Fokus auf den Spatz, Hand oder Dach, eine Nase wie die Königin
Unser Stammbaum am Jodeln für die, die neugeboren sind, wir machen alle Gewinn
Es hat alle Leiwandness gebraucht, jetzt sind wir dran wie Bachmann und Lavant
Sind den Gipfeln Kind, lass sie im Tal deppert labern
Ich bau auf den anderen auf, geschichtet wie die Alpen sind
Bin eine gute MC, Schwester, Tanz mit Teufeln, die Vulkane sind
Es bricht aus mir raus, du musst mir nicht sagen, dass d'mich gewaltig findst
Ich red nicht mehr drüber, meditiere, bis ich Atem find
Sprecht brav im Takt, Kinder, ich bin der Föhnwind
Maja Haderlap, bis die Engel unvergessen sind
Bau mir selbst den Palast, ungebrochen, mental stark
Ich bin am Zeigen, was ich Echtes hab, ihr so skizzenhaft
Ortstafeln, Linde oder Eiche, zeig, was du mit Sprachen machst
Papa hat Heimweh nach dem Land, bis er sieht, was Jörg Haider macht
Für immer in seiner Schuld, Beten vor dem Wahlplakat, was hat der Hergott g'lacht!
Besser über Liebe reden, drei Wege zum See-Grund
Simultan übersetzt: Du weißt eh, was als Nächstes kummt
Wir müssen z'sammenkommen wie Grundeinkommen bedingungslos
Trachten nach der Gegenwart und Zukunft »1 plus«, macht die Leinen los

Ich bin Ingeborg, Christine, ich bin die, die du liebst, aber noch gar nicht kennst
Nina, Yasmo, Nenda, Ebow, Christl Clear, Esra Özmen, ich nenn dir ein paar Namen
Precious Nnebedum, Gazal, Milla Yolobitch, wir schaffen den Rahmen
für Literatur, die in your Face will, wer übersetzt Amanda Gorman?
Ich weiß, ich muss Respekt zeigen, bin selbst eine, die importiert und sich zu eigen macht
Weiß, wie wichtig die Frage ist, wem reich ich die Hand, wer hat neben mir Platz?
Was ist Hautfarbe, wo kommst du her? Hast du gefragt, wenn du in Haare fasst?
Feminismus, intersektional oder nichts, weißt was, wir streiten manchmal,
aber stehen auf wie eine Eins, wenn du wieder ein Gruppenbild ohne Dame machst

Ich bin aus dem Hinterland, les Christine Lavant
Die davon schreibt, was sie sieht
Sie fragt: »… ist, was uns geschieht nur das Versäumte eures Lebens?«
Ingeborg-Bachmann-Klinik: Es schmerzte sie alles
Genug davon, sie soll lieber genesen und bis dahin willst nix von ihr lesen?
Jeder Tag ein Neuanfang, Wut aufgestaut wie ein verdammter Damm
So viele Frauen schau'n auf uns, hör uns zu, wir sind kein Opfer, doch du hast was getan
Was die Ahninnen ahnten, ist für uns Vorsprung und der Rahmen,

ich weiß, woher wir kamen, kenn Geschichten, sag die Namen
und ich hör, wie sie fragen: Wer kommt uns nach, wer greift das Zepter auf?
Burg der Hochkultur, Brücke runter, Türen auf und jetzt verbeugt euch vor der Königin, Oida!

Dank

Mit allem hab ich gerechnet, aber nicht damit, dass sich mir sofort nach dem Abschicken der Endfassung von »Du bist dran« eine neue Figur vorstellt. Einfach Hallo sagt. Ich hab flüchtig ein paar Seiten notiert und damit gerechnet, dass mir die Figur kurz zuwinkt und ihrer Wege geht. Aber sie war stur. Hat darauf bestanden, zu bleiben. Sie hat sich sehr verändert, ist gemorpht, hat sich zerteilt und neu erfunden, ist umgezogen oder eben nicht, hat Lebenspläne verworfen und neue gemacht, aber sie ist bei mir geblieben. Hat Freund*innen, Gefährt*innen und Schwestern, Mütter, Feind*innen, Träume, Ideen, Patchwork-Probleme, Angst vor der Zukunft, Angst vor Altersarmut und jede Menge Lust auf Leben. Sie ist viele.

Begleitet wurde ich, und das ist neu, in diesem Projekt von Anfang an, also schon bei der Konzeption des Romans, von meiner Lektorin Jessica Beer, der ich herzlich danke.

Und von Markus Köhle, immer. Die letzten Jahre waren herausfordernd und anstrengend für uns alle. Dass wir es künstlerisch und privat dennoch relativ gut gehabt haben, dafür bin ich Markus sehr dankbar. Seine bedingungslose Liebe zu Literatur und Szenearbeit ist auch nach vielen gemeinsamen Jahren eine riesige Inspiration. Er hat eine Webseite. Schaut euch an, was er alles macht, und staunt!

Christopher Hütmannsberger hat dem »Joplin« seinen Namen gegeben. Surft bei seinem Projekt »Selbstlaut« vorbei, er macht gute Musik.

Philipp „Flip“ Kroll, für die Freude an Milla Yolobitch und den gemeinsamen Track: Go, Milla, Go, Milla, go!

Yasmin Hafedh aka Yasmo ist nicht nur eine sehr gute Freundin, sie ist auch die beste Partnerin für ein Slamteam. Unser Slamteam heißt MYLF – *Mothers You'd Like to Flow with*. Bald wird es ein gemeinsames Buch geben und dort könnt ihr nachlesen, welche Zeile aus einem Teamtext es in den Roman geschafft hat und welche Zeile in den Refrain von Yasmos Single »Cheese«. Neues Yasmo-Album kommt. Hört rein!

Wenn über Kunst geredet wird, wird so gern von einsamen Genies erzählt, die grübelnd in ihrem Zimmer sitzen, bis sie fertig sind. Auf dieser Welt gibt es nichts, was es nicht gibt, dennoch: Dieser Mythos ist falsch und er ist schädlich. Kunst braucht ein Umfeld, lebt von Strukturen und Vernetzung. Menschen, mit denen man sich austauschen und messen kann. Aufträgen und Deadlines. Herausforderungen. Kolleg*innen, die so fantastische Arbeit machen, dass uns der Mund offensteht. Es braucht keinen Druck, es braucht Sog. Wahrscheinlich stimmt das nicht nur für Kunst, sondern für alles. Auch davon erzählt »Was über Frauen geredet wird«.

Kunst braucht Geld. Danke an die LiterarMechana für die unbürokratische Auszahlung von Verdienstausfällen, als der erste Lockdown alles verändert hat. Danke an Anita Pichler und die LiterarMechana für die Wohnung in Venedig. Danke dem Bundesministerium für Kunst und allerlei anderes sowie der Stadt Wien für die eine oder andere Unterstützung. In diesem Zusammenhang gehört auch der Überbrückungsfonds für selbstständige Künstlerinnen und Künstler genannt.

Der größte Dank aber geht an Elfriede Mitterbacher. Meine Mutter hat viele gute Eigenschaften, über drei möchte ich hier sprechen: Sie hat außergewöhnlich gut Dinge mit sich selbst ausmachen können. Wenn sie darüber nachgedacht hat, die Welt zu verbessern, hat sie bei sich selbst angefangen. Und sie war richtig gut im Packen. So auch hier: Ihr Tod am 2. Juni 2022 war trotz schwerer Krankheit für uns unerwartet, hat uns aber, dank ihrer Vorbereitungen und der Gespräche mit ihr, nicht unvorbereitet getroffen. Was für eine Leistung das ist, beginne ich gerade erst zu erahnen.

Der harte Übergang von Geld zu großer Emotion hätte ihrem Humor entsprochen. Von ihr habe ich gelernt, dass es immer gut ist, über Geld zu reden. Wo nicht über Geld geredet wird, wird über Geld gestritten, würde sie vielleicht sagen, und reden ist besser als streiten.

Danke an meine Cousine Eva, die meiner Familie in den schweren Stunden eine unfassbar große Hilfe war. Danke insgesamt an die Großfamilie Painsi, eine gut gelaunte, große Familie, die anpacken kann und es tut. Das ist eigentlich privat. Das gehört hier eigentlich nicht her. Aber das Private ist nun mal politisch, und viele der Themen, die im Roman immer wieder aufpoppen, haben das Leben meiner Mutter geprägt. Meins auch. Ich zähle die Themen hier nicht auf, ihr habt das Buch jetzt ja gelesen oder, falls nicht, will ich nicht spoilern.

»Was über Frauen geredet wird« ist das erste meiner Bücher, das sie nicht lesen wird. Das ist der kleinste Verlust. Vielen Dank, Elfriede Mitterbacher, geborene Painsi, oder: Vielen Dank, Mama.

Für alles.

Mieze Medusa
Du bist dran
Roman
2. Auflage, € 24,00
ISBN: 978 3 7017 1729 3

Drei völlig unterschiedliche Leben, doch es geht sich tatsächlich aus: Autorin, Rapperin und Poetry-Slammerin Mieze Medusa verzahnt diese drei Leben zu einer höchst empathischen Erzählung über drei Menschen, deren Erleben und Empfinden man vor allem durch den Widerhall der jeweils anderen erst so richtig verstehen kann.
Beate Hausbichler, DER STANDARD

Neben der wunderbar groovigen Sprache ist es die Herzenswärme in den Begegnungen, die dieses Buch so wunderbar macht.
RADIESCHEN

… eine liebevolle, aufwühlende und insgesamt sehr spannende Geschichte.
Lydia Herms, DEUTSCHLANDFUNK NOVA

Diese drei Charaktere werden Sie lieben: Österreichs bekannteste Poetry Slammerin glänzt mit ihrem neuen Roman mit tröstlichem Humor, großer Menschenkenntnis und Beobachtungsgabe.
Mareike Ilsemann, WDR 5